KB233434

지식의 단련법

지식의 단련법

다치바나 다카시 지음 · 박성관 옮김

청어람미디어

| 차 례 |

지식의 단련법 —다치바나 식 지적 생산의 기술

• 1장 •

정보의 입력과 출력 | 9

- 일반론이 성립되지 않는 분야 | 10　• 오관五官의 정보수용 능력 | 12
- 정보의 의미를 읽어내는 능력 | 15　• 입력의 두 가지 유형 | 18
- 목적선행형의 독서법 | 20　• 입력과 출력의 균형 | 23

• 2장 •

신문 정보의 정리 그리고 활용법 | 25

- 스크랩북 | 26　• '록히드 사건' 스크랩 | 28　• 튜브 파일 | 32
- 목적 없는 스크랩은 그만둬라 | 36　• 작업 순서에 대한 조언 | 39
- 약간의 실용적인 주의사항 | 41　• 분류는 독자적으로 고안하라 | 42
- 현실에 입각한 분류 | 45　• 분류는 지적 생산행위 | 47
- 칸막이를 이용한다 | 49

• 3장 •

잡지 정보의 정리에 대하여 | 51

- 방대한 분량의 잡지를 독파한다 | 52　• 기사의 보존과 카드작업 | 53
- '오야 문고'의 독특한 분류법 | 54　• 일본의 2대 잡지색인 | 57
- 어느 '정리 마니아'의 희비극 | 58　• 목적과 수단의 전도 | 60
- 카드는 자신을 위해 만들어라 | 62　• 실물을 수중에 넣는 것의 장점 | 64
- 외국의 잡지기사 색인 | 66　• 행잉 폴더의 활용 | 69

• 4장 •

정보검색과 컴퓨터 | 73

• 『뉴욕 타임스 인덱스』 | 74　• 컴퓨터화 된 의회도서관 | 76

• 편리한 미국의 『정보자원 디렉토리』 | 78　• 자료 복사 | 79

• 녹음기와 메모 | 83　• 개인적 정보처리와 컴퓨터 | 86

• 5장 •

입문서부터 전문서까지 | 91

• 사전 준비 | 92　• 우선은 서점부터 돈다 | 93　• 전문서점 | 94

• 없는 돈을 털어서 사라 | 96　• 입문서의 선택법과 독서법 | 97

• 중급서에서 전문서로 | 100　• 읽을 가치가 없는 책 | 101

• 처음부터 노트를 하지는 말라 | 103

• 최종적으로는 전문정보를 접하라 | 104

• 6장 •

관청정보와 기업정보 | 107

• 행정기구는 정보기관이다 | 108

• 정부간행물센터 | 110

• 자료의 신뢰성을 음미하라 | 112　• 관청의 정보조작 | 113

• 업계단체와 거대기업이 가진 정보 | 116

• 'NRI Search' | 119

지식의 단련법—다치바나 식 지적 생산의 기술

• 7장 •

'인터뷰 취재'에 관하여 | 121

• 들어야 할 것을 미리 확인해두라 | 122   • 질문의 범주를 구별한다 | 125

• 기록 방법 | 128   • 비디오 기록의 활용 | 129   • 메모장 마련 | 130

• 첫째는 준비, 둘째는 상상력 | 131   • 체험한 사실인가 전달이나 추측인가 | 132

• 내면적 상상력 | 134   • 논리적 상상력 | 136

• 거짓 논리를 간파하는 방법 | 137   • 좋은 두드리기 나름 | 140

• 8장 •

출력과 무의식의 효용 | 143

• 입력과 출력 '사이'는 블랙박스 | 144   • 머릿속에서 발효되기를 기다려라 | 145

• KJ법은 도움이 안된다 | 147   • 무의식층의 거대한 잠재력 | 149

• 무의식 아래의 능력을 키운다 | 151

• 어떻게 하면 좋은 문장을 쓸 수 있을까? | 153   • 워드프로세서의 효용 | 156

• 9장 •

콘티형과 반짝형 | 159

• 콘티를 짜야 하는가 | 160   • 무無콘티파의 발상 | 161

• 눈에 보이지 않는 재료 | 164   • '유레카' 욕구 | 167

• '반짝 메모'를 한다 | 169   • 의미부여는 의식적 작업 | 170

• 10 장 •

재료 메모·연표·차트 | 173

- '재료 메모' 작성법 | 174   • '서두' 문제 | 176
- 재료 메모의 구체적인 예 | 178   • 재료와 메모를 연결하는 색인 | 181
- '연표'를 만들면 무엇이 좋은가 | 182   • '차트' 만드는 법 | 185

• 11 장 •

문장표현 기법 | 191

- 문체는 옷에 불과하다 | 192   • 아첨과 독선 | 194
- 문장을 쳐내는 훈련 | 197   • 독자와의 공유지식 | 199
- '충족이유율' | 202

• 12 장 •

회의하는 정신 | 207

- '안전한 확증' | 208   • 정보의 낙차 | 210   • 객관적 1차 정보의 함정 | 211
- 부분으로부터 전체를 연역하는 오류 | 213   • 정보관리와 정보차단 | 215
- 출처와 동기의 음미 | 217   • 오리지널 정보에 접근하라 | 219
- 버벌 저널리즘 | 221   • 정보의 SN비를 향상시키는 노력 | 223

- **책을 쓰고나서** | 226   • **책을 옮기고나서** | 228

1

정보의 입력과 출력

일반론이 성립되지 않는 분야

이 책에서 이야기하려는 내용은 오랜 기간 지적인 정보의 입력과 출력을 생업으로 해온 필자의 개인적 메모와도 같다.

전체 이야기는 내용상 세 부분으로 나누어질 터인데(다만 이야기가 꼭 이 순서대로만 짜여지지는 않을 것이다), 그것은 정보를 입력하는 방법, 출력하는 방법, 그리고 입력에서 출력에 이르는 과정, 이렇게 세 가지다.

어떤 주제든 간에 최적의 일반론이란 존재치 않는다. 예컨대 일반적인 입력 수단인 독서나 마찬가지로 일반적인 출력 수단인 집필, 이런 것과 관련해서는 서점을 잠시 둘러보는 것만으로도 독서론이나 문장작법 같은 책들을 적잖이 발견할 수 있을 것이다. 그런 부류의 책들을 몇 권 뒤적여보면 책마다 이런저런 내용들을 제멋대로 늘어놓고 있을 것이다. 나아가 입력에서 출력에 이르는 과정에 대해서는 지적 생산의 방법론이라든가 지적 생활론 같은 형태로, 역시나 쓰는 사람의 수만큼이나 다양한 방법론이 제시되어 있다.

그렇게나 다양한 방법론이 병존하고 있다는 사실은 이런 주제에 보편적인 일반론이라는 게 존재하지 않는다는 것을 의미한다. 그러니까 내가 이제부터 쓰려는 것도 개인적인 체험에서 우러난 개인적인 의견이자 사적인 메모일 수밖에 없다.

왜 일반론이 성립되지 않느냐면, 인간이 개성적인 존재이기 때문이지 무슨 다른 이유가 있는 것은 아니다.

예컨대 연애에 있어서 최적의 방법론은 일반적으로 성립될 수 없다. 어떤 남자와 어떤 여자가 어떠한 상황에서 만나느냐에 따라 연애는 천차만별의 형태를 띠기 때문이다.

　마찬가지로 어떠한 인간이 어떠한 정보와 어떠한 상황에서 마주치느냐에 따라 최적의 정보처리법도 천차만별이다. 특히 '어떠한 인간이'라는 지점이 중요하다. 인간은 모두 대뇌라는 정보처리기계를 보유하고 있는데, 그 성능은 모두 다르다. 하드웨어(대뇌 자체)도 다르고 소프트웨어(뇌를 사용하는 방식)도 다르다. 각기 다른 기계에 동일한 매뉴얼이 사용될 수 없는 것과 같은 이치로, 저마다 사용하는 대뇌가 다르기 때문에 일반적인 방법이 성립될 수 없는 것이다.

　성능이 다를 뿐만 아니라 그 뇌를 작동시키는 오퍼레이터도 다르다(물론 대뇌의 오퍼레이터는 그 대뇌의 소유자 자신을 가리킨다). 또한 오퍼레이터의 의식, 취향, 성격이 다르다. 성실한 사람과 대충대충 하는 사람에게 같은 방법론이 적용될 수는 없다.

　결국 그 대뇌를 가장 효과적으로 사용하기 위한 방법론은 하드웨어의 성능을 숙지하고 있는 자신, 하드웨어에 입각한 소프트웨어의 축적 상황과 오퍼레이터로서의 자기 자신의 성격을 잘 알고 있는 당사자야말로 가장 정확하게 알 수 있는 법이다. 당사자가 그것을 자각하여 잘 알고 있는지 어떤지는 둘째 치고, 최소한 다른 사람보다도 가장 잘 알 수 있는 입장에 있는 것만은 틀림이 없다. 그렇다면 우리는 과연 어떻게 이 방법론을 더 잘 알 수 있을까? 한마디로 말하자면 결국 시행착오에 기댈 수밖에 없다.

　물론 이렇게 말해버리면 간단하겠지만, 실제로는 그러한 시행착오에 의해 엄청난 시간과 에너지를 낭비하고 마는 게 통례 아닌가! 미리 말해두지만 나 자신도 아직 시행착오를 반복하고 있는 실정이다.

점점 좋은 상태로 접근해가고 있다고는 생각하지만 아직도 이상적인 상태에는 까마득히 멀다.

기본적으로는 시행착오를 피할 수 없다고 해도, 쓸데없는 시행착오는 가능한 한 피하는 편이 좋다. 그 때문에 타인의 경험을 배우는 게 자주 도움이 되는 것이다.

그런 관점에서 이 책을 읽는 독자들이 자기 자신만의 방법론을 발견하는 데에 다소나마 도움이 되길 기대하며, 이제부터 나의 개인적인 체험을 통해 알게 된 방법들을 생각나는 대로 이야기해볼까 한다.

오관五官의 정보수용 능력

현대의 정보과학이 융성일로에 있는 것으로 보이는 가운데, 유독 인간의 지적 정보처리 과정에 대해서는 거의 아무것도 밝혀져 있지 않다. 대뇌는 아직 생리학에서도 암흑의 대륙인 것이다. 지적인 정보가 입력되고 출력되는 사이에 과연 어떤 일이 뇌세포 속에서 이루어지고 있는지에 관해 시원스레 밝혀져 있지 않았다. 그러니 체계적인 지식 같은 것은 바랄 수도 없는 상황이다. 현 시점에서는 개인적 체험으로부터 귀납적으로 얻은 지식 이상을 말할 수 있는 사람은 아무도 없다. 앞으로 내가 말하려는 것도 어디까지나 개인적인 체험에 바탕을 둔 지식이다.

정보의 입력은 결국 인간의 오관을 통해서 이뤄진다. 오관 중에서 지적 정보는 전적으로 눈과 귀를 통해서 들어온다. 눈을 통해서 들어오는 문자 정보와 도면 정보, 귀를 통해서 들어오는 음성 정보가 지적인 정보의 주요한 형태다.

정보의 입력에는 시간이 걸린다. 음성 정보의 입력 속도는 발화자마다 차이가 있지만 대체로 방송국의 아나운서가 이야기하는 평균 속도는 얼추 1분에 300자 정도 된다. 그렇다면 1시간에 1만 8,000자니까 원고지(400자 기준. 이하 동일)로는 45매 분량이다. 신서 한 권 분량의 내용을 낭독을 통해 듣기 위해서는 6시간(270매)에서 8시간(360매) 정도가 필요한 셈이다.

그렇다면 눈으로 읽는 속도 쪽은 어떨까? 이것은 독자의 능력과 읽는 책의 난이도에 따라 큰 차이가 난다. 난해한 글이라면 귀로 듣는 것보다 몇 배나 더 시간이 걸릴 것이다. 읽으면서 이해할 수 있는 평이한 내용이라면 좀 느린 사람이라도 귀로 듣는 속도의 두 배, 빠른 사람의 경우에는 네 배의 속도(평이한 수준의 신서라면 1시간에서 2시간 사이에 한 권 정도)로 읽을 수 있을 것이다.

많은 시간이든 적은 시간이든 어쨌든 시간은 걸리기 마련이다. 대체 지적인 정보의 입력에 매일 얼마나 시간을 할당할 수 있을까? 신문이나 잡지를 제외하고 하나의 완결된 텍스트를 읽는 시간을 하루에 얼마만큼 낼 수 있을까? 그 시간에다 자신의 독서 능력과 평균수명을 적용해본다면, 앞으로 남은 일생 동안 자신이 몇 권 정도의 책을 읽을 수 있을까 누구든지 금세 답을 얻을 수 있다. 책 읽는 데 상당한 시간을 내겠다는 사람이라도 그것은 놀라우리만치 적은 양이다. 책을 좋아하는 사람이라면 더더욱 자기가 읽고 싶은 책 모두를 죽기 전까지 읽어낸다는 것은 실제로는 거의 불가능한 꿈이라는 것이 금세 명약관화해질 것이다.

그렇다고 한다면 책을 읽기 전에 그 책이 과연 자신이 죽을 때까지 읽을 수 있는 책 중의 한 권이 될 만한 가치가 있는지에 대해 머릿속에서 음미하고 나서 읽어야 한다. 눈앞에 읽으려는 책이 여러 권 쌓여 있다면 우선순위가 높은 책부터 순서대로 읽어나가야 한다.

이렇게 말은 했지만 나도 이런 일은 전혀 잘하는 편이 못 된다. 당장 읽어야 할 책이 여러 권 있을 경우, 대개의 경우 우선순위가 낮은 시시한 책에 손이 먼저 가기 일쑤다. 그리고 그걸 다 읽고 나서 언제나 아, 또 귀중한 시간을 헛되이 써버렸구나! 탄식하고는 초조해진다. 그렇지만 그게 꼭 나쁘지만은 않은 것이, 적당한 수준의 초조감은 대뇌의 작용을 활성화하기도 한다. 학생 시절, 수학 시험을 볼 때 겨우 반 정도 풀었다 싶은 참에 시계를 보면 남은 시간이 약 15분밖에 없는 경우가 종종 있었다. 이것 참 큰일 났군! 하며 초조감에 몰릴 대로 몰려 무아지경 속에서 마구 풀어 나갔더니 15분 만에 남겨진 반 정도의 문제를 전부 해결했던 식의 추억담은 상당히 많은 사람들이 가지고 있을 것이다.

사람이란 여차할 경우 한꺼번에 발휘하기 위해 비축해두는 상당량의 지적 능력이 있게 마련이다. 이 능력이 발동되면 입력이든 출력이든 평상시의 몇 배 이상으로 효율을 낼 수 있다. 이 비축 능력은 사용한다고 해서 그만큼 줄어드는 게 아니기 때문에(역으로 인간의 능력은 사용하면 사용할수록 증진되는 경우가 많다), 때때로 그 능력을 발휘하여 사용하는 것이 바람직하다(의식적으로 자기 자신을 막다른 상황으로 내몰면 그렇게 될 수 있다). 그런 식으로 자꾸자꾸 사용하다 보면 비축 능력은 평상시의 능력으로 전화된다.

정보의 의미를 읽어내는 능력

지적인 정보의 입력은 기계적으로 행해질 수 없다. 귀를 통해 음성이 들려오고, 눈의 망막에 문자의 모양이 비치는 물리 현상이 일어나는 것만으로는 아직 입력이라고 할 수 없다. 그와 동시에 정보가 가진 의미를 이해하지 않으면 입력이 되지 않기 때문이다. 바로 이 대목이 인간의 대뇌가 컴퓨터와 근본적으로 차이나는 지점이다.

컴퓨터는 자신이 처리하는 정보의 의미를 알고 있을 필요가 없다. 입력된 정보를 수치화하여 그것을 주어진 연산법칙에 따라 계산하고 그 결과를 출력한다. 입력되는 정보와 출력되는 정보의 의미는 인간이 해독하지만, 입력에서 출력에 이르는 프로세스 자체는 의미가 배제된 연산일 뿐이다. 그에 반해 인간이라는 의미계에서는 의미가 부여되지 않아서는 정보로서 성립할 수가 없다. 인간의 사고는 의미라는 것과 떼려야 뗄 수 없는 관계에 있다.

따라서 입력 능력은 눈이나 귀의 생리적 정보수용 능력 이상으로 정보의 의미를 이해하는 능력에 의해 좌우된다. 후자는 정신의 집중력과 함수 관계에 있다. 속독술 책 등을 보면 눈을 움직이는 방식이라든가 건너뛰며 읽어도 되는 대목을 구별해내는 방법 등 다소 지엽적인 내용들이 주로 적혀 있다. 이런 류의 책은 아무리 많이 읽어도 속독 능력이 생기지 않는다. 속독에 필요한 것은 오로지 정신의 집중

뿐이다. 그 이외에 어떤 훈련도 필요치 않다.

최대한 잡념을 떨쳐내고 눈앞의 문장에 정신을 집중한다. 그 외의 어떤 것도 시야에 담지 않고, 아무리 시끄러운 장소에 있어도 귀에는 어떤 것도 들리지 않고, 문장의 의미 이외의 사념은 머릿속에 전혀 떠오르지 않는 상황에까지 이르면, 갑자기 놀랄 만한 속도로 눈동자가 내달리기 시작한다. 눈동자가 문자 위를 달리는 속도가 생리적 한계에 이를지라도 느려터진 것으로밖에는 느껴지지 않을 정도로, 의미를 읽어 들이는 속도가 가파르게 상승한다. 그러면 그 다음에는 시선이 문자 위를 자연스럽게 건너뛰며 내달리는 상태가 된다. '지금 나는 눈으로 글을 읽고 있다'와 같은 자의식조차 사라진다(완전히 사라지는 것은 아니고 간간이 그렇게 된다는 말이다). 그런 상황에서도 의미는 일관성과 연속성을 유지하며 흘러들어온다.

이 상태까지 되면 최고 경지다. 정신집중만이 이러한 상황을 만들어준다. 정신 능력을 그 지점까지 끌어올릴 수 있느냐 없느냐에 따라 입력 능력에 압도적 차이가 발생하기 때문에(그 결과 당연히 출력 능력에도 차이가 발생한다), 정신집중 훈련을 젊은 시절에 튼실하게 해두는 편이 좋다.

처음부터 속독을 하려고 해서는 안 된다. 속독은 결과다. 오히려 정신집중 훈련에 도움이 되는 것은 난해하기로 정평이 난 글을 골라 그 의미를 아무리 많은 시간이 걸려도 좋으니까 철저히 생각을 거듭하면서 읽는 것이다. 문장 한 구절을 읽어 이해하는 데 걸리는 시간은 한 시간도 좋고 두 시간도 좋다. 이해가 안 되면 비지땀이 나올 정도까지 어쨌든 생각해보는 것이다. 다른 것은 아무것도 생각지 않고 오직 그 의미만을 생각하는 것이다. 왜 나는 이게 무슨 의미인지 이해하지 못하는지, 자신의 머리가 지독히 나쁘다는 것에 절망하면서 그래도 결코 책을 내던지지 않고 반쯤은 자학적으로 최후의 순간까지 끈질기게 생각하고 또 생각하는 것이다.

철학서가 이런 훈련에는 적당할 것이다. 학생 시절 나는 친구와 둘만의 강독회를 만들어 칸트의 『순수이성비판』에 도전했던 적이 있다. 매회 겨우 몇 페이지만을 손에 들고 서로 강사의 역할을 맡았다. 겨우 몇 페이지를 읽기 위해 매회 두 시간 정도는 걸렸던 것 같다. 예습에는 그 몇 배의 시간을 들였음에도 불구하고 예습할 때는 이해할 수 있던 것 같은데 막상 만나서 얼마나 이해했는지 서로 확인해보면 의문투성이였고, 게다가 그걸 가지고 아무리 토론을 해보아도 풀리지 않는 게 상례였다. 결국 다 읽는 것은 도저히 불가능했지만 한동안 계속 읽어나가다 보니 칸트의 기본적인 발상이나 논의의 기본적인 방식은 파악이 되었고, 왠지 칸트를 어느 정도 이해한 것 같은 기분이 드는 수준까지는 도달할 수 있었다.

이런 방법을 시도할 거라면 난해한 책이 좋다. 그러나 난해한 책이라고 해서 뭐든지 좋은 것은 아니다. 정평 있는 고전적 명저 중에 난해하다는 세평이 높은 책이 좋다. (그런 책이 아니라) 그저 세상에서 단지 난해하다는 평만을 얻고 있는 책의 경우, 사실은 독자 쪽이 아니라 저자 쪽의 머리가 나빠서 난해한 책도 대단히 많기 때문이다. 그런 책을 독해하려고 진땀을 흘려봤자 정신집중 훈련은커녕 저자의 나쁜 머리에 보조를 맞추다가 어느새 자기 머리도 나빠지고 말 것이 뻔하다. 그렇게 "난해하기만 한 책"은 자연도태되어 사라져버리는 것이

운명이다. 그에 반해 시간의 시련을 견디며 살아남은 고전적인 난해
서의 경우는 비지땀을 흘릴 만한 가치가 있는 것이다.

다만 고전적인 명저라도 번역된 외국 서적을 읽을 경우에는 번역
이 잘된 것인지 아닌지 그 여부를 충분히 음미하지 않으면 안 된다.
잘못된 번역이나 나쁜 번역으로 인해 난해하게 되어버렸다든지, 의
미가 전혀 통하지 않게 된 경우가 부지기수이기 때문이다.

어쨌거나 이러한 훈련은 젊은 시절에 미리미리 해둘 필요가 있다.
나이가 든 이후에는 효과도 적고 시간도 허비될 터이니 포기하는 편
이 좋다.

입력의 두 가지 유형

입력에는 두 가지 종류가 있다. 첫째는 출력의 목적이 분명하여 그
목적을 만족시키기 위한 입력이라는 점이 확실한 경우, 둘째는 입력
을 해서 무엇을 어떻게 할지 등은 전혀 생각지 않고 그저 즐겁게 입
력하는 경우, 이렇게 두 가지다. '출력선행형'과 '입력선행형'이라고
부를 수도 있고 '지적 생산형'과 '지적 생활형'이라고 해도 무방하다.
전자의 경우, 입력은 수단이고, 후자의 경우는 입력 그 자체가 목적
이다.

내가 일삼아 정보를 쌓는 것은 모두 전자에 해당한다. 우선 주제가
있고 다음으로 그 주제를 전개해가는 데에 필요한 정보가 어디에 있
는지를 생각하여 찾아낸 다음 그것을 입력한다. 이 경우 가장 중요한

것은 입력의 앞단계, 즉 리서치 단계다. 리서치에는 리서치의 방법론이 있는데 이 부분은 나중에 서술하기로 하겠다.

아리스토텔레스는 주저인 『형이상학』을 "사람은 태어나면서부터 아는 것을 욕망한다"라는 문장으로 시작하고 있다. 앎을 추구하는 욕구는 인간의 생득적 욕구인 것이다. 그냥 내버려둬도 인간은 자연스레 앎을 추구하여 행동을 하는 동물이란 의미다.

인간은 인생의 태반을 지적인 정보를 주고받으며 보낸다. 그런 의미에서 인간은 물질대사계, 에너지대사계이면서 동시에 정보대사계이기도 하다. 물질대사에 의해 인간의 육체가 형성되고 유지되어 가듯이, 정보대사에 의해 각 개인은 각자의 지적 세계를 형성하고 그것을 유지하고 또한 발전시켜 간다.

누구에게 강요당해서가 아니라 본시 사람이란 존재는 기회만 있으면 지적인 정보의 입력을 수행한다. 모든 본능적 욕구와 마찬가지로 지적 욕구에도 그것이 충족되었을 때에는 쾌감이 있다. 이렇다 할 목적이 없는 입력의 경우, 굳이 그 목적이 뭐냐고 묻는다면, 아마도 충족되었을 때 얻는 쾌감이라고 말할 수 있지 않을까 싶다. 목적이 무엇이건 간에 앎을 획득한 당사자는 즐거워한다. 그에 비해 목적선행형의 입력은 입력 자체는 고통스러울 때가 많다. 고통이라고까지는 할 수 없다 해도 최소한 즐겁지는 않다. 쾌감은 출력이라는 목적이 달성되었을 때 생긴다.

목적선행형의 독서법

이 두 가지 유형의 입력을 비교해 보면 목적선행형 쪽이 무목적형보다 훨씬 능률이 높다. 내 경우는 다섯 배에서 열 배까지 차이가 난다고 할 수 있다.

한 권의 책을 즐거움을 위해 읽는 경우라면 기껏해야 하루 두 권 정도다. 그러나 특정한 정보를 찾아 문헌을 섭렵하는 경우에는 하루에 열 권 스무 권을 해치우는 것도 그리 어렵지 않다. 여기서 "책을 해치운다"라는 말은 "책을 읽는다"는 것과는 전혀 다른 말이다. "책을 해치우는" 경우에는 앞서 말한 속독술과는 다른, 신속히 읽어내는 방법이 동원된다. 한마디로 필요한 대목 이외에는 아예 읽지 않는 방법이다.

책이라는 것은 모름지기 첫 페이지부터 읽기 시작해서 마지막 페이지까지 읽는 것이라는 식의 고정관념을 버리는 것이다.

그러면 어디가 필요하고 어디가 불필요한가를 어떻게 분간할까? 무엇보다 중요한 것은 자신이 무엇을 필요로 하고 있는지를 명확히 인식해두는 일이다. 아무것도 아닌 것 같지만 이것이 가장 중요하다. 이것만 확실히 인식하고 있으면 목차, 작은 표제, 색인만을 활용해도 대체적인 감을 얻을 수 있다. 대체적인 감을 바탕으로 쓸모 있어 보이는 페이지를 펼쳐서 단락마다 몇 행씩 훑어보노라면 필요한 내용인지 아닌지 짐작이 선다. 필요한 부분을 찾으면 그곳을 정독한다.

색인도 없고 작은 표제도 없는데다 목차도 너무 간단한 책이라면, 페이지를 한 장 한 장 넘겨가는 것 말고는 뾰족한 해결책이 없다. 각 페이지를 모두 읽을 필요는 없고 슬쩍슬쩍 눈길을 주는 것만으로 충분하다. 신기하게도 필요한 정보가 있는 대목에는 자연스레 눈길이 멈추게 된다. 인간의 눈이나 대뇌는 무의식의 수준에서도 확실히 작동하는 것인지라, 무의식의 층에서 뭔가 커다란 발견을 하면 의식의 지평에까지 그 정보를 자동적으로 올려주게 되어 있다. 그러니 자신의 무의식의 능력을 신뢰하면서, 일일이 글자를 읽지 않고 책장을 넘겨가는, 즉 '눈이 책을 스윽 훑어보게 하는' 방식을 몸에 익혀두는 것이 좋다.

독자 여러분도 시험 삼아 손이 가는 대로 책을 집어 들어 적당한 페이지를 펴고 한 페이지에 2초 동안만 시선을 주어보라. 이때 읽는다는 의식을 완전히 버리는 게 가장 긴요하다. 마치 무슨 물건이라도 바라보는 듯이 활자를 스윽 조망한다. 한 페이지에 인쇄된 활자정보를 읽어 들이는 데에 2초는 너무 짧은 시간이지만, '활자가 인쇄된 한 페이지의 종이'라는 물건을 바라보기 위해서라면 2초는 꽤나 긴 시간이다.

여기서 한 가지 중요한 문제가 발생한다. 즉, 지면 전체를 하나의 물건처럼 보고 있는 가운데, 눈이 그만 특정한 글자를 읽고 마는 경우가 그것이다. 그럴 경우 그런 일에 저항하려고 할 필요는 없다. 눈이 제멋대로 읽어 들이는 것은 읽게 놔둔다. 그러는 사이에 2초 이상의 시간이 지난다 해도 당황하지 말고 그저 되어가는 흐름에 자신을 맡긴다. 여기서 정해진 시간을 지켜보겠다고 하는 어리석은 생각으로 눈이 읽고 싶어하는 것을 의식적으로 읽지 않으려 한다든지 하면, 무의식층의 작용마저 억압당해 결국 이도저도 안 되는 꼴이 된다. 눈이 자연스레 중요 정보를 집어주었으면 그 주변을 의식적으로 정독하는 것이 옳다.

이 수법으로 책을 읽어 가면 도중에 중요한 정보와 마주치지 않는 한, 300페이지짜리 책을 훑는데 600초, 즉 10분이면 충분하다. 군데군데 글자까지 읽은 대목이 많아진다 해도 한 권에 30분이면 해결할 수 있다. 지금까지 이야기한 내용 중 한 페이지당 2초라는 것은 어디까지나 하나의 목표라는 점을 잊지 말기 바란다. 각자의 페이스로 최적이라고 판단되는 시간을 스스로 설정하는 편이 바람직하다.

물론 이러한 방법을 써서 눈으로 훑는 것으로 충분한 문헌들이란, 중요도의 순위가 처지는 것들에 한정된다. 볼 만한 구석이 별로 없을 것 같다고 직감적으로 느끼지만 눈으로 대충이라도 한번 훑어두고 싶다든가, 그 책에서 필요한 대목은 이미 읽었지만 나머지 부분도 눈으로 한번은 훑어두고 싶다든가, 혹은 시간이 없어서 읽고 앉아 있을 여유는 없지만 눈요기라도 한번 해야겠다 싶은 경우 등등이 해당된다. 나의 경우, 이런 방법으로 산처럼 쌓아둔 자료를 잇달아 읽어치우는 가운데 생각지도 못한 중요한 정보를 입수한 적도 여러 번 있다.

눈으로 대충 훑는 것만으로는 충분치 않아서 좀더 자세히 읽어두고 싶은 자료의 경우에도 목적만 확실히 틀어쥐고 있다면 단시간 내에 상당한 분량을 소화할 수 있다. 목적하는 바가 확실하면 그 단락, 그 페이지, 그 장이 자신에게 필요한지 아닌지를 신속히 판단하여 필요한 대목만을 골라 읽으며 쭉쭉 나아갈 수가 있기 때문이다. 이때 중요한 것은, 반복해서 말하지만, 스스로가 자신의 목적을 언제나 명확히 파악하고 있어야 한다는 점이다.

입력과 출력의 균형

목적선행형의 입력은 능률은 있지만 능률을 너무 올리면 결함이 생긴다. 다시 말해서 목적에 관계되지 않는 부분을 척척 제거하며 나아가다 보면 자신이 설정한 목적으로부터 한 발짝도 벗어나지 못하게 된다. (능률을 너무 올리지 않는) 통상적인 경우라면 자료를 검토하는 과정에서 당초 기대하지 않았던 플러스 알파를 자연스럽게 얻게 되는데 이는 참으로 중요한 것이다. 그 플러스 알파로 인해 입력이 당초의 의도나 목표 이상으로 풍부해지기 때문이다.

목적이 너무 앞서게 되면 지적 입력은 빈곤해지고 초라해져만 간다. 따라서 출력도 빈곤해지고 만다.

입력량과 출력량에 대해 생각해보자. 물질적 생산의 경우라면 양자 간의 차이가 적으면 적을수록 좋다. 원재료가 얼마나 낭비되지 않고 유효하게 이용되었는가를 보여주는 척도이기 때문이다. 그러나 지적 생산에 있어서는 이 차이는 크면 클수록 좋다. 이 차이가 작다고 하는 것은 심한 경우에는 표절이요, 잘해야 있는 재료를 단지 짜깁기한 작품에 불과하게 된다. 역으로 이 차이가 크다고 하는 것은 작품에 녹아들어 있는 정보의 밀도가 대단히 높다는 것을 의미한다.

끊임없는 입력에 의해 축적되고 형성된 풍요롭고도 개성적인 지적 세계야말로 좋은 출력의 토양이다.

앞서 입력에는 시간이 걸린다고 말했지만, 출력에는 그와 비교할 수 없을 정도로 많은 시간이 소요된다. 두 시간이면 읽어치울 수 있는 얄팍한 책이라도 쓰는 입장에서는 100시간에서 200시간 정도는 걸렸을 것이다. 따라서 인생에서 남은 시간을 어떻게 배분할까라는 문제와 관련해서도 입력과 출력 중 어느 쪽에 더 비중을 두어 배분할 것인가를 일단 생각해두지 않으면 안 된다. 출력 쪽에 배분을 많이 하면 입력 쪽 배분이 금방 줄어들고 양자의 비율은 저하된다. 그러면 곧 출력의 질이 저하된다.

　너무 많이 써내는 저자의 책은 알맹이가 시원치 않은 경우가 통상적이다. 그러나 그 역이 반드시 성립하지는 않는다. 적게 쓴다고 해서 알맹이가 튼실한 것은 아니라는 말이다.

2

신문 정보의 정리 그리고 활용법

스크랩북

　신문 정보의 정리는 정보처리의 기본이다. 이 정보를 어떻게 정리할지 그 정리법에 대해 이야기해보겠다. 나 자신이 어떻게 정리하고 있는지 서술하면서 이야기를 풀어가자.

　십수 년에 걸친 시행착오를 거쳐 나만의 신문 정리법이 드디어 일정한 패턴을 갖추며 어느 정도 확립된 것은 최근 4, 5년 정도라고 할 수 있다. 물론 기본적으로는 다른 사람들의 방법과 동일하다. 중요한 기사를 오려서 스크랩북에 붙이는 것, 바로 그것이다.

　처음에는 시중에서 쉽게 구할 수 있는 아주 일반적인 스크랩북을 사용했다. 하지만 그게 의외로 불편하다는 것을 알게 되었다. 테이프나 풀로 일단 붙이고 나면 변화를 주기가 곤란하기 때문이다. 신문 스크랩이라는 게 대단히 잡다한 정보를 다루기 때문에 스크랩을 한 뒤에라도 분류 방식을 바꿔본다든가 특정한 자료만을 끄집어내서 눈앞에 펼쳐본다든가, 아니면 불필요한 부분만을 골라 버린다든가 등등, 다양한 이유로 인해 하나하나 별도로 취급할 필요가 생긴다. 그런데 시판중인 스크랩북은 그렇게 할 수가 없다.

　단, 시판중인 스크랩북도 단일한 주제를 장기간에 걸쳐서 추적하여 그 내용을 전부 보존해두고 싶다든가 할 경우에는 유용하게 쓸 수 있다. 혹은 전혀 보존할 목적 없이 임시로 스크랩하여 그때만 쓰고 나중에는 버려도 좋은 그런 경우라면 괜찮다.

　나의 경우 록히드 사건(1976년 2월 미국의 항공기 제조업체인 록히드사가 자사 여객기의 수주를 위해 뇌물을 뿌렸음이 세상에 드러난 사건과 그로 인한 재판. 다나카 가쿠에이는 록히드 사건으로 체포된 사건 관련 핵심인물의 하나로, 당시 전 내각총리대신이자 자민당 중의원 의원이었다.―옮긴이)에 대해서는 사건 발생 당초부터 오늘날에 이르기까지 현재 시중에서 구할 수 있는 스크랩북을 사용하여 꼼꼼히 스크랩북을 작성해왔다. 이런 스크랩북이 1983년 말까지 통권 350권에 달했다. 350권이라면 정말 무시무시한 분량이다.

여기에 사용하는 것은 극히 표준적인 A3 판형 스크랩북으로 파일의 등넓이는 2.5센티미터다. 그래서 이 모든 스크랩북을 전부 옆으로 늘어놓으면 9미터 가까이나 된다. 처음에는 사건과 관련된 정치동향도 함께 스크랩했지만 그걸 포함시키니까 양이 너무 불어나버려서 도중에 그건 따로 하기로 방침을 변경했다. 그랬는데도 이만한 분량이 되고 만 것이다.

더글러스 그러먼 사건(1978년 2월에 표면화된 일본-미국 간 전투기 구입에 얽힌 뇌물 사건. 사건의 명칭은 여기에 연루된 대표적인 미국의 항공기 회사가 맥도널 더글러스사와 그러먼사라는 데서 유래한다.―옮긴이) 때도 대대적인 언론보도가 있었는데 나는 그것도 공들여 스크랩했다. 이 사건의 경우 사건 발생 때부터 국회 쪽이나 정국의 동향, 강제수사에서부터 재판 확정판결에 이르기까지 그 모든 내용을 34권 안에 다 담을 수 있었다. 이와 비교해 보면 록히드 사건(350권)이 얼마나 스케일이 큰 사건이었는지 스크랩 분량만 봐도 알 수 있다.

'록히드 사건' 스크랩

록히드 사건의 스크랩 중 특히 초기 자료들에는 깊은 추억이 배어 있다. 록히드 사건은 사건 발생 당초부터 신문 역사상 최대 분량의 보도가 연일 계속 쏟아져 나왔다. 그 무렵 내가 근무하던 문예춘추사에서도 곧바로 특별취재반이 편성되었다. 취재반에 내가 내린 최초의 지시는 이 사건보도에 관해 완벽한 스크랩북을 만들라는 것이었다.

그날부터 취재반 사무실에는 각 일간지들이 2부씩 배달되었다. 《아사히》, 《마이니치》, 《요미우리》, 《산케이》, 《닛케이》, 《도쿄》, 《도쿄타임스》, 《적기赤旗》 등이었다. 《도쿄타임스》가 들어온 것은 이 신문이 《교도통신》이 제공하는 국내 뉴스를 도내에서는 가장 많이 실었기 때문이다. 《교도통신》은 전국적 영향력(독자수)에서 《아사히》, 《마이니치》, 《요미우리》 등 3대 일간지에 뒤지지 않는 힘을 갖고 있는데, 국내 뉴스는 오직 지방지에서만 이용되다보니 특히 수도권에서는 그다지 독자를 확보하지 못하고 있다. 그 때문에 일반인들로부터는 과소평가되어 있지만 취재력은 3대 신문사보다 나으면 나았지 결코 떨어지지 않는 신문이다.

일간지를 2부씩 구독한 것은 신문 지면의 앞쪽과 뒤쪽 모두 록히드 사건 보도인 경우가 종종 있었기 때문이다. 우리는 록히드 사건과 관계가 있는 뉴스는 모조리 잘라내 스크랩북에 붙였다. 어떤 기사가 필요한지 중요한지 등의 가치평가는 일체 하지 않고 록히드 사건의 '록' 자만 나와도 어쨌건 잘라내 붙였다.

스크랩이 되면 내가 그 내용 전부를 죽 훑어보았다. 그리하여 그중 진짜 가치가 있는 뉴스만 선별하여 그것을 복사, 각각 항목별로 지정된 스크랩북에 나누어 분류했다. 하나의 기사가 두세 항목에 관계되어 있을 때는 그 수만큼 복사하여 관계되는 모든 스크랩북에 붙였다.

분류항목은,

> 고다마(행동파 우익의 거물로 불리며 CIA와 깊은 관계가 있었다.—옮긴이) / 오사노(고다마의 친구로 '정상배正常輩'라 불리던 국제흥업의 사주.—옮긴이) / 마루베니(마루베니 주식회사. 록히드의 판매대리점.—옮긴이) / 전일공(전일본공수주식회사의 줄임말. 일본의 항공회사.—옮긴이) / 에어버스 판매경쟁(1960년대 이후 미국 기업들이 전 세계 항공기 시장을 독점하자 이에 위기감을 느낀 유럽 기업들이 국제협동회사 에어버스를 설립하여 대항하면서 벌어진 격렬한 판매경쟁을 말한다.—옮긴이) / PXL(차기 대체 초계기) / 록히드사 / 국회 심의 / 정계 및 정국 / 운수성運輸省 / CIA / 한국 / 미국 측 자료 / 수사 진전 상황

등등 약 20개 항목에 걸쳐 있었다.

요컨대 처음의 스크랩은 단순하게 시계열적으로 정리한 스크랩이고, 다음 단계의 스크랩은 가치평가를 가하여 취사선택한 후에 내용별로 분류한 것이다. 스크랩뿐만 아니라 방대한 분량의 자료를 잘 운영하려면 이렇게 이중으로 정리를 해두는 편이 좋다. 후자가 있으면 전자는 별 필요가 없지 않을까 싶겠지만 그게 그렇지가 않다. 전부를 포괄하는 단순 시계열(자료에 따라 다를 수 있기 때문에 반드시 시계열이어야 하는 것은 아니다. 요컨대 단순하면서도 시간의 흐름이 반영되어 있으면 좋다

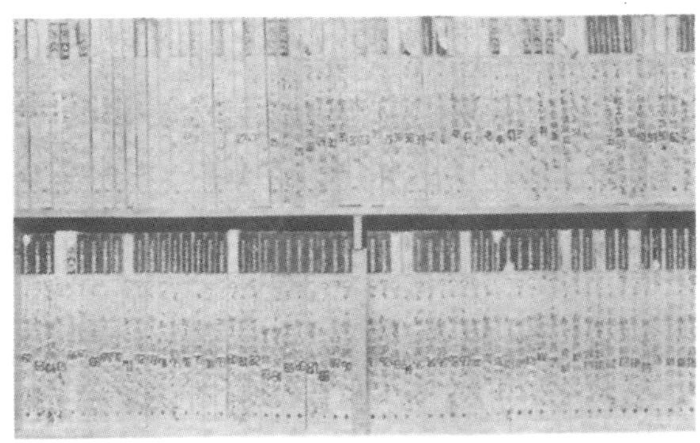

[록히드 사건 취재를 위해 만든 스크랩북 일부](사진제공: 문예춘추)

는 말이다)의 자료는 소위 자료의 마스터테이프, 즉 원본과도 같은 것이다. 이것만 확실히 확보하고 있으면 먼 훗날 자료를 어떤 방식으로든 활용할 수가 있다. 새로운 필요가 생겼을 경우, 어떤 식으로든 수월하게 검색이 가능하다.

당시 시점에서는 후자와 같은 가공된 자료만이 쓸모가 있지만, 그건 당시의 목적에 맞춰 가공한 것이니까 당시의 용도에만 도움이 된다. 다른 목적이 발생하면 그 목적에 따라 원자료(원본)를 가공할 필요가 생긴다. 그때 만약 원자료를 처분해버린 상태라면 끝장이나 다름없다.

정리하자면 긴요한 자료는 가공하기 전의 오리지널 상태 그대로 단순 검색이 가능하도록 원자료로서 보존해두라는 것이다. 자료를 가공할 때는 원자료를 쓰지 말고 복사한 걸 쓰도록 한다. 지금까지 말한 것은 어디까지나 '긴요한 자료'의 경우에 해당되는 것이고, 그리 중요치 않은 자료는 시간과 수고를 절약하기 위해 원자료를 자르고 붙이고 해가면서 가공해도 좋다.

또한 당장에 딱 들어맞는 쓸모는 없지만 먼 훗날 사용하기 쉽도록 원자료를 확보해 두고 싶은 마음에 이리저리 가공해두는 것은 시간 낭비니까 그만두는 편이 좋다. 구체적인 목적이 없을 때는 당연한 얘기지만 목적에 부합되는 가공이란 것 자체가 불가능하다. 그래서 광범위한 목적을 상정하여 가공을 할 수밖에 없다. 그리되면 품이 너무 많이 든다. 게다가 그렇게 품을 들인 만큼의 효용을 장차 발휘할 기회가 있느냐 하면 대개의 경우는 없기 마련이다.

늘 그렇지만, 자료 정리 같은 문제와 관련해서는 비용 대비 효과를 생각하기보다는 시간 대비 효과, 노력 대비 효과를 생각하는 것이 중요하다.

록히드 사건 당시의 스크랩 얘기로 돌아가자면, 그때 해놓은 스크랩의 효과는 매우 컸다. 록히드 사건과 관련된 보도량은 너무도 많아서 사건이 발생한 지 겨우 1개월 만에 스크랩북 35권, 2개월째에는 61권이 되어버렸다. 그만한 분량이라면 보통 어느 스크랩북에 어떤 것을 붙여놓았는지도 알 수 없게 되어 필요한 스크랩을 찾는 데에만 엄청난 시간이 걸릴 지경이다. 그러나 그런 상황에서도 가치 있는 정보만을 엄선하여 항목별로 한 권씩 가공해나가던 스크랩북 쪽은 각 권을 아직 다 채우지도 못한 상태였다. 어느 분야를 커버하는 것이든 간에 그 단계에서의 가치 있는 신문 정보는 모두 그 한 권만 보면 충분하도록, 콤팩트 하면서도 정보 밀도가 높은 스크랩북이 만들어져 있었던 것이다.

이렇듯 내용적으로 질이 높은 동시에 정보의 교차참조가 가능한 스크랩북을 만들려면 엄청난 품이 든다. 당시에는 두 사람이 자료정리 담당이 되어 노동시간의 상당 부분을 스크랩북 제작에 들이지 않으면 안 되었다.

이때의 경험으로부터 스크랩북이라는 것은 시간과 수고를 아낌없이 들여 일단 양질의 것(정보 밀도가 높은 것)을 만들어놓으면 그 효과는 놀랄 만큼 크다는 것을 알았지만, 개인적으로는 '시간과 품을 아낌없이 들인다'는 것은 불가능하다. 록히드 사건의 경우에도 그만큼 완벽한 스크랩북 제작이 가능했던 것은 특별취재반이 존재했던 몇 개월뿐이다. 그 이후 사건이나 재판에 대해 지속적으로 정보를 축적하는 것은 나의 개인적 업무가 되었기 때문에 구매 신문도 2가지로 줄고, 교차참조를 위한 별책 스크랩북 같은 것은 엄두도 낼 수 없었다. 그런 상황에서도 스크랩북이 350권에 달했으니 참으로 대단한 분량이다. 만일 초기와 같은 스타일로 스크랩북을 계속 만들어 나갔다면 누적 권수는 아마도 상상을 초월했을 것이다.

튜브 파일

그만한 분량까지는 아니더라도 보존할 스크랩북의 분량이 많이 늘어나면 시판되는 일반 스크랩북은 사용하기 참으로 곤란하다는 것이 금세 드러난다. 내가 사용하는 것은 〈고쿠요 라-43〉(문구나 오피스 가구, 사무기기를 제조, 판매하는 일본 회사. ─옮긴이)이라는 문방구점 등에서 가장 잘 찾을 수 있는 타입의 것인데, 그 안에는 속지가 겨우 28장, 그러니까 56페이지밖에 안 들어 있다. 여기에 전부 스크랩을 해도 기껏해야 8, 9밀리미터 두께밖에 안 된다. 그런데 스크랩북의 등넓이는 2.5센티미터나 된다. 이걸 10권 정도만 쌓으려 해도 등쪽의 전체 넓이는 25센티미터인데 반해 그 반대인 배쪽은 8, 9센티미터밖에 안 되기 때문에 곧 무너져버린다. 서가에 틈을 비집고 쑤셔 넣으려고 하면 일부가 밀려나와 앞으로 쏟아지기도 한다. 사용하다보면 짜증도 나고 불편하다.

물론 내가 사용하는 것과 다른 종류의 스크랩북도 있다. 대형 문방구점에 가면 스크랩북 종류가 이렇게나 다종다양했단 말인가, 하고 놀랄 만큼 많은 종류가 있다. 그러나 대체로 외견상의 디자인만 차이날 뿐, 기능적으로는 대동소이하여 이거다 싶은 것은 없다.

최근 수년간 록히드 사건 관계 이외에는 시판중인 스크랩북을 사용하지 않고 독자적인 스크랩북을 제작하였다. 요령은 이렇다.

우선 스크랩은 대지(두꺼운 종이)에 붙인다. 이때 기사 하나하나를 나중에 따로 써먹을 수 있도록 크기를 불문하고 기사 하나를 대지 전체에 붙인다. '대지 하나에 기사 하나'라는 원칙은 반드시 지켜야 한다. 기사가 대지보다 크면 접어서 붙인다. 대지에 비해 아무리 작은 기사도 여백은 여백으로 남길 뿐, 아까우니까 여백에 다른 기사를 하나 더붙이는 따위의 쩨쩨한 근성은 발휘하지 말아야 한다. 그렇게 하면 나중에 정리할 때 불편하여 반드시 후회하게 된다. 대지 1장을 검소하게 절약해봤자 3, 4엔의 득밖에 안 되니 결코 그런 근성은 나타내선 안 된다.

대지의 크기는 A4판으로 한다. 이것은 신문 한 페이지의 4분의 1보다 조금 크다. 단수段數로 치면 8단 기사까지 넉넉히 들어간다. 어떤

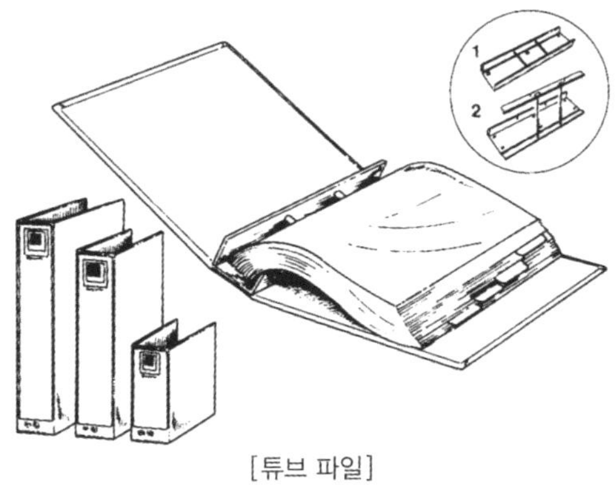

[튜브 파일]

크기의 기사라도 두 번 접으면 반드시 들어간다. 이 대지에 파일용 구멍을 두 개 뚫어 2공쪼 튜브 파일로 철해둔다. 이것으로 완성이다. 어려운 일이라고는 전혀 없다. 문제가 있다면 대지 조달과 구멍 뚫는 일뿐이다.

그런데 그것도 사실 의외로 간단하다. 종이 도매상(전화번호는 직업 별 전화번호부에서 찾을 수 있다)에 가면 단번에 해결된다. 일반인의 경우라도 일정 분량 이상을 한꺼번에 구매하면 재단도 해주고(종이 도매 상에서 취급하는 종이는 전지판이기 때문에 원하는 크기에 맞춰 잘라와야 한다) 구멍도 뚫어준다. A4판(물론 다른 판형이라도 무방하다. 튜브 파일 판형도 다양하게 나와 있다) 크기나 구멍 두 개짜리 파일 크기 모두 JIS(일본공업 규격. Japanese Industrial Standards) 규격이다. 어느 가게든 시판중인 튜브 파일에 딱 맞는 치수가 있기 때문에 걱정할 필요는 없다.

정확히 말하면 종이 크기에는 원지(전지) 치수와 가공 치수가 있다. 후자를 골라야 하는데, 전자는 제본 등의 단계에서 변화를 줄 수 있도록 잘려 나갈 부분을 미리 감안해서 만든 대형 치수다. 종이 도매상이 취급하는 전지판 종이는 모두 원지 치수다. 그러나 책이든 잡지든혹은 문구 종이든 상품으로서 완성된 것은 모두 가공 치수다. A4판의경우 원지와 가공 치수 간에 약 1센티미터 차이가 있다. 일반인이 종이 도매상 등에 재단을 요청하면 보통은 따로 얘기하지 않아도 가공치수로 해준다. 그러나 나의 경우 우연히 거래하던 종이 도매상을 한번 바꾼 적이 있었는데, 따로 얘기를 하지 않았더니 무심코 원지 치수의 A4판으로 해주어서 낭패를 본 일도 있다. 혹시 모르니 "가공 치수A4판"이라는 걸 확인해두는 편이 좋겠다.

종이 도매상에 가는 게 번거로우면 가까운 인쇄소(제본이나 출력 전문상점 혹은 소규모 공장이라도 좋다)를 찾아도 좋으며 문방구점의 경우에도 친절한 곳이라면 주문을 받아줄 것이다(물론 다소의 마진을 지불할 각오는 해둬야겠지만). 종이 종류는 종이 도매상이라면 자신이 직접 보고 고를 수 있으며, 그렇지 않으면 시판중인 스크랩북과 같은 종이(크래프트지)라는 식으로 지정해주면 충분할 것이다. 구멍 두 개짜리이니만큼 너무 약한 종이는 곤란하다. 또한 대지라는 목적에 비춰볼 때 너무 펄럭거리는 지질의 종이도 곤란하다. 스크랩북 종류보다는 좀 더 좋은 지질의 종이가 바람직하다. 종이 도매상에는 경이로울 정도로 많은 종류의 종이가 있으니까 한번 살펴보는 것도 좋을 것이다.

최소한 어느 정도의 양을 주문해야 요구사항대로 해줄지는 확신할 수 없지만 나는 언제나 4,000매를 주문한다. 그것으로 1년 동안은 문제없이 쓸 수 있다. 최근에 구입했을 때의 가격은 1만 2,000엔이었다.

튜브 파일은 등넓이 5센티미터짜리를 사용하고 있다. 접어서 스크랩해야 하는 대형 기사들이 꽤 많이 들어가는 상태로 대지 약 170매 정도까지 철을 하면 등넓이와 같은 두께가 된다. 시판 스크랩북보다 훨씬 효율이 높은데다가 일반 서가에도 들어갈 수 있기 때문에 사용이 편리하다.

목적 없는 스크랩은 그만둬라

다음으로 스크랩북 작성의 각 단계를 따라가며 유의해야 할 사항을 살펴보자.

모든 단계에서 늘 유의해야 할 점은, 가능한 한 스크랩북의 양을 줄여야 한다는 것이다. 이 점은 신문 스크랩만 해당되는 얘기는 아니다. 모든 자료의 정리와 보존에 들어가는 품은 적게 들어갈수록 좋다. 시간은 가능한 한 입력과 출력에 할애해야 한다. 나중에 자신이 다시 한번 입력할 가능성이 없는 정보는 보존해 두어봤자 의미가 없다. 미래의 출력(넓은 의미의 출력을 의미하는 것으로, 여기에는 자신의 생각을 정리하는 수준의 출력도 포함된다)에 도움이 될 성싶지 않은 정보 같은 것도 보존해둘 의미가 없다.

왜 이런 이야길 하냐면, 자료를 수집하고 정리하는 작업을 조직적으로 시작하면, 어느새 그러한 작업 자체가 하나의 목적으로 변해버려 본래의 중요한 목적(출력)을 망각하고 마는 일이 자주 발생하기 때문이다. 모름지기 자료의 수집정리란 제대로 하려고 들면 (아무리 시간이 많은 사람이라도) 결국은 시간이 부족할 수밖에 없게 되는 법이다. 어떤 분야에서든 완벽한 자료 정리 그 자체를 목적으로 살아가는 자료의 달인들은 존재하기 마련이다. 여러분도 그러한 존재가 되고 싶다면 몰라도, 그렇지 않다면 자료의 달인과 경쟁하겠다는 따위의 야망은 깨끗이 단념해야 한다. 자료를 개인적으로 수집하고 정리하는 일은 어떤 신통한 방법을 동원하더라도 완벽이란 무망한 일이며, 어느 정도는 적당히 하지 않을 수 없는 것임을 우선 명심해두어야 한다.

또한 무엇을 위해 자신이 이 기사를 스크랩하는 것인지, 그 목적을 잊지 않는 것이 중요하다. 확실한 목적이 없는 스크랩은 하지 않는 편이 좋다. 그런 것은 스크랩해 두어봤자 두 번 다시 볼 일이 없는 것이 대부분이기 때문이다.

다음으로 목적이 확실한 경우에도, 그 목적에 비추어볼 때 기사를 스크랩해두는 것이 가장 유효한 방법인지 아닌지 자문해볼 필요가 있다. 달리 말해 꼭 스크랩해두지 않더라도 지나간 신문기사를 찾아내는 것은 그리 곤란한 작업이 아니라는 뜻이다. 대개의 유력 신문들은 축쇄판을 낸다(단, 《산케이》와 《도쿄》 및 그 밖의 지방지 등은 축쇄판을 내지 않으므로 주의하라). 축쇄판의 목차를 보는 법에 익숙해지면(각 신문사마다 축쇄판의 구성에 특징이 있다는 점에 주의해야 한다. 한 신문사의 방식에 길들여진 눈으로 타사의 것을 검색할 경우 그 결과가 부실할 수밖에 없다) 대부분의 기사는 잘 찾아낼 수 있다.(우리나라도 마찬가지로 여러 신문의 축쇄판이 발행된다.─옮긴이)

때때로 나는 완전히 새로운 작업에 돌입할 경우 축쇄판에서 필요한 기사를 선별(필요하다면 몇 년치라도 축쇄판을 모두 구해서 선별한다), 복사하여 축쇄판에 의한 스크랩북을 만드는 경우가 있다. 이것은 엄청난 일처럼 보일 수 있겠지만, 축쇄판을 자유자재로 검색하여 복사할 수 있는 자료실을 이용할 수만 있다면 실로 간단히 해낼 수 있다. 주제에 따라 다르겠지만, 10년치 축쇄판을 죽 훑어보아 스크랩북으로 정리해내는 데에는 이틀만 있으면 충분한 경우가 많다. 시간적으로는 매일 스크랩 작업을 하는 쪽보다 훨씬 더 효율적일 것이다.

축쇄판 외에도 요미우리 신문사와 마이니치 신문사에서는 연감 형식의 기사색인을 발행하고 있다. 축쇄판을 한 권 한 권 일일이 뒤적여보는 대신 이러한 기사색인을 보는 것만으로 1년간의 기사를 검색할 수 있으니 대단히 편리하다.

요미우리 신문의 경우는 『요미우리 뉴스 총람』이라고 해서 1981년판부터 있다. 마이니치의 경우는 『마이니치 뉴스 사전』이라고 해서 1973년판부터 있는데, 1980년판까지 나온 후 현재까지 휴간중이다. 마이니치 신문사에 문의해보니 현재 메이지 시대의 신문기사 색인을 작성하는 작업에 바빠서 그것이 끝난 후에 재간행 작업을 시작할 것이라고 한다. 아사히 신문사는 꽤 오래전에 『아사히 인덱스』라는 기사색인을 간행했는데 3년간 간행하고는 장사가 되지 않자 중단해버렸다. 현재로서는 재간행 예정도 없다고 한다. '아사히'라는 명성에 어울리지 않는 처사다.(한국에서는 1960년대 이후 신문사와 통신사에서 『동아연감』,『합동연감』,『동화연감』,『경제연감』 등 숱한 연감이 쏟아져 나왔다. 특히 최근에는 『문예연감』,『출판연감』,『신문방송연감』,『보도연감』,『한국경제연감』 등 분야별 연감이 두드러지게 늘어나고 있다.—옮긴이)

결국 현재 이용가능한 것은 『요미우리 뉴스 총람』뿐이다. 이것은 매년 여름에 전년도에 해당하는 내용이 간행된다. 따라서 새로운 뉴스에 대해서는 역시 매월 축쇄판을 순차적으로 뒤적일 수밖에 없다.

또한 마이니치 신문사에서는 자료실 파일을 유료로 일반에게 공개하고 있다. 다이쇼(다이쇼 천황 시대의 연호로 1912년부터 1926년까지를 말한다.―옮긴이) 시대 이래 오늘날에 이르기까지 1,000만 매에 달하는 기사의 스크랩을 누구나 열람하고 복사할 수 있다.

요컨대 자신이 스크랩해두지 않더라도 필요한 기사를 검색할 수 있는 방법은 다양하게 존재한다. 이런 상황인데도 역시 자신이 직접 스크랩을 해야 한다면 어떤 필요성에 입각해서인가, 우선 그 점을 곱씹어 생각해보아야 한다. 깊이 생각해보았더니 스크랩은 전혀 하지 않아도 되는 결론에 이르렀다면 그것도 나쁘지 않다. 절대적으로 필요한 것 이외에는 기사를 오려두는 일을 그만두고, 후에 필요할지도 모를 정도의 기사는 노트에 날짜와 페이지와 표제만을 기록해두는 방법으로 전환해도 좋을 것이다.

작업 순서에 대한 조언

그래도 역시 자신은 스크랩을 할 필요가 있다는 사람들이 있을 테니 이번에는 구체적인 작업 단계에 있어서의 조언을 조금 해보겠다. 이 문제에 있어서도 필요성의 재확인이 역시 아주 중요하다. 스크랩의 수순은 이렇게 정리해볼 수 있다.

(1) 신문을 읽는다. (2) 표시를 한다. (3) 오린다. (4) 대지에 붙인다. (5) 분류한다. (6) 파일에 철한다.

이상의 모든 단계를 한꺼번에 해버리는 것도 가능하다. 성실한 사람일수록 그러기 십상이다. 그렇지만 이들 각 단계 사이에 시간을 두는 편이 좋다. 그리고 각 단계마다 필요성에 대한 판단을 되풀이하여, 불필요하다고 생각되면 대지에 붙인 후에라도 가볍게 폐기해버린다. 그리하면 한꺼번에 작업을 다 진행해버리는 쪽보다 스크랩 양을 반 정도로 줄일 수 있을 것이다.

신문 읽는 것과 표시하는 것을 별도 과정으로 만드는 방식은 이중으로 일이 되어 시간낭비가 만만치 않을 것처럼 느껴지겠지만, 실제로 해보면 그런 일은 일어나지 않는다는 것을 곧 알게 된다. 한번 신문을 확실히 읽어두면 두 번째는 페이지를 열고 지면에 흘끗 눈길을 주는 정도만으로도 필요한 기사는 금세 눈에 띈다. 또한 그만한 인상도 남기지 못하는 기사라면 오려둘 필요가 없다고도 할 수 있다. 읽는 것과 표시하는 것 사이에 두어야 할 시간은 개인차도 있어 하루도 좋고 1개월도 가능하다. 시간을 두는 만큼 그 기사가 적정한 뉴스로서의 가치가 있는지에 대한 판단이 가능하다. 처음 읽었을 때는 반드시 오려두어야 한다고 느껴졌던 기사도 1개월 후에 다시 읽어보았을 때 보존가치가 전무한 기사로 느껴지는 경우도 드물지 않다.

표시를 하는 문제와 관련하여, 어떤 기사는 필요할 것 같기도 하고 필요하지 않을 것 같기도 해서 표시를 해둘지 말지 망설일 때가 종종 있다. 선뜻 단념하기를 잘하는 유형의 사람들에게는 '망설여진다면 버린다'는 원칙을 정하고 이 원칙을 잘 지키는 방식을 권유한다. 좀체로 체념을 못하는 사람들(나도 그중 한 사람이지만)에게 권하고 싶은 것은 일단 표시만 해놓고 오려두지는 않은 상태로 두었다가, 나중에 그렇게 망설였던 것들만 모아서 다시 한번 보고 결정하는 방식이다. 나중에 다시 보면 대개는 버리게 된다. 이걸 반복하다보면 결단성이 없는 사람들도 점점 단념을 잘 하게 된다.

이렇게 해서 각 단계별로 필요성의 판단(판단에 시간을 들여서는 안 된다. 순간적으로 판단해야 한다)을 내리다 보면 그때마다 비록 순간적이기는 해도 내용을 다시 한번 상기하게 된다. 그것이 내용을 기억하는 데에 대단히 도움이 된다. 순간적 상기의 반복이 모든 기억술의 요체이기 때문이다. 그리고 기사 내용이 완전히 머릿속에 들어와버렸다는 것은 대체로 스크랩할 필요가 없어졌다는 얘기가 된다. 결국 이 또한 폐기하게 되는 셈이다.

그에 반해 모든 작업을 일거에 해버리면 머리를 사용하는 것은 처음에 기사를 읽을 때뿐, 그 다음은 기계적인 수작업의 연속이 되어버려 방금 말한 것과 같은 부수적 효과는 전혀 기대할 수 없다.

약간의 실용적인 주의사항

다음으로는 각 단계에 있어서 실용적으로 주의해두어야 할 사항이다.

첫째, 신문 읽는 데에도 방법이 있다. 신문이란 너무 진지하게 읽을 필요가 없는 것이다. 진지하게 읽다보면 아무리 시간이 많아도 부족하다. 어떻게 해도 신문을 '잘' 읽지 못하겠다는 사람은 비싼 수업료를 지불할 각오로 1개월 동안 평소 읽는 신문 이외에 4가지의 신문을 동시에 구독해보길 바란다. 소화해야 할 내용에 쫓기다보면 결국은 싫어도 신문을 빨리 읽을 수 있게 될 것이다. 신문사나 잡지사 모두 마찬가지지만, 프로 저널리스트들은 매일 신문 전체를 일별하는 사람들이다. 그들은 이런 습관을 통해 속독 능력을 자연스레 배양하고 있다.

표시를 할 때는 기사의 끝을 확인해 거기에도 표시를 해 둔다. 신문기사는 레이아웃에 의해 뒷부분이 엉뚱한 데로 날아가는 경우가 있다. 표시를 해두지 않으면 그렇게 날아간 뒷부분을 잘라버리는 일이 흔히 있다.

오려내기 전에 기사 머리 부분에 신문명, 월일, 조/석간 구별을 해두는 것은 당연한데, 그게 몇 년도 기사인지를 적어두는 건 자주 잊는다. 연호 따위는 적어두지 않아도 어느 해의 일인지 알고 있으니까 문제없다고 여기는 것은 경솔한 생각이다. 몇 년 지나면 언젠가는 반드시 잊게 된다. 특히 대지를 이용하는 경우는 다양한 목적 하에 이리저리 배치할 필요가 있기 때문에 연호는 반드시 필요하다.

자를 때는 어떤 도구를 쓸까? 가위는 품이 많이 들고 커터칼은 다른 부분까지 자르게 된다는 단점이 있다. 가장 좋은 것은 철제 곱자曲尺다. 자른다기보다는 곱자를 대고 찢는 것인데 익숙해지면 커터칼보다 빠르고도 깨끗이 찢을 수 있다.

분류는 독자적으로 고안하라

분류는 자신에게 가장 적합한 독자적인 분류법을 고안하는 게 제일 좋다. 그렇다고 해서 처음부터 분류를 생각해둘 필요는 없다. 올바른 분류는 사후적으로 생겨나는 것이다. 일단 정치, 경제, 사회 등으로 대분류를 해본다. 하나의 대분류 밑에 분량이 너무 불어나면 적당한 중분류를 생각해본다. 예컨대 정치라면 정국, 국회, 자민당(여당), 야당…… 등의 항목으로 나눠본다. 경제라면 국제경제, 국내거시경제, 금융, 산업, 재정…… 등으로 나눠본다.

이상은 어디까지나 예로 든 것이다. 중항목은 철두철미하게 자신의 스크랩 내용에 준하여 만들어야 한다. 스크랩 분량이 항목을 더 세분할 필요가 없는 정도밖에 안 되는데도 단지 관념적으로 생각해낸 분류항목에 따라 분류작업을 하는 것만큼 어리석은 짓은 없다. 새로운 분류항목을 만들지 않으면 분류작업이 혼란에 빠지게 될 때, 바로 그때 항목을 만들면 된다. 그리고 그 경우 어떠한 항목을 만들어내면 최적인가를 자신이 현재 하고 있는 스크랩을 눈앞에 두고 그에 입각하여 생각한다. 관념을 앞세우는 것은 금물이다. 중항목을 한번에 몇 가지씩이나 생각해내어 대항목을 일거에 중항목으로 세분화하는 식으로 대규모 분류작업을 할 필요는 없다. 중항목은 필요에 쫓길 때마다 하나씩 생각해내면 그것으로 족하다. 그리고 '기타'라는 중항목을 하나 확보해두어 남은 것은 모두 그 안에 넣어둔다. '기타'가 너무 양이 많아지면 중항목을 추가한다.

다음으로 특정 중항목이 너무 늘어나면 이번에는 소항목을 생각해낸다. 예컨대 금융이라면 금융정책, 은행, 증권 등으로 나눈다. 물론 이 경우에도 필요에 따른 순번으로 나누고 그 과정에서 '금융 기타'라는 소항목을 별도로 만들어 그것을 활용해야 함은 말할 것도 없다.

혹은 어떤 특정한 항목이 갑자기 불어났는데 그것이 뭔가 특별한 사건이나 사태의 발생에 기인하는 그런 경우에는 그것 자체를 하나의 특별한 분류항목으로 만드는 것이 훗날의 활용에도 편리하다. 내 경우에는 '록히드 사건' 등의 항목이 여기에 해당한다. 이러한 분류항목에는 우선순위를 부여해야 하는데, 만일 어떤 기사가 그 항목에 관계되는 동시에 또 다른 항목에도 관계가 되는 경우에는 모두 그 특별한 항목 쪽으로 넣도록 하는 것이 좋다.

록히드 사건의 경우를 예로 들자면 이 사건은 정치, 경제, 외교, 외국 뉴스 등의 모든 분야와 관계가 있지만, 모두 록히드 사건 항목에 넣어두는 것이다. 물론 여유가 있다면야 두 가지 이상의 항목에 관계되는 것은 복사를 해서 각각의 항목에 이중으로 분류해두는 것이 가장 좋다. 그러나 대개의 경우는 거기까지 손이 미치지 못하기 때문에 머릿속에서 어떠어떠한 것에 대해서는 어떤 항목을 참조해야 한다는 걸 기억해놓든가, 기억력에 자신이 없는 사람들은 그걸 대지에 메모해두는 것이 좋다.

꼭 이런 경우가 아니더라도, 두 가지 이상의 분류항목에 겹치거나 혹은 어느 분야에 넣어야 좋을지 애매한 경우는 자주 일어난다. 그럴 경우 기본적으로는 방금 말한 방식으로 처리해야 한다. 그러나 바로 이런 대목에서 기본적으로 분류해놓은 것에 머물며 기계적인 처리를 하는 것으로 만족하는가, 그렇지 않고 '잠깐!' 하며 한걸음 더 깊이 파고들어 생각해보는가에 따라 큰 차이가 생긴다는 사실을 유념해야 한다.

현실에 입각한 분류

이때 무엇을 생각해야 하는가. 앞서 말했듯이 "분류는 현실에 입각해서"라는 것이 철칙이다. 그런데 분류할 수 없는 기사가 출현했다는 것은 기존의 분류에 들어맞지 않는 현실이 거기에 존재한다는 얘기가 된다. 그런 상황에서 전혀 개의치 않고 그러한 현실을 기존의 분류에 맞춰버리려는 처리 방식이 바로 지금 말한 기계적 처리 방식이다. 이러한 처리 방식은 현실에 입각한 처리가 아니라 도리어 기성 분류에 입각한 처리 방식이라고 해야 할 것이다. 그런 것은 현실을 기존 틀 안에 무리하게 쑤셔 넣기 위한 처리에 불과하다.

그러면 현실에 입각한 처리란 어떻게 하는 것일까? 그것은 이러한 새로운 현실에 맞추어 분류 방식 쪽을 변화시킬 수는 없을까 생각해보는 것이다. 새로운 틀을 만들면 지금까지 기성의 분류틀에 넣어두었던 것 중에서도 새로운 틀에 들어갈 것이 있는 것은 아닐까, 라고 생각하는 것이다. 근래 유행했던 개념을 사용하면 '패러다임'의 변경이 발생하는 것은 아닐까, 라고 생각하는 것이다. 그런 생각이 반드시 현실화되지 않아도 괜찮다. 변화시킬 수는 없을까 생각하는 것 자체가 중요하다.

분류 자체를 목적으로 삼으면 매끄럽게 분류할 수 없는 항목의 출현은 번거로움 이외의 그 무엇도 아니다. 그렇지만 분류는 어디까지나 수단이다. 목적은 지적인 출력에 있다. 그리고 보다 향상된 지적 출력을 위해서는 그러한 항목의 출현에 촉발 받아 사고의 틀 자체를 새롭게 생각해보는 편이 훨씬 더 유익하다.

예를 들어 자민당 간사장과 야당 서기장이 요정에서 밀담한 사실을 폭로한 특종기사가 있다고 하자. 이것은 '자민당(여당)'과 '야당' 중 어느 쪽으로도 분류할 수 있다. 혹은 '정국'이라고 분류할 수도 있겠다. 여기까지는 기성의 틀이다. 잠깐! 여기서 '밀담'이라는 분류항목을 만들어보면 재미있지 않을까? 지금까지의 정치사에서 밀담 사례를 모아보면 재미있지 않을까? 아니, 잠깐! 이것은 밀담이지만 특종기사에 의해 이미 밀담이 아니게 되어버렸다. 이러한 부류의 밀담 특종은 누군지 모르지만 어떤 정치가가 모종의 정치적 의도 하에 자기 파벌의 기자를 활용하여 의식적으로 흘린 것일 가능성도 많다. 이런 식의 밀담이란 진정한 밀담과는 그 의미가 다르다. 다시 말해서 "그때 실은……"이라는 형태로 훗날에야 비로소 세상에 드러나는 역사적 고백담과는 다른 것이다. 오히려 '밀담 특종'이라는 분류항목을 만들어보면 재미있지 않을까? 혹은 '요정 정치'는 어떤가? '여야 공모 정치'라고 하면 어떨까? '연합정권의 태동'이라고 하면 어떨까?

이와 같이 다양하게 생각을 굴려보아 어떤 항목을 수립해 놓았으면, 기존의 다른 항목에 있던 저 기사도 혹은 또 다른 항목의 이 기사도 새로운 항목에 들어오는 것은 아닐까, 등등 생각을 계속 밀고나가는 것이다.

이 정도까지 되면 분류는 이미 지적인 생산행위로 상승한다. 이때까지 행해온 것과 같은, 정보를 보존하고 관리하기 위한 정적인 분류가 더 이상 아니게 된다. 생각과 동시적으로 진행하며 발전해가는 동적인 분류가 되는 것이다. 이 과정이 잘 진행되어 가면 원래 목표로 한 지적 출력의 내용이 그 속에서 뚜렷이 윤곽을 갖추기 시작한다.

그리 되면 일은 이제 다 된 것이다. 여기에 최우선 순위를 부여하여, 그때까지 정적으로 분류되어 있던 모든 데이터들로부터 출력 목적에 부합하는 이 분류항목에 관련이 있는 모든 것을 투입해간다.

이상의 얘기를 정리해보자. 우선 소재에 입각한 분류를 한다. 그것도 소재를 관념적으로 파악한 분류가 아니라 현실에 입각한 분류를 한다. 그 과정에서 목적을 발견하면 목적에 입각한 분류를 최우선으로 한다.

이상의 과정에서 가장 중요한 것은 현실에 입각한 새로운 분류가 있는 것은 아닐까, 또 그 분류를 통해서 보면 같은 일이 다르게 보이는 그런 새로운 분류가 있는 것은 아닐까, 늘 생각해보는 일이다.

분류는 지적 생산행위

이런 생각을 해나가는 경우에 중요한 것은 뭔가 새로운 분류항목을 생각해내려고 할 때는 기존의 분류항목과 동일한 평면에 서 있어서는 안 된다는 사실이다.

분류라는 것은 대체로 하나의 평면에 주목하여 그 평면을 분할함으로써 이루어진다. 예컨대 정당을 평면분할하면 우선 여당과 야당으로 나뉘고, 그것을 더욱 세분하면 각 정당이 나오고, 각 당을 더욱 세분하면 파벌이 나온다. 이런 분할은 아무리 많이 해나가더라도 기성 분류를 세분화하는 이상의 일은 불가능하다.

새로운 분류를 생각한다는 것은 눈앞의 대상을 기존의 분류평면과는 다른 평면 위에서 새로이 포착해본다는 것을 의미한다. 그러한 평면의 바탕 위에서 어떤 평면을 생각해볼 수 있을까. 잇달아 새로운 발상이 용솟음치는 사람일수록 사고에 유연성이 있고 또 그러한 사람일수록 풍부한 지적 출력이 나온다.

그런 사고의 유연성을 기르는 데 좋은 훈련으로는 인간을 둘로 분할하는 기준을 잇달아 생각해보는 방법이 있다. 남과 여, 어리석은 자와 영리한 자, 고양이를 좋아하는 사람과 개를 좋아하는 사람, 뚱뚱보와 홀쭉이 등 여러 가지가 있을 수 있다. 1시간 이내에 100가지 이상 생각해낼 수 있다면 합격이다. 여기에 든 예보다 세세한 인간관찰에 바탕을 둔 개성적인 분류기준이 많으면 많을수록 좋다. 내가 들어본 중에 독특한 것으로는 '귤껍질을 위에서부터 벗기는 사람과 밑에서부터 벗기는 사람', '레스토랑에서 주문할 때 다른 사람이 고른 것에 맞추려는 사람과 다른 사람이 시킨 건 안 시키려는 사람' 같은 것이 있었다.

그 다음으로 그렇게 생각해낸 100가지 기준을 분류해보면 어떤 분류가 가능한지 생각해보자. 요컨대 하나하나의 분류는 모두 인간이 지닌 여러 측면들 중 어떤 특정한 측면에 주목한 분류일 터다. 예를 들어 인간의 육체적 측면에 주목한 기준, 생활습관에 주목한 기준, 성격에 주목한 기준, 뭐 이런 식으로 말이다. 혹은 같은 육체적 측면이라 해도 더 나아가 외관상의 측면과 생리적 측면으로 세분할 수도 있다. 어쨌거나 이렇게 해서 구체적 기준이 갖는 함의를 추상화하여 끄집어내본다.

다음으로 그렇게 끄집어낸 인간의 여러 측면들이 인간이라는 실체의 전부를 포괄하는 데 충분한지 아닌지 생각해본다. 빠진 것이 있으면 그것을 일단 써서 놔둔다. 다음으로 하나하나의 측면에 대해서 그것을 어떤 기준으로 보면 가장 좋을지, 그 최상의 기준을 만들어본다. 이런 과정을 거쳐 완성된 것은 처음의 100가지 기준과는 크게 달라져 있을 것이다.

이처럼 구체적인 것을 추상화하고, 추상적인 것을 구체화하면서 현실을 구체성과 추상성의 왕복 가운데에서 포착하려는 노력이 좋은 지적 출력을 위해 필요하다.

칸막이를 이용한다

기사를 붙인 대지를 분류하는 데에는 책꽂이 안에 칸막이를 활용하는 것이 좋다. 사무가구점에 가면 어떤 치수의 철제 칸막이도 간단히 맞춰주니까 자신의 필요도에 따른 크기로 만들면 된다.

우리 집에 한 구획에 A4판 대지가 딱 알맞게 들어가도록 되어 있는 3칸 10단짜리 칸막이 서가(50쪽 사진 참조)를 구입했는데 가격은 3만엔 정도였다(특별판매가). 각 구획마다 높이가 14센티미터가 좀 못 되고 350매 정도의 스크랩은 너끈

[필자가 사용중인 철제 칸막이]

히 넣어둘 수 있다. 튜브 파일 두 권 두께에 가까운 것이다. 이것은 기본적으로 대지를 분류하는 용도로 쓰이지만 나아가 파일 한 권이 다 채워질 때까지 이곳에 보관해두면 좋다. 칸막이에 들어 있는 동안은 기존의 분류를 변경하여 새로 바꾸는 작업까지도 얼마든지 쉽사리 할 수 있기 때문이다.

또한 칸막이를 이용할 때든 튜브 파일을 이용할 때든, 신문 스크랩을 정리한다는 형식에 구애받을 필요는 없다. 애써 자신의 필요에 맞는 분류법을 만들어낸 것이니까 같은 방식으로 분류해두면 편리한 다른 자료들도 거기에 넣어둘 수 있다. 규격에 맞게 구멍을 뚫을 수 있는 펀치용구를 문방구점에서 사두었기 때문에 어떤 자료라도 구멍을 뚫어 튜브 파일에 철할 수 있다.

3

잡지 정보의 정리에 대하여

방대한 분량의 잡지를 독파한다

이번에는 잡지기사의 정리에 대해 생각해보자.

나는 매달 산더미 같은 분량의 잡지를 일람하고 있다. 우선 일반 주간지는 거의 전부를 일람하고 종합 월간지도 그렇게 한다. 월간지의 경우에는 종합지뿐만이 아니라 젊은이들 취향의 잡지도 꽤나 보는 편이며 다양한 저널 전문지도 몇 가지 구독하고 있다. 그 이외에 때때로 서점에 가서 전문잡지 서가를 엿보다가 다양한 잡지를 사들고 온다. 애독하는 PR지도 몇 종 있다. 노파심에 말해두지만 이렇게 잡지를 읽어대는 것은 직업상의 필요에 따른 것일뿐 다른 사람들에게는 절대로 권할 수 없는 일이다.

물론 잡지 전부를 꼼꼼히 읽지는 않는다. 꼼꼼히 읽다보면 잡지를 읽는 것만으로 매일 날이 저물어버린다. 주간지라면 연재소설, 칼럼 등은 일체 읽지 않는다. 이것만으로도 읽는 분량은 3분의 1 이하로 줄어든다. 제목과 부제를 보았는데 별로 흥미가 일지 않는 것은 읽지 않는다. 흥미가 일어 읽기 시작한 것이라도 별것 없다면 즉시 읽기를 중지한다. 끝까지 읽는 경우에도 대충 훑어보는 식으로 읽는다. 월간지의 경우에도 기본은 동일하다.

요는 읽을 가치가 없는 것은 가능한 한 읽지 않는다는 것. 돈 주고 산 잡지를 읽지 않다니 뭐하는 짓인가 따위의 생각은 결코 하지 않는 것이다. 읽을 가치가 없는 것을 읽느라 낭비하는 시간 쪽이 훨씬 더 아깝다. 하지만 물론 어떤 식으로라도 소비해야만 하는 시간이 당장 눈앞에 펼쳐지는 경우라면 시덥잖은 잡지기사를 손에 잡히는 대로 읽어보는 것도 그런대로 괜찮은 시간 죽이기다.

내 경우 잡지를 읽는 것은 전철을 타고 있는 시간, 침상에 들어 잠들기까지의 시간, 책상에 앉아 일을 시작하기까지의 워밍업 시간, 일을 끝내고 혼자 술을 마시고 있을 때 등으로, 어차피 쓸모없을 시간을 이용하는 것일 뿐이다. 그런 시간만 가지고도 앞서 말한 정도의 잡지를 훑어볼 수는 있다.

기사의 보존과 카드작업

잡지 기사 중에서 이것은 좀 보존해둘 가치가 있다고 느낀 기사는 주간지라면 찢어서 모아둔다. 그때 표지도 남겨둔다. 표지 안에 찢어낸 기사를 끼워둔다. 찢는 것은 보존량을 줄이기 위해서고 표지를 남기는 것은 나중에 검색할 때 쓰기 위해서다. 월간지는 기사의 머리 페이지를 접어두거나 서표를 끼워두어 잡지를 그대로 보존해둔다. 그리고 기사 하나하나를 도서카드에 기입해둔다

월간지를 찢지 않고 통째로 보존하는 데에 특별한 의미는 없다. 예전에는 철사로 철을 한 잡지가 많았기 때문에 잘 찢어지지 않았던 시대에 굳어진 습관일 뿐이다. 잡지를 보관할 수 있는 공간이 적은 사람은 월간지도 찢어 보관하는 편이 좋을 것이다. 아니면 도서카드에 기록해 두었으니까 나중에 필요해지면 도서관을 이용하기로 하고 통째로 폐기해버려도 좋다. 당연한 얘기겠지만 도서관에서 간단히 찾아내기 힘든 특별한 잡지는 실물 상태로 보존해두어야 한다.

도서카드는 도서관의 도서목록용 소형 카드를 사용하고 있다. 기사의 제목, 저자명, 잡지명, 발행 연월일만을 기록해둔다. 옛날에는 기사 내용을 잊지 않도록 카드에 간단히 메모해둔 적도 있었지만, 그에 노력이 너무나 많이 들어가는 데 비해 그 메모를 활용하는 일은 거의 제로나 마찬가지였기 때문에 이후에는 그만두었다. 정말로 중요하고 인상에 남은 기사는 카드의 기재사항만 보아도 대개의 내용까지 상기할 수 있다.

카드는 주제별로 분류한다. 앞서 신문 스크랩의 분류에 대해서 말할 때 이미 밝혔지만 분류는 자기 마음대로, 자신에게 맞는 방식으로 하는 것이 가장 좋다. 개인적으로 정보정리를 할 때 늘 유의하는 사항은 타인이 이용할 경우의 편리함 따위는 일체 고려하지 말고, 이것은 100퍼센트 내 전용이라는 대전제 위에서 가능한 한 품이 덜 들고, 가능한 한 자신이 이용하기 편리하도록 배열하는 것이다. 이것은 노래 알아맞히기 카드놀이를 할 때와 비슷한 상황이다. 노래 앞부분의 카드와 뒷부분의 카드를 맞추는 대결을 벌일 때, 우리는 서로 상대방의 편의 따위는 전혀 고려하지 않고 오직 내가 금방 찾아낼 수 있도록 최대한 머리를 쥐어짜서 카드를 배열한다. 바로 그와 같은 원리다.

'오야 문고'의 독특한 분류법

잡지를 모아둔 도서관으로 유명한 '오야 문고大宅文庫'는 그 분류법이 독특한 것으로도 유명하다. 본래 오야 문고는 오야 소이치大宅壯一

(일본의 사회평론가 및 논픽션 작가. 그의 이름을 딴 오야 소이치 논픽션 상은 그 권위로도 유명하다. ─옮긴이)가 자신의 작업을 위해 개인적인 자료서고로 만든 것이다. 개인적인 자료서고니까 철두철미 자신에게 맞게 만들었고 그러다보니 독특한 분류법이 태어난 것이다.

오야 문고에는 현재 약 6,000종류, 20만 권의 잡지가 있는데, 그 잡지의 기사들은 인명색인과 건명件名색인 두 가지로 찾아볼 수 있게 되어 있다. 독특한 것은 건명색인 쪽이다. 33가지의 대항목이 635개의 중항목으로 나뉘고, 이것이 또 6,072개의 소항목으로 세분되어 있다. 거기에 총 40만 건이 들어 있다(인명색인 쪽은 약 4만 명에 대해 34만 건).

대항목은 비교적 건실한 것들이지만 그중에는 '기인奇人 연인', '여자', '도박', '정사情死 및 자살' 같은 이채로운 항목도 있다. '범죄 및 사건'이라는 대항목에는 25가지의 중항목이 있는데 그중 다섯 가지가 살인 사건 관계로 '살인 일반', '존속 살인', '보험금 살인', '이유 없이 지나가는 사람을 해치는 살인, 무차별 살인', '유명한 살인 사건' 등으로 되어 있다.

소항목을 보면 개개의 살인 사건 외에도 '인체 절단 살인 사건', '푸대, 자루, 콘크리트에 묻어서 살해한 사건', '치정 살인' 등의 항목도 보인다.

'세태'라는 대항목에는 21가지의 중항목이 있다. 그중 '돈'이라는 중항목에는 '인색', '돈 폭력', '성금', '부자 순위', '보물찾기', '돈벌이', '아이디어' 등과 같은 소항목이 늘어서 있다. '장사, 소비, 직업'이라는 중항목에는 '사기를 이용한 장사', '꿈을 파는 장사', '이동식 포장마차',

'싸게 사는 요령', '몸으로 거리 광고를 하는 사람' 등 다양한 소항목들이 포진해 있다.

도서관의 십진분류법 등속과는 전혀 인연이 없는 독특한 분류다. 자신만을 위한 분류라면 누구든지 이 정도는 독특한 분류를 하는 것이 좋겠다.

오야 소이치의 경우는 시야가 넓은 저명한 저널리스트였기 때문에 그의 분류는 독창성과 동시에 일반성 또한 획득할 수 있었고, 일반에 공개된 이후에도 그대로 답습되어 오늘에 이르고 있다. 이것은 예외에 속하는 경우다. 다른 사람은 자신이 정리한 자료가 일반에게 공개될 가능성 같은 것은 전혀 생각지 않아도 된다. 능률을 최우선시 하여 철저하게 자신만의 방식으로 밀고나가는 것이 가장 중요하다.

오야 문고 이야기가 나온 김에 말하자면, 이 잡지 도서관은 일본이 세계에 자랑할 만한 문화시설의 하나다. 이런 도서관은 세계 어디에도 없다. 어떤 경로로든 여기 모여 있는 자료들은 대단히 개성적인 것들이다. 공공 비용으로 운영되는 도서관이라면 애시당초 구입하지 않았을 것이고 구입했다 해도 장기 보관은 하지 않을 것들이며, 설령 보관한다 해도 기사색인까지는 절대로 들어올 수 없는 시시한 잡지까지 제대로 보관되어 기사색인이 만들어져 있다는 것은 실로 경탄할 만하다(오야 문고 주소: 도쿄도 세타가야구世田谷區 하치만야마八幡山 3-10-20 전화: 03-3303-2000).

일본의 2대 잡지색인

　신문기사에 색인이 있듯이 잡지기사에도 누구나 이용할 수 있는 색인이 있다. 국립국회도서관이 정기적으로 간행하는 『잡지기사 색인』과 『오야 문고 분류카드』가 일본의 2대 잡지색인이다. 딱딱한 기사라면 전자, 그렇지 않은 가벼운 기사라면 후자의 색인에서 대개 찾을 수 있다(우리나라도 한국잡지정보관www.kmpa.or.kr/museum에서 목차 및 색인검색 작업이 가능하다. ―옮긴이).

　다만 국회도서관의 잡지기사 색인은 대부분의 도서관에 있어 누구라도 언제든 이용가능한 데 반해, 오야 문고의 분류카드는 오야 문고에만 있기 때문에 오야 문고에 가지 않는 한 이용할 수 없다.

　오야 문고에서는 『오야 소이치 문고 색인목록』을 발간하고 있다. 여기에는 오야 문고가 어떠한 잡지를 수록하고 있고 어떠한 분류항목을 갖고 있으며 인명색인에 나오는 각 인물과 관련하여 몇 건 정도의 기사가 있는지가 기록되어 있다. 이걸 보면 오야 문고의 대략적인 개요를 알 수 있다. 하지만 개요 이상의 것을 알고자 하는 사람은 아무래도 이 잡지 도서관까지 발걸음을 옮겨야 한다.

　오야 문고를 이용하는 데 있어 유의할 사항은 오야 문고가 소장하고 있는 잡지 전부가 색인화 되어 있지는 않다는 사실이다. 오야 문고에는 현재 432종의 잡지가 매호 들어오는데 그중 색인이 만들어져 있는 것은 대략 50종에 불과하다. 일손이 부족해서 카드로 분류되지 못한 책, 그저 쌓아 놓기만 한 상태의 잡지들이 오야 문고에는 산적해 있다. 이것도 실물을 열람함으로써 이용할 수 있다. 그러한 잡지의 목차만을 마이크로 필름으로 만들어 마이크로 필름 리더로 잇달아 목차를 보며 검색할 수 있게 되면 더욱 이용하기 수월해질 테지만, 예산 관계로 인해 거기까지는 손길이 미치지 못하고 있다.

그러한 미분류 잡지는 차치하고서 이미 분류되어 있는 것만으로도 방대한 분량이다. 대부분의 문제는 그것만으로 충분히 해결된다.

그러므로 신문 스크랩의 경우와 마찬가지로 이러한 잡지색인을 이용함으로써 해결되는 것에 대해서는 자신이 독자적으로 잡지기사 분류카드 같은 것은 작성하지 않는 편이 좋다. 시간이 아까우니까 말이다.

어느 '정리 마니아'의 희비극

내가 기회 있을 때마다 이런 얘기를 반복하는 것은 자료정리라는 것은 일종의 바닥없는 진창 같은 것이라서, 언제라도 발을 뺄 수 있도록 늘 주의하지 않으면 어느새 깊숙이 끌려들어가 전신이 구렁텅이에 빠져버릴 위험성이 도사리고 있기 때문이다.

언젠가 우리 집에 돌연 20대 중반의 낯선 청년이 오사카에서 애써 상경하여 찾아온 일이 있다. 그의 얘기인즉슨, 당신(다치바나 다카시)이 쓴 글은 광범위한 주제에 걸쳐 있으며, 실로 공들여 모은 자료에 바탕을 두고 쓰여져 있다, 그와 관련하여 일상적으로 자료정리를 어떤 식으로 해두시는지를 여쭈어도 좋겠는가, 실은 자신도 다양한 방면에 흥미가 있어 평소부터 자료정리에 노력을 많이 기울이고 있는데 좀체 잘 되지 않는다, 자신이 쓰고 있는 방법을 이제부터 말씀드릴 테니까 다양한 충고 바란다, 는 부탁이었다.

이렇게 말하고 그는 커다란 포장지 안에서 다양한 카드라든가 스크랩북, 파일링 같은 것들을 잇달아 꺼내 늘어놓았다(최근에 한번 커다란 문방구점에 가니 자료정리용품 코너가 있고 거기에는 놀랄 만큼 다양한 물건이 나와 진열되어 있었다). 그가 물건들을 꺼내놓자 우리 집 탁자는 금세 그러한 문방구점과 비슷한 곳으로 변해버렸다. 그리고 설명을 들어보니 실로 멋지게 그러한 용품을 십분 활용하여 생각할 수 있는 모든 자료정리를 하고 있었다. 어느 한구석 트집 잡을 데가 없는 멋진 자료정리법이었다.

내 정리법은 지금까지 얘기한 데서도 알 수 있듯이 제멋대로의 방식에다가 전체적으로도 엉성하여 늘상 무엇이 어디에 있었는지 알 수 없어 이곳저곳 헤집고 나서도 원하는 것을 찾지 못하는 일이 비일비재하다. 그러나 그의 경우에는 어떤 자료라도 3중, 4중으로 교차참조가 가능하도록 되어 있는데다가, 정리가 깔끔하게 되어 있기 때문에, 어떤 자료라도 즉석에서 찾을 수 있게 되어 있다. 이런 청년 한 사람을 자료정리원으로 고용하면 얼마나 좋을까 하는 생각마저 들 정도였다.

그러나 이만큼 완벽한 자료정리를 하기 위해서는 엄청난 노력이 들 것이라는 생각에, 이렇게 정리하는 데 매일 어느 정도 시간을 쓰는지 물어보았다. 그러자 매일 아침부터 저녁까지 하고 있다는 답이 나왔다. 일은 안 하냐고 묻자 부인이 경영하는 미용실이 잘 되어서 자신은 좋아하는 일을 할 수 있는 것이라고 한다.

매일 좋아하는 것을 이것저것 탐독하고는 그것을 정리한다. 특히 잡지를 좋아하여 이것저것 뒤져가며 읽는다. 읽으면 읽을수록 흥미로운 대상이 확산되어 간다. 이것도 재미있고 저것도 재미있으니 장차 연구해보고 싶은 주제도 계속 늘어만 간다. 정리해두고 싶은 자료도 그에 따라 늘어간다. 게다가 방금 말했듯이 정성스레 자료정리를 하기 때문에 밤에 잠잘 시간도 아껴가며 정리를 해도 완전히 따라잡지 못할 정도가 되고 말아, 끝내는 자료를 읽을 시간을 줄여야 하는 지경에 이르도록(요컨대 내용을 충분히 읽지 못한 채) 자료정리를 하고 있다는 것이다.

플로베르의 『부바르와 페퀴셰』는 지적 호기심의 대상이 점점 확대되어 자료수집과 정리라는 진창 속에서 정신적으로 파산해가는 지적 딜레탕트의 비극이랄까 혹은 희극을 그린 소설인데, 마치 그런 사람을 현실에서 직접 만나는 기분이었다.

목적과 수단의 전도

옛날에 이런 미담을 신문에서 읽은 기억도 있다. 70세를 넘긴 어느 대부호가 자신이 태어난 고향 마을에 도서관 건립 비용으로 몇십 억 엔을 기부했다는 이야기인데, 그 기사에 따르면 그 노인은 어린 시절부터 향학열이 강하여 어릴 때부터 마음껏 책을 읽고 싶다고 생각했다고 한다. 그러나 책을 사기 위해서는 돈이 필요하고, 책을 읽기 위해서는 시간이 필요하다. 그런데 그는 가난한 집에서 자라나 어릴 때부터 돈벌이에 나서지 않으면 안 되었다. 책을 읽기 위한 돈도 시간도 없었던 것이다.

그래서 그는 결심을 했다. 좋아! 마음껏 책을 읽을 수 있게 되기 위해, 우선 책에 대해서는 잊고 열심히 돈을 벌어 대부호가 되자! 그 결심대로 그는 책 같은 건 한 페이지도 읽지 않고 오로지 열심히 돈을 벌었고 결국 대부호가 되었다. 몇십 억 엔이라는 자산도 만들었다. 그러나 문득 정신을 차려보니 책을 읽지 않고 살아온 가운데 어느덧 노년이 되어버렸다. 지금에 와서는 책을 읽기 위한 시간도 돈도 충분히 있지만, 지금까지 책을 읽지 않은 인생을 보내왔기 때문에 더 이상 책을 읽고픈 욕구도 기력도 없었다.

자신의 인생을 돌아보니 어리석은 인생이었다는 생각이 든다. 이 몇십 억 엔이라는 자산도 무엇을 위해 모은 자산인가 생각하노라면 그다지 기쁘지도 않았다. 이런 자산은 하나도 없어도 좋으니까 젊었을 때 책을 많이 읽었더라면, 하는 마음이었다. 그리하여 과거의 자신처럼 가난한 청년이 자신과 마찬가지의 오류를 범하지 않아도 되도록, 도서관을 짓고 싶다는 것이 기부의 이유였다.

이야기 자체는 미담이다. 그렇지만 이 노인의 인생은 역시나 본인 스스로가 인식하고 있듯이 어리석었다. 인생의 목적을 설정한 것까지는 좋았는데 그것을 실현하기 위한 수단에 매몰되어 오로지 수단만을 추구하다보니 어느덧 인생이 거의 종착역에 이른 것이다.

오사카의 청년도 이대로 가면 틀림없이 이 노인과 같은 운명을 맞을 것이다. 부인에게 밥벌이를 시키면서 아침부터 저녁까지 자료정리를 하는 와중에 일생이 끝나버릴 것이다. 그 자신은 그렇게 명확히 인식하지는 못하고 있었지만, 어쨌거나 이대로 가면 어찌할 수도 없게 되리라는 불안과 초조에 시달리다가 내게 상담하러 찾아온 것이다.

그 청년은 더 합리적이고 더 능률적인 자료정리 방법이 있을 터인데, 자신은 그것을 알지 못한 관계로 이러한 곤경에 빠진 것이라고 생각하고 있었다. 그래서 자료정리법에 관한 충고를 내게 자꾸만 부탁하는 것이었다. 그러나 내가 해준 충고는 딱 1개월 동안만 일체의 자료정리를 그만두고 본인이 대체 무엇을 하고 싶은 것인지 깊이 생각해보는 것이 어떤가, 하는 것이었다.

내게는 제시해줄 만한 방법론상의 충고는 전혀 없었다. 어쨌거나 그 청년 쪽이 나보다 훨씬 뛰어나게 자료정리를 하고 있었으며, 방법에 관해서도 나무랄 데가 없었다. 하지만 그에게는 내 말이 아무래도 받아들여질 수 없었던지 퍽이나 석연치 않은 얼굴로 오사카로 돌아갔다. 그 이후 10여 년 동안 어떤 접촉도 없었는데, 혹시 지금도 그는 밤낮으로 반쯤 미친 상태로 오로지 자료정리만 하고 있는 게 아닐까 은근히 걱정이 된다.

카드는 자신을 위해 만들어라

이야기가 좀 튀었다. 잡지기사 색인카드 이야기로 돌아가면, 분류를 함에 있어서 어떤 기사를 몇 가지 키워드와 관계인명 어느 쪽으로든 찾을 수 있도록 해두는 것이 이상적이다. 오사카의 청년은 그렇게 하고 있었다. 그러나 그렇게 하기 위해서는 그 수만큼 카드를 만들고 중복분류를 하지 않을 수 없다. 그러기 위해서는 엄청난 품이 든다.

따라서 나는 그렇게 하고 있지 않다(다만 카드 대신 컴퓨터에 데이터를 입력하여 검색할 수 있도록 해두면 중복분류에 의한 교차참조는 실로 간단하다. 조만간 그렇게 할 예정이다). 그렇게까지 하지 않더라도 검색할 때 이 문제는 다른 분류 안에도 관계되는 것이 있을 수 있겠다는 생각이 들 경우, 그렇게 관계가 있을 법한 항목의 카드를 뒤적여 보면 결국 같은 효과를 얻을 수 있을 것이다.

카드 작성과 분류시 들어가는 수고와 검색시 들어가는 수고, 양자를 비교하면 후자 쪽이 압도적으로 적게 든다. 물론 이것은 일반론으로 성립할 수는 없다. 자신만의 소수정예 카드에만 해당되는 얘기다. 도서관 등의 일반적인 이용을 위해서는 철저한 중복분류에 의해 교차참조가 최대한 가능하게 되어 있어야 한다.

일반 이용을 위한 카드와 자기만을 위해 자신이 만드는 카드, 이 양자 간의 최대의 차이는 전자는 옥석이 섞여 있어도 되기 때문에 망라주의를 제1원칙으로 하고 그리하여 양이 방대하게 늘어날 수밖에 없는 데 반해, 후자는 석(돌)은 전부 버리고 옥만을 선별한, 그래서 양은 적지만 정보밀도는 높은 카드색인을 만들 수 있다는 점에 있다. 만일 그런 차이가 없다면 굳이 자신이 따로 만들 이유가 없다. 옥석 혼합이라도 괜찮다면 일반인이 언제라도 이용할 수 있는 색인이 있다.

정보에 손을 댈 때 엔트로피가 감소하는 방향으로 하지 않으면 손을 대는 의미가 없다. 옥석이 마구 섞여 있는 카드는 양을 불리면 불릴수록 엔트로피가 증대될 뿐이다.

실물을 수중에 넣는 것의 장점

카드를 만드는 작업은 자신이 읽은 것을 다시 한번 참조하게 될 때를 대비하는 것이다. 여기에는 직접 손으로 만든 카드가 최적이다.

그게 아니라 어떤 주제가 있고, 그에 대해 쓰여진 것을 전반적으로 섭렵하고 싶을 때에는 기존의 색인에 의지할 수밖에 없다. 이를 위해 우선 의지할 자료는 앞서 얘기한 국회도서관의 『잡지기사 색인』과 『오야 문고 분류카드』다.

그러나 이 2대 색인집은 모든 정기간행물을 총망라하고 있는 것이 아니다. 그러니까 특별한 주제를 추적하고 있다면 우선 그 주제에 관계되는 정기간행물에는 어떤 것이 있는지를 조사할 필요가 있다.

어떤 영역의 주제를 조사하든 그 영역을 커버하고 있는 잡지를 구해서 읽어보는 것이 언제나 조사의 중요한 첫걸음이다. 전문지가 가진 정보량은 대단히 크다. 어떠한 전문지가 있는지를 조사하려면 『일본잡지총람』, 『학술잡지 종합목록』 같은 책을 검토하는 것이 하나의 방법이다. 더 손쉬운 방법으로서는 그 영역의 전문가에게 물어본다든가, 전문 서점에 물어본다든가, 혹은 전문 도서관에 가보는 등의 방법도 있다. (한국잡지협회www.kmpa.or.kr에서도 『한국잡지총람』을 간행하고 있다.―옮긴이)

필요한 정기간행물이 앞서 말한 색인 중에 들어 있는지를 조사해보고, 들어 있지 않으면 그것을 포함한 전문 색인이 있는지 조사한다. 그런 색인이 없으면 달리 방법이 없으므로 직접 과월호의 목차를 하나하나 뒤적여보는 작업이 필요하다.

이 마지막 방법에는 품이 들 수밖에 없지만 자신이 원하는 주제에 필요한 중요 정기간행물이라면 반드시 애쓴 보람이 충분히 나타나는 성과 있는 작업이 될 것이다. 알맹이 없는 색인이나 카드로부터는 절대로 얻을 수 없는 고도의 정보가 정기간행물이라는 실물 자체를 손에 넣음으로써 얻어지는 경우가 종종 있다.

색인이라는 것은 목차를 해체하고 분석하여 그것을 목차의 맥락과는 다른 논리 하에 재조직함으로써 작성된다. 하나의 종합이었던 목차가 색인 안에서는 해체된 단편의 집적이 되고 만다.

흥미를 끄는 기사를 색인에서 발견하고 그 기사의 복사를 의뢰함과 동시에 그 잡지 자체를 손에 넣어 해당 기사가 어떠한 목차의 맥락 안에 있는지를 새삼 확인해보는 과정에서, 색인만을 봤을 때는 알아차릴 수 없었던, 상호비교하며 읽어봐야 할 중요한 기사를 발견하는 일도 심심치 않게 경험한다. 기사만이 아니라 그 호의 광고라든가 독자투고란에 생각지도 못한 정보가 있는 경우도 있다.

색인에서 발견한 두 기사가 우연히도 같은 잡지의 같은 특집에 나란히 실렸던 기사였다는 것을 알게 되어, 새삼 특집 전체에 눈을 돌리니 다 재미있을 듯해 결국 전부를 다 읽어본 적도 드물지 않다. 해체된 단편들이 원래의 종합 안에서 다시 복원되는 순간이었다.

그런 점에서 실물을 수중에 넣어 목차를 꼼꼼히 뒤적여보는 작업은 색인 가지고는 도저히 해결될 수 없는 상황에서만 할 게 아니라, '이 주제라면 이 잡지'라고 할 만큼 정평 있는 잡지가 있는 경우에는 아예 처음부터 색인 따위는 거들떠보지 말고 실제 잡지를 들고 하나하나 목차를 넘겨보는 쪽이 훨씬 더 수확이 많을 것이다.

외국의 잡지기사 색인

주제에 따라서는 외국 잡지를 참조해봐야 할 때도 있다. 외국 잡지의 기사에 대해서 조사할 때에는 (신문에 대해서도 마찬가지인데) 우선 전문 도서관에 가보는 게 좋다. 주요 국가들은 일본에 저마다 문화원을 개설하고 있는데 여기에는 도서관이 부속으로 있다. 미국이라면 시바(도쿄도 미나토구의 지명.―옮긴이)의 〈아메리칸 센터〉, 영국은 진보초(도쿄도 지요다구의 지명. 서점가로 유명하다.―옮긴이)의 〈브리티시 카운실〉, 프랑스는 오차노미즈(도쿄도 분쿄구 유시마에서부터 간다까지 걸쳐 있는 지역.―옮긴이)의 〈일불회관〉 등이다(이밖에 해당 국가의 대사관에 문의해보는 것도 좋다).(우리나라로 치면 미국문화원, 영국문화원, 프랑스문화원 등에 해당되는 공보기관들이다. 참고로 우리나라에 있는 주요 문화원은 다음과 같다. 미국문화원은 현재 폐쇄되었으며, 주한미국대사관 자료정보센터http://korean.seoul.usembassy.gov/501.html를 활용하면 된다. 영국문화원www.britishcouncil.org/kr/korea: 서울시 종로구 신문로 1가 226 흥국생명빌딩 4층. 독일문화원http://www.goethe.de/ins/kr/: 서울, 부산, 대전에 있는데 그중 서울에 있는 독일문화원은 서울특별시 용산구 후암동 339-1 전화 (02) 2021-2800. 프랑스문화원http://www.france.or.kr/CCF_kr/index.htm: 서울특별시 중구 봉래동 1가 10번지 우리빌딩 18층. (02) 317-8500. 일본대사관 공보문화원http://www.kr.emb-japan.go.jp/: 서울특별시 종로구 운니동 114-8. (02) 765-3011~3 중국문화원http://www.cccseoul.org/: 서울특별시 종로구 내자동 200번지. (02) 733-8307~9.―옮긴이) 이들 도서관의 사서에게 도움을 청하면 대개의 정보를 얻을 수 있다.

외국 잡지의 기사색인 중에서 이용가치가 대단히 높은 것을 하나만 소개한다면 미국의 《The H. W. Wilson Company》가 발간하고 있는 『정기간행물 독자가이드Reader's Guide to Periodical Literature』(이하 『독자가이드』)를 꼽고 싶다. 이것은 1900년부터 발간되고 있는 잡지기사 색인으로 현재 약 180개 잡지의 기사가 분류되어 있다. 저명한 일반지는 말할 것도 없고 전문지라도 유명한 전문지는 거개가 들어 있다.

왜 이 색인의 이용가치가 높으냐 하면 세계의 잡지왕국이라고 불리는 미국에서 가장 정평 있는 잡지기사 색인인 만큼, 포괄하고 있는 180개 잡지가 보유한 정보량이 대단히 풍부하며, 게다가 색인이 참으로 꼼꼼하게 만들어져 있기 때문이다. 꼼꼼히 만들어진 색인이라는 표현을 사용한 것은 1차적으로 주제별 분류가 세세하게 되어 있고 나아가 그들 간의 교차참조가 친절히 붙어 있다고 하는 점 때문이다. 내가 쓴 책 중에서 『우주로부터의 귀환』 등은 이 색인 없이는 아예 불가능했다고 해도 과언이 아니다.

이 색인이 좋은 점은 1900년까지 거슬러 올라간다는 점, 그러면서 동시에 2주에 1회씩 새로운 호가 나오기 때문에 늘 최신 정보라는 점이다. 2주마다 한 번씩 나오는 호는 얇은 잡지 같은 체제를 띠고 있다. 1년에 몇 회씩 그런 최신호들을 종합한 종합판이 나오고 나아가 1년에 한 번 그것들이 큰 책으로 묶여 나온다. 이용자는 그것을 순차적으로 이용함으로써 최신 잡지의 기사까지 조사할 수 있다.

색인은 약어를 많이 사용하여 콤팩트 하게 되어 있기 때문에 색인의 이용방법과 약어의 의미를 우선 알아두어야만 하는데 이는 색인 앞부분에 알기 쉽게 정리되어 있다. 이 색인에는 인명색인과 주제색인이 혼합되어 실려 있다. 그러니까 인명항에는 그 사람이 쓴 것과 그 사람에 대해 쓰인 것이 모두 실려 있다. 같은 인명의 표제항 도중에 "about"이라는 소표제가 있는데, 그 이하 부분이 바로 그 사람에 대해 쓰여진 것들이다. 또한 숫자가 나열되어 있는 부분은 권수, 페이지수, 발행연월일 순으로 되어 있다. 이 권수와 페이지수 사이가 콜론(:)으로 연결되어 있는 부분이 다소 당황하기 쉬운 대목이다.

색인에서 꼭 보고 싶은 기사를 발견했지만 그 기사가 실려 있는 잡지가 일본에 없을 경우에는 어떻게 하면 좋을까? 미국의 의회도서관에 직접 편지를 쓰던가(복사비, 우송료를 동봉하여), 혹은 〈아메리칸 센터〉에서 도서관을 소개받을 수밖에 없다. 일본에서는 외국 잡지의 과월호를 입수한다는 게 그리 녹록치 않다. 〈아메리칸 센터〉에는 약 180종의 잡지가 들어오는데 이것은 『독자가이드Reader's Guide』의 180종과는 크게 다르다. 그리고 그것을 전부 장기간 보존하는 것도 아니다.

일례를 들자면 미국에서 가장 대중적인 《타임》, 《뉴스위크》, 《라이프》 이렇게 세 잡지의 지난 20년간의 과월호를 조사해볼 필요가 있어 이리저리 찾아보았지만, 일본 어디에도 없다는 것을 발견하고는 놀랐던 적이 있다. 국회도서관, 〈아메리칸 센터〉, 주요 국립대학과 주요 사립대학의 도서관, 《타임》, 《뉴스위크》, 《라이프》 일본지사, 지국, 주요 신문사, 출판사 자료실 등 모두 찾아보았지만 다 갖추고 있는 곳은 어디에도 없었다. 이만큼 대중적인 잡지의 과월호는 어디서든 쉽게 구할 수 있을 것 같지만, 부분적으로는 몰라도 모두 갖춘 곳은 일본 어디에도 없는 것이다(혹시 있는 데를 알고 있는 분은 부디 알려주시라.: 그후《타임》일본 지사에서는 미국 본사에 (창간호를 포함하여)《타임》과 《라이프》의 모든 과월호(미국판)를 주문하여 자료실에 보관, 일반 독자들도 이용할 수 있게 해놓았다. 또한《라이프》의 과월호는 (창간호를 포함하여) 누마즈시립스루가 도서관에도 있다).

그러므로 외국 잡지를 보고 필요한 기사를 발견했다면 반드시 그 실물이나 복사물을 보존해두어야 한다. 일본 잡지는 대중적인 잡지의 경우라면 오야 문고가 있으니까 폐기해도 무방하다. 그러나 오야 문고에 있다 해도 색인화가 안 되어 있는 잡지라든가, 오야 문고에도 없을 성싶은 진귀한 잡지, 전문적인 잡지, PR지 등은 자신이 실물로 보관해두어야만 한다.

행잉 폴더의 활용

잡지 정보 이외의 여러 가지 정보들을 정리해두는 데에는 행잉 폴더hanging folder가 편리하다. 이것은 70쪽의 그림에서 볼 수 있듯이 반으로 접은 폴더(여기에는 표제가 달려 있다) 사이에 무엇이든 넣은 다음 캐비닛 안에 꽂아놓는 폴더로서 다양한 판형이 있다. 실로 단순한 구조지만 단순하니까 편리한 것이다. 뭐든지 들어갈 수 있다. 넣고 빼는 것이 자유롭다. 폴더 통째로 교체함으로써 분류변경도 자유! 또한 폴더째 어디로 가지고 갈 수도 있고 다른 캐비닛으로 옮기는 것도 자유다.

나는 캐비닛을 총 16개 사용하고 있는데 그 외에도 서랍 캐비닛을

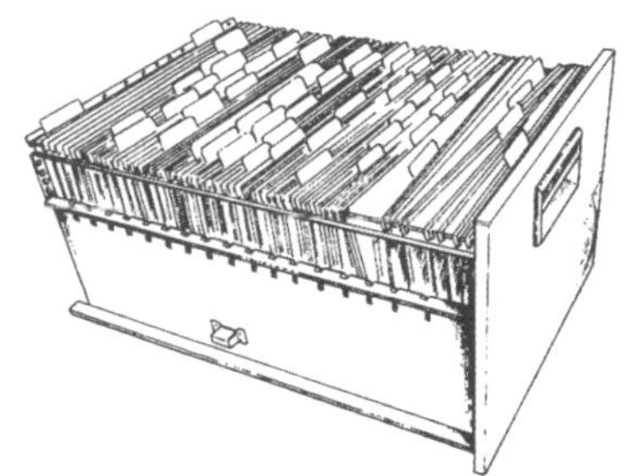

[행잉 폴더가 들어간 서랍]

[그 서랍 캐비닛을 이용하여 만든 책상(좌우 양쪽에 서랍이 있는 책상)]

하나 별도로 사와서 그걸 책상 위에 두고 있다. 그 서랍 안에 늘 가까이 두고 편리하게 쓸 수 있는 폴더와 현재 진행중인 작업에 필요한 폴더를 넣어둔다. 작업이 일단락되면 필요 없어진 폴더를 캐비닛으로 옮기고 다음 작업에 필요한 폴더를 가지고 온다.

어떤 작업에 돌입할 때 나는 일단 신문 스크랩이든 잡지기사 복사물이든 필요한 것을 이 폴더 안에 옮겨놓는다. 그 밖에 다른 자료들도 어쨌든 모두 여기에 넣어버린다. 예컨대 뭔가 생각이 나면 그것을 메모해서 넣어두든가 나중에 이야기할 '재료 메모'나 차트 혹은 자료를 다양하게 가공한 것들도 여기에 넣어둔다. 메모란 그 속성상 보존하기가 어렵고 없어지기도 쉬운 것이지만, 이 폴더라면 쉽게 보관해둘 수 있다.

내가 이용하는 것은 B4형인데 이 사이즈를 고른 것은 (주간지에 자주 나오는) 양 페이지에 걸친 큰 기사들을 복사하여 그대로 여기에 넣을 수 있게 하고 싶었기 때문이다. 그 밖에 신문 스크랩에서 임시분류 해놓은 기사 전용으로 A4형도 보유하고 있었지만, 책장 칸막이를 만든 이후에는 거의 쓰고 있지 않다. 또한 작은 메모들을 넣어두기 위해 B5형도 갖고 있다. 자신의 목적에 비추어 사용하기 편리한 유형을 고르는 게 좋다.

B4형 캐비닛을 재미있게 이용하는 방법이 하나 있는데, 이 캐비닛으로 좌우 양쪽에 서랍이 있는 책상을 만들 수 있다. 2단형 캐비닛을 좌우에 놓고 그 위에 베니어판을 얹어놓기만 하면 된다. 행잉 폴더를 담은 캐비닛 네 개를 곁에 두고 쓸 수 있는, 기능적으로 최고로 편리한 책상을 저렴하게 장만하게 되는 셈이다. 나는 여기저기에 작업장이 있는데 자택 서재의 책상은 이렇게 만든 것이다(70쪽 사진 참조). 주의할 것은 제조회사에 따라 같은 2단형이라도 캐비닛의 높이가 다르기 때문에 자신이 사용하기 편리한 높이의 캐비닛을 골라야 한다는

점이다. 또한 책상으로 쓸 베니어판은 가능한 한 두꺼운 것을 써야
한다. 나는 30밀리미터 두께의 베니어판을 쓰고 있다.

4

정보검색과 컴퓨터

『뉴욕 타임스 인덱스』

『독자가이드』를 소개한 김에 『뉴욕 타임스 인덱스The New York Times Index』에 대해서도 소개하겠다. 신문색인 분야에서는 이것이 최고다. 이에 비하면 일본의 신문색인 따위는 아직 원시적인 단계에 있다.

『뉴욕 타임스 인덱스』의 어떤 부분이 뛰어나느냐 하면, 우선 기사 분류에 있어서 표제에 구애받지 않고 기사의 내용을 잘 읽어내서 필요하다면 하나의 기사를 여러 종류로 중복분류하여 다양한 키워드로 호출할 수 있도록 하고 있다는 점이다. 75쪽에 제시한 것은 이 인덱스의 처음 해설 부분에 소개되어 있는 예다. 20행 정도밖에 안 되는 기사 내용이 세 가지 분류항목에 들어가 있다. 이 기사는 아래쪽으로 더 길게 이어지는 기사이기 때문에 그 아래쪽에서는 더 많은 분류항목이 등장할 수도 있다.

이 정도로 다중분류를 한 다음에 하나하나의 항목마다 그 밖에 어떠한 항목들을 참조할 수 있는지에 대한 교차참조가 실로 꼼꼼히 안내되어 있다.

또 한 가지 탁월한 점은 색인을 찾으면 하나하나의 기사 내용의 에센스가 평균 3, 4행에 걸쳐 정리되어 있다는 사실이다. 여기에는 기사 내용이 대단히 적확하게 요약되어 있어서 기사의 에센스만 봐도 좋을 경우에는 색인만 읽어도 된다. 그리고 약간 커다란 주제의 경우라면 색인에 그와 관련하여 일어난 일들의 요약이 시간별로 죽 나열되어 있다. 그걸 순차적으로 읽어가기만 해도 문제의 흐름을 정말이

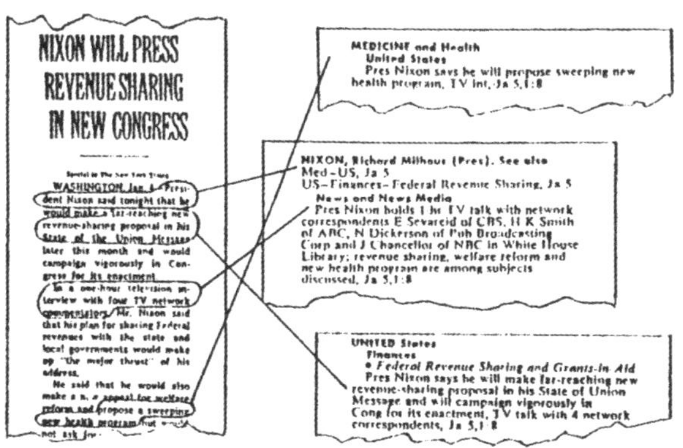

[『뉴욕 타임스 인덱스』의 처음 해설 부분]

지 아주 잘 알 수 있다.

이 색인은 한 달에 2회 간행되는데, 그것을 4분기마다 한 번씩 묶어 내고 연말에는 1년치가 한 권에 모두 담기게 된다. 1년치를 모두 모은 것은 그 자체가 항목별로 읽을 수 있는 뉴스연감이 되는 셈이다.

뉴스 요약문의 말미에 (L), (M), (S) 등의 표시가 있는데 이것은 원문의 길이를 표시하는 것이다. (L)은 2단 이상에 걸쳐 있는 것, (S)는 2분의 1단 이하의 것, (M)은 그 중간 크기의 기사다. (S)나 (M)의 기사라면 딱히 원문까지 찾아보지 않더라도 요약만으로 충분한 경우가 많을 것이다.

이 색인에서 또 한 가지 놀라운 점은 오래된 전통이다. 가장 오래된 것은 (지금 나오는 것과는 형식이 다르지만) 무려 1851년까지 거슬러 올라간다. 일본으로 치면 에도 시대다.

《뉴욕 타임스》를 볼 수 있는 도서관은 많이 있지만, 누구나 가볍게 이용할 수 있는 곳은 〈아메리칸 센터〉 도서관일 것이다. 이것은 도쿄를 비롯하여 6대 도시에 있다.(현재는 도쿄, 간사이, 나고야, 후쿠오카, 삿포로 등 다섯 도시에 있다.―옮긴이) 색인은 모든 도서관에 다 있지만 신문은 도쿄, 오사카, 교토, 나고야에만 있다. 단, 옛날에 나온 것들이 충분히 보존되어 있지는 않고 1972년 이후의 것밖에 없다. 그보다 오래된 것이 필요할 때 내가 이용하는 곳은 도쿄대학교 신문연구소(현 사회정보연구소.―옮긴이)의 자료실이다. 여기에는 《뉴욕 타임스》뿐만이 아니라 세계 각국의 주요 신문들이 상당히 오래전 것부터 보관되어 있다. 특별히 신문에 관해서라면 아마도 이곳이 일본 제일의 보유처일 것이다. 다만 이 자료실은 일반인이 누구나 가볍게 이용할 수 있지는 않다. 이용하려면 나름대로의 자격과 절차가 필요하기 때문에 이용하고 싶은 사람은 신문연구소에 문의해보시기 바란다.(우리나라에서는 프레스센터에 위치한 한국언론재단http://www.kpf.or.kr/에서 언론관련 컨텐츠 서비스를 제공하고 있다. 부설 언론도서관에서는 국내외 일간신문, 학술지, 단행본, 연구보고서, 논문 등의 검색과 해외DB서비스가 가능하다.―옮긴이)

《뉴욕 타임스》에서는 이 색인을 컴퓨터에 입력, 데이터 뱅크화 하여 유료로 일반인들에게 제공하고 있다(현재는 www.nytimes.com에서 이용가능하다.―옮긴이).

컴퓨터화 된 의회도서관

《뉴욕 타임스》만이 아니라 미국에서는 색인의 전자화가 급속히 진전되고 있다. 세계 최대의 도서관인 워싱턴의 미국의회도서관(http://

www.loc.gov/index.html에서 이용가능하다. —옮긴이)에서도 전체 장서목록을 컴퓨터에 넣는 작업이 진행중이다. 사람들이 활발히 이용하는 자료들은 태반이 이미 컴퓨터에 들어 있기 때문에 도서분류 카드실의 한칸에 죽 늘어서 있는 단말기 앞에서 누구든지 자유로이 이용할 수 있게 되어 있다. '이용 안내'가 각 단말기마다 구비되어 있기 때문에 초심자라도 잠시 만지작거리다보면 금방 요령이 생긴다.

이용해보면 참으로 편리하다. 컴퓨터 방식과 달리, 분류카드의 경우에는 원하는 카드를 발견하기까지 물리적 수작업이 의외로 많이 든다. 특히 미국의 의회도서관처럼 방대한 장서를 보유한 곳에서는 꽤나 시간이 걸린다. 관련도서를 이것저것 찾아야 할 때는 웬만한 도서관의 열람실만큼이나 넓은 카드실에서 이쪽저쪽으로 왔다갔다 해야만 한다. 그렇지만 컴퓨터라면 이 모든 것이 일순간에 해결된다. 경이적인 속도로 어떤 것이든지 금세 검색할 수가 있다.

찾으려는 책의 도서번호를 찾는 것만이라면 너무나도 싱겁게 끝나버리기 때문에 여러 가지 키를 눌러가며 관련도서를 찾아보기도 한다. 이게 참 재미있다. 그러다보면 예기치 못한 발견을 다양하게 할 수도 있다. 카드를 손으로 넘기는 방식에서는 손이 지칠 때까지 아무리 넘겨도 끝이 보이지 않는 대량의 카드를 상대해야 하는 형국이지만, 컴퓨터라면 특별히 힘들이지 않고 그냥 해결할 수 있다.

또한 이 도서관 컴퓨터에는 재미있는 기능이 있는데, 찾는 도서에 관하여 단편적인 지식밖에 없어도 어떻게든 그것을 찾아주려고 노력한다는 점이다.

예컨대 저자명은 모르고 제목도 애매하게밖에 기억나지 않는 경우,

그 애매한 제목을 입력해주면 그 제목에 가장 가까운 제목의 도서를 열 권 정도 띄워 보여준다. 그중에 찾는 책이 없으면 또 한 번 키를 누른다. 그러면 그 다음으로 가까운 제목의 도서를 또 열 권 정도 띄워준다. 이것을 몇 번이고 반복할 수 있다.

애매한 저자명을 입력해도 마찬가지다. 키를 누를 때마다 입력한 이름과 가장 가까운 것부터 시작하여 점차 먼 것까지 얼마든지 호출해준다. 물론 저자명과 도서명에 관한 정보가 전혀 없을 때도, 어떠한 주제를 입력하면 그에 관해 쓰여진 책을 전부 호출해주는 방식도 가능하다. 기계인지라 싫은 내색 하나 없이 어떤 명령이라도 받아준다.

편리한 미국의 『정보자원 디렉토리』

특히 정보의 보관, 정리, 검색에 관해서는 일본에 비해 미국 쪽이 압도적으로 발전되어 있다. 이러한 미국의 정보기능을 이용함에 있어서 대단히 편리한 디렉토리를 하나 소개하겠다. 미국의회도서관(Science and Technology Division, National Referral Center)에서 발행되고 있는 『미국 정보자원 디렉토리A Directory of Information Resources in the United States』다.

이것은 시리즈로 되어 있어 『연방정부편Federal Government』, 『사회과학편Social Science』이 각각 한 권씩 나와 있고, 게다가 자연과학에 관해서는 부문별로 간행되고 있는 실정이다. 『연방정부편』은 (자연과학도 포함하여) 모든 정부관계기관의 어디에 어떤 자료센터(도서실, 자료실 등을 포함)가 있고, 거기에는 어떠한 자료가 모여 있으며 그것을 이용하려면 어떻게 해야 하는지가 실려 있다. 게재되어 있는 자료센터의 수는 1,200여 곳을 웃돈다. 권말에 상세한 주제별 색인이 있어서 자신이 원하는 정보가 어디어디에 있는지 금방 알 수 있다. 『사회과학편』, 『자연과학편』은 각각 정부관계 이외의 기관의 자료센터에 관한 것이다.

이걸 보면 미국에는 일본의 각종 정보센터처럼 일반인들의 접근을 초장부터 거부하는 곳은 거의 없고 대부분은 일반 시민들을 위해 상당한 정보 서비스를 해준다는 것을 알 수 있다. 편지 문의의 경우에는 설령 일본에서 보낸 편지라도 대부분 응해주는 편이다.

이렇게 편리한 디렉토리 자료집이 비용마저 저렴하다. 내가 갖고 있는 것은 오래된 1974년판인데 이것은 한 권에 7달러 정도 주고 샀다. 지금은 좀더 올랐을지도 모르지만 거기에 수북이 담겨 있는 정보량을 생각하면 상상을 초월할 정도로 저렴하다.

자료 복사

미국뿐만 아니라 일본에서도 앞으로 색인이 점차 전자화되어가고 있다. 도서관에서 도서카드가 없어지고 그 대신 검색용 컴퓨터 단말기가 죽 늘어설 날도 얼마 남지 않았다. 색인뿐만이 아니라 신문기사 등은 축쇄판을 뒤적인다든가 마이크로 필름을 본다든가 하지 않아도, 원하는 기사 내용 그 자체가 키 하나만 누르면 컴퓨터에서 출력되어

나오게 될 수도 있다. 신문의 축쇄판 따위는 인쇄물이 아니라 색인이 포함된 레이저 디스크 형태로 판매되고 디스플레이 장치를 통해서 읽을 수 있다.

정보의 전자화는 능률이라는 면에서는 실로 환영할 만한 일이다. 전자화가 진전되면 될수록 보다 대량의 정보를 용이하게 흡수할 수 있게 된다. 이것은 지적 생산에 질적인 영향을 끼치지 않을 수 없다(우리나라의 국가전자도서관http://www.dlibrary.go.kr/NEL/Index.jsp 등의 사이트에서는 도서관 통합검색 서비스 이용이 가능하다. 또한 학술논문 검색 디렉토리로는 www.papersearch.net을 이용할 수 있다.―옮긴이).

내가 언론계에 처음 발을 들여놓았을 때(1960년대 중반), 복사기는 아직 요람기에 머물러 있어 일반적으로는 거의 사용되지 않았다. 그래서 판매도 대출도 안 되는 중요한 자료를 어딘가에서 발견하면 그것을 그 자리에서 읽고 필사하든가 요점을 메모할 수밖에 없었다. 복사가 완전히 일반화된 오늘날에는 도저히 상상할 수 없는 일이겠지만 오래전에는 자료 필사가 작업 전체에 있어서 아주 중요한 비중을 차지했다.

무슨 일이 있어도 꼭 필요한 책일 경우에는 한 권을 통째로 필사하는 일도 그리 드물지 않았다. 그러나 이러한 작업은 엄청난 노력과 시간을 필요로 한다. 그래서 판매되고 있지 않은 자료를 대량으로 모아 그것을 소화한 다음에 베끼려고 하면 기나긴 시간이 걸릴 수밖에 없었다.

그러나 이제는 이미 복사기를 이용하여 예전이라면 상상을 불허할 만큼 대량의 귀한 자료들을 한꺼번에 긁어모을 수 있다. 옛날에는 자료가 보관되어 있는 현장에서 자료를 읽고 메모를 할 시간이 필요했지만 오늘날의 현장에서는 복사를 하는 수고만 들이면 된다. 그래서 자신이 직접 하는 대신 다른 사람에게 의뢰해도 되기에 이르렀다. 복사된 자료는 자신의 것이므로 자유로이 빨간 줄을 긋기도 하고, 자르거나 찢기도 하며, 다른 자료와 어우러지도록 분류해보기도 하는 등, 마음대로 물리적인 작업을 할 수 있게 되었다. 이러한 일을 할 수 있다는 것과 할 수 없다는 것은 아주 차이가 크다.

자료를 복사하여 대량으로 모으는 이런 방법론을 내가 의식적으로 도입한 최초의 작업은 1974년의 『다나카 가쿠에이 연구』였던 것으로 기억된다. 그때 취재반에 내린 첫 번째 지시가 바로 오야 문고에 가서 다나카 가쿠에이에 관한 자료 전부를 빠짐없이 복사해오라는 것이었다. 그 무렵에는 복사비가 비쌌기 때문에(지금도 결코 싸지는 않지만) 이미 복사기가 상당히 보급되어 있었다고는 해도 모두 아껴가며 사용하고 있었던 상황인지라, '자료 전부를 빠짐없이 복사'하라는 식의 사치스런 주문이 있었던 것은 아마도 오야 문고가 생긴 이래 최초의 일이 아니었을까 싶다.

그 시절 동일한 취재 목적으로, 자치성自治省에 있던 정치자금 보고서 관련자료도 꼭 필요했다. 그렇지만 이 자료는 열람은 허가되었지만 복사는 불허한다고 들었기 때문에, 아르바이트생을 대량 동원하여 매일 자치성에 출근하며 필사를 하게 했다. 사람수와 날짜수는 정확히 기억나지 않지만 어쨌거나 엄청난 품과 시간이 들었다. 만일 오야 문고에서 복사해온 자료가 상태는 엉망이고 자료라고는 아르바이트를 동원해서 필사해온 것 말고는 없는 상황이었더라면, 이런 일은 도저히 할 수 없다, 라며 취재 방법론을 바꿔야만 했을 것이다.

이 일 하나만 보더라도 복사에 의해 자료를 모을 수 있다는 것이 얼마나 큰 의미를 갖는 것인지 이해할 수 있을 것이다.

그 이후 나는 점점 더 많은 자료를 모아 사용하게 되었다. 『일본 공산당 연구』 등의 경우에는 골판지 상자에 스무 상자 정도의 자료를 모아 사용하였다. 그중 상당 부분이 절판본이나 1차 자료였기 때문에 복사기를 원하는 만큼 사용할 수 있다는 조건이 없었다면 완전히 불가능한 작업이었으리라.

근래의 작업 중에서는 『우주로부터의 귀환』이 그러했다. 이 원고를 쓸 때 전후 20년간에 걸친 미국의 각종 잡지기사를 종횡으로 이용했다. 우선 『독자가이드』에서 필요한 자료를 목록화 하여 일본에서 입수 가능한 것은 일본에서 입수하기도 했지만, 모르긴 몰라도 자료의 반 이상은 일본에서 얻을 수 없었던 것으로 기억한다. 구하지 못한 자료들은 워싱턴의 미국의회도서관에 틀어박혀 아침부터 저녁까지 꼬박 3일 동안(미국의 공공도서관은 대체로 밤에도 운영한다) 복사를 해서 구했다.

첫날이 지나고 나자 엄청난 작업량이 될 거라는 예감이 들어 이후 이틀간은 아르바이트를 한 사람 고용하여 둘이서 복사기를 점령하며 복사를 계속 했다. 그때 미국의회도서관에는 동전 투입식 복사기가 8대 늘어서 있었고 누구나 자유로이 이용할 수 있게 되어 있었다. 그중 두 대를 점령해버린 것이다. 만일 복사기가 없었고 그래서 잡지기사를 모두 읽으면서 하나하나 요점을 메모할 수밖에 없는 상황이었다면 그 작업을 위해서만 미국의회도서관에 1개월 이상은 틀어박혀 있었어야 했을 것이다. 예산 측면에서 보더라도 그런 일은 도저히 불가능했기 때문에, 그 기획은 그냥 방기하든가 아니면 작업 방식을 변경하지 않을 수 없었을 것이다.

지금까지 얘기한 작업 이외에도 내가 최근 10년간 해온 작업은 거의 예외 없이 기본적인 기계인 복사기를 충분히 활용한다는 조건 하에 비로소 가능했던 작업이었다.

지적 생산에 있어서는 새로운 하드웨어의 도입과 그 발전이 작품에 질적 변화를 초래하는 것이다.

녹음기와 메모

또 하나 예를 들 것은 녹음기다. 지금은 인터뷰할 때 녹음기를 지참하는 것이 상식이 되었지만 이것도 기껏해야 최근 10년 동안의 현상이다. 예전에는 그런 편리한 기계가 없었기 때문에 담화는 모두 메모 필기였다. 나는 그 시대에 기초적인 트레이닝을 받았기 때문에 지금도 녹음기는 별로 사용하지 않으며 메모 필기를 원칙으로 하고 있다. 그렇게 하면 이후 단계의 작업도 수월해진다.

메모를 녹음기에 맡겨버리면 나중에 녹음 테이프를 다시 한 번 들어야만 한다. 녹음 테이프는 사용하기에 번거로운 것이, 재생할 때에도 녹음할 때와 동일한 시간이 필요하다는 점이다. 가벼운 인터뷰만을 하는 사람들은 그래도 상관없을지 모르지만 내 경우는 네다섯 시간에 걸친 인터뷰가 드물지 않다. 네다섯 시간에 걸쳐 들은 이야기를 다시 한 번 네다섯 시간에 걸쳐 새로 들어야 하는 것은 고통이다.

네다섯 시간에 걸쳐 들은 이야기 중에서도 진짜 기록할 가치가 있는 것은 그중 10분의 1 정도에 불과할 것이다. 테이프는 이야기의 중요한 부분이건 중요치 않은 부분이건 모두 같은 속도로 돌아가지만, 메모 쪽은 불필요한 부분에서는 펜이 멈추고 중요한 부분에서만 움직인다. 게다가 대뇌의 기억작용의 도움을 받아 간략화 되어 있기 때문에, 다섯 시간의 인터뷰 메모를 다시 읽는 데에는 30분도 안 걸린다. 즉, 사후 처리의 능률은 메모 쪽이 압도적으로 높은 것이다.

최근에는 녹음기도 병용하는 일이 꽤 되지만, 그것은 어디까지나 혹시나 하는 마음에 기록해두는 것일 뿐, 대부분의 경우 사후에 다시 듣는 일은 없다. 녹음기를 병용할 때의 문제점은 메모의 질이 떨어진다는 점이다. 녹음기가 없으면 메모 말고는 믿을 게 없기 때문에 필사적으로 메모를 한다. 그러나 혹시나 하는 마음 때문에라도 일단 녹음기를 돌리고 있으면, 금세 긴장이 풀어져서 흠! 이 대목은 나중에 테이프를 새로 듣지 뭐! 하는 생각으로 메모하는 손이 어느새 느슨해지고 만다. 초심자가 녹음기 없이 메모하는 훈련을 충분히 쌓지 않고 처음부터 녹음기를 사용하면 평생 메모 능력을 획득하지 못할 것이다.

그렇지만 나도 영어로 인터뷰를 할 때만은 반드시 녹음기를 쓴다. 영어로 인터뷰를 하면서 메모를 할 수 있을 만큼 영어가 능숙하지는 않아서다. 따라서 『우주로부터의 귀환』은 이런 의미에 있어서도 새로운 하드웨어의 이용 덕분에 비로소 가능해진 작업이라고 할 수 있다.

이외에도 상대방의 말투를 그대로 살리고 싶을 때, 혹은 메모를 하지 않고 편안한 대화를 하는 쪽이 상대방의 마음을 부드럽게 해줘서

보다 알찬 대화를 들을 수 있을 것 같은 때에는 적극적으로 녹음기를 사용한다. 후자의 경우 필요하다면 녹음기를 숨겨둔 상태에서 음성을 녹음하는 일도 있다.

최근 사용해보고서 편리하다는 것을 알게 된 기기는 도청기용 리모콘이다. 물론 도청에 사용하지는 않는다. 도청기라는 것은 그 목적상 상당히 광범위한 음성을 능률적으로 얻을 수 있다. 이것을 상대의 목에 걸어둔다든가 옷의 어느 부분에 부착하고, 내 쪽에서는 FM 수신기가 달린 녹음기로 그 전파를 받으면서 녹음하게 해놓으면, 어떤 시끌벅적한 상태에서도 걸으면서 취재를 할 수가 있다.

예컨대 공장 같은 곳을 견학하면서 설명을 듣는 경우, 메모를 하면서 걷기도 곤란하고 휴대하고 다니는 녹음기로 녹음하기도 어렵다. 그렇지만 도청기를 사용하는 방식이라면 상대의 이야기를 문제없이 녹음할 수 있다. 도청기용 리모콘은 사이즈나 능력 면에서나 이러한 목적에 안성맞춤이다. 아키하바라 역전의 육교 밑에 있는 전문점이나 전자상가 같은 곳에서 용이하게 입수할 수 있다. 가격은 아주 낮은 가격부터 매우 비싼 가격까지 천차만별이다(우리나라는 서울의 세운상가나 용산전자상가에서 구입가능하다. ─옮긴이).

그리고 VTR도 이용방법에 따라서는 대단히 쓸모 있는 기계다. 이 기계에 대해서는 7장을 참조하시기 바란다.

개인적 정보처리와 컴퓨터

저널리즘 작업의 질과 스타일에 이러한 하드웨어 못지않게 영향을 끼칠 것은, 아니 틀림없이 더 큰 영향을 미칠 것은 바로 컴퓨터 등의 전자기기다.

무엇보다도 우선 컴퓨터가 가장 위력을 발휘할 곳은 정보 검색 분야일 것이다. 하지만 이것은 우선 데이터 뱅크 측에서 일차적인 채비를 갖춰주지 않으면 아무래도 불가능한 일이다. 바로 이 점에서 일본의 국회도서관을 비롯한 공적인 데이터 뱅크는 너무나도 뒤처져 있다. 조속히 확실한 계획을 세워 예산을 아끼지 말고 좋은 것을 만들기 바란다. 일본에서도 미국의회도서관의 컴퓨터 검색 같은 것이 여기저기 생겨 누구나 이용할 수 있게 된다면 필시 지금까지 각 처에서 사장되어 있던 자료의 상당부분이 되살아나 활용될 것이다.

그에 비하면 개인적으로 소형 컴퓨터를 보유하고 그것으로 자신이 가진 자료의 분류, 정리, 검색을 하는 따위의 일은 그다지 이용가치가 있는 일이라고는 생각되지 않는다. 내가 지금까지 읽고 가치평가를 내려 내용을 어느 정도 기억하고 장서로서 보관하고 있는 책은 아마도 만 권 이상은 될 것이다. 이들 장서는 도서분류카드도 만들어놓지 않았고 독서기록을 해놓지도 않았다. 그저 물리적으로 분류해둔 상태에 불과하다. 즉, 이 서가의 어느 쪽에는 이러이러한 책을 둔다는 식으로 거칠게 분류를 하여 단지 책을 처박아둔 것에 불과하다(이 서가와 그가 소장해온 책들에 대한 이야기는 최근에 쓰여진 다치바나 다카시의 저서 『피가 되고 살이 되는 500권, 피도 살도 안 되는 100권』에 상세하게 나온다.─

옮긴이).

그렇지만 대부분의 책은 필요해지면 곧 찾을 수 있다(때로는 필요한 책을 아무리 뒤져도 나오지 않아 큰 소동이 벌어지는 일도 있지만). 또한 내가 지금 생각하고 있는 이 문제에 관련되는 내용이 저 책하고 이 책에 나왔었지, 한번 봐두자, 하는 식의 교차참조 정도는 곧장 머릿속에 떠올릴 수 있다.

이렇게 이미 자신의 머릿속에 들어 있는 정보를 일단 모두 끄집어내어 컴퓨터에 이전하는 따위의 작업을 한다면 어처구니없이 많은 시간이 걸릴 것이다. 그리고 그 결과 어느 만큼 정보검색의 능률과 질이 향상될지를 생각해보면 도저히 수지가 맞지 않는다는 점이 바로 드러난다. 물론 그런 작업을 하면 내 장서를 누구라도 이용할 수 있게 되니까 다른 사람에게는 편리할 것이다. 그렇지만 나로서는 전과 크게 달라질 것이 없다. 반복하지만 개인으로서 해야 할 정보정리는 어디까지나 자신을 위한 것이다. 따라서 자신의 머릿속에 들어 있는 정보를 컴퓨터에 입력하여 데이터베이스를 구축하는 따위의 일은 하면 할수록 어리석은 짓이다.

대체로 컴퓨터가 본격적으로 위력을 발휘하는 것은 인간의 뇌로는 처리할 수 없는 대량의 정보에 대해서다. 그런데 1만 개의 항목 정도의 정보관리라면 장서의 예를 보아도 알 수 있듯이 인간의 머리로 간단히 할 수 있다. 내가 보존하고 있는 신문 스크랩 또한 아마도 1만 매 이상은 될 것인데, 이 정도라면 물리적으로 분류정리 해둔 것만으로도 문제는 전혀 없다.

가령 내가 갖고 있는 1만매 정도의 스크랩의 요점을 하나하나 컴퓨터에 입력하여 『뉴욕 타임스 인덱스』처럼 편리한 색인을 내가 만들려고 하면, 아마도 매일 2시간을 그런 입력에 바치더라도 1년은 가볍게 걸리지 않을까 싶다. 그렇게 해놓았다고 해서 색인 없이 이용할 때에 비해 입력에 들인 시간만큼의 효과가 날 것인지 생각해보면, 그건 전적으로 의문스럽다. 대부분의 신문 스크랩은, 만들어본 사람은 거의 다 알고 있겠지만, 뭐 그리 자주 이용하는 게 아니기 때문이다.

물론 1만 항목의 정보라도 내부정보를 외부에 내보냄으로써 개인적으로밖에는 이용할 수 없었던 것을 일반인이 이용할 수 있도록 하려는 경우라면 컴퓨터는 크게 유용하다. 그러나 그게 목적이 아니라면 컴퓨터의 이용은 입력에 시간이 너무 걸려 시간낭비로 끝나고 만다. 하루에 2시간 컴퓨터 키를 두드리기보다는 하루에 2시간 책을 읽는 편이 지적으로 훨씬 더 이득이다.

1만 항목 정도의 정보관리라면 인간의 머리로 간단히 해낼 수 있다는 얘길 들으면, 자기는 머리가 나쁘니까 그런 건 불가능하다고 생각하는 사람도 있을 것이다. 그렇지만 그것은 잘못된 생각이다. 평범한 두뇌를 가진 사람이라면 누구나 할 수 있다. 거짓말 같으면 자신이 알고 있는 단어의 수를 꼽아보기 바란다. 아무리 어휘가 빈약한 사람이라도 1만 단어는 거뜬히 넘을 것임에 틀림없다. 그만한 어휘를 가지고 문장들을 구사한다는 것은 그만한 항목의 정보관리(단어의 의미, 용법 등)를 자신의 머리로 하고 있다는 얘기가 된다.

그렇다면 개인적 정보관리를 위해 컴퓨터에 입력하는 일은 별로 이점이 없느냐 하면 꼭 그런 것은 아니다. 세세한 숫자가 얽힌 다량의 정보를 정리해두고 싶은 경우에는 컴퓨터가 대단한 능력을 발휘

한다. 또한 정보정리 수준을 뛰어넘어 정보분석과 같은 창조적인 이용 방법을 생각해보면 크게 이점이 있다.

앞서 말한 바와 같이 나의 경우에도 잡지기사 색인만은 컴퓨터에 입력하는 것으로 하고 있다. 왜냐하면 신문 스크랩과 서적은 물리적 분류만으로도 별 문제가 없지만, 잡지기사만은 지금도 카드 분류를 하고 있기 때문이다. 카드 작성에 드는 품과 컴퓨터에 입력하는 데 드는 품을 비교하면 그다지 큰 차이는 없는 데 비해, 이용가치 쪽은 컴퓨터 색인 쪽이 단연 앞서는 게 틀림없는 사실이기 때문이다.

기존의 정보들을 모아서 컴퓨터에 입력하는 데에 만만찮은 시간과 노동이 필요한 건 사실이다. 하지만 그와 달리 지금부터 일상적으로 정보를 흡수하면서 동시에 필요한 것을 컴퓨터에 넣는 것은 그다지 큰 품이 들지 않는다. 컴퓨터도 시간 대 효과의 비율, 노력(품) 대 효과의 비율을 생각해봄으로써, 하나하나의 케이스마다 이용할지 말지를 판단해가야 하는 것이다.

5

입문서부터 전문서까지

사전 준비

　나는 내 직업과 일의 성격상 종전까지 전혀 혹은 거의 예비지식을 갖고 있지 않았던 영역을 취재할 필요에 종종 내몰린다. 그러나 예비지식 없이 취재를 해서는 일이 안 된다. 준비 없는 취재로는 변변한 성과를 기대할 수 없다.

　대형 프로젝트의 경우에는 실제 취재에 들어가기 전에 몇 개월에 걸쳐서 자료를 읽고 예비지식을 듬뿍 마련해둔다. 예를 들어『농협-거대한 도전』(아사히 신문사 출간)의 경우에는 사전 자료를 읽는 데에만 반년 정도의 시간이 걸렸다(함께 병행한 다른 일이 있었음은 물론이다). 규모가 작은 일의 경우에도 시간이 허락하는 한, 준비에 최대한 시간을 바친다.

　그렇다고는 해도 새로운 일에 뛰어들기 전에 만족할 만큼 충분히 준비할 수 있었던 경우는 한 번도 없었다. 언제나 준비부족에 미련을 남긴 채 마감시간에 쫓겨 새로 맡겨진 분야로 뛰어든다. 그러니까 스타트하고 난 뒤에도 매일매일 준비부족이었던 부분을 새로 배워가곤 한다. 하지만 준비라는 게 본래 그런 것일지도 모른다. 어떤 일이든 간에 완벽한 준비라는 것에는 품이 너무 많이 들어, 그런 식이라면 준비는 되었지만 본 경기에 나설 기력도 시간도 없어지고 마는 결과가 초래될 수도 있다. 앞서 자료정리에 관해 얘기하는 대목에서 자료정리에 필요 이상으로 열중하지 말라고 반복해서 말했던 것도 바로 이러한 이유 때문이다. 자료정리는 어디까지나 준비이며 정작 중요한 본 경기는 그걸 이용하여 어떤 지적 출력을 내느냐에 달려 있다.

우선은 서점부터 돈다

　종전까지 알지 못하던 영역에 대해 지식을 얻고 싶을 때, 내가 우선 발길을 돌리는 곳은 진보초의 서점가다. 뭐니뭐니해도 정리된 지식을 얻는 데는 책이 제일이다.

　먼저 서점에 가는 것이 좋다. 우선 도서관부터 가서 책을 빌리려고 하는 것은 별로 좋지 않다. 왜냐하면 도서관의 책에는 밑줄을 긋거나 메모를 할 수도, 혹은 페이지를 접거나 경우에 따라서는 찢을 수도 없기 때문이다. 나는 원칙적으로 책은 사야 한다고 알고 있으며 도서관에 가는 것은 도서관에서밖에는 찾을 수 없는 것을 보러 갈 때로 한정하고 있다.

　시민의 독서생활에 있어서 도서관이 중심적 역할을 해야 한다는 식의 주장을 하는 사람들이 있는데, 나는 절대 반대다. 공공기관에서 무료로 대형 식당을 여기저기 만들어 그곳을 시민들의 식생활의 중심으로 삼아야 한다는 식의 어리석은 의견을 부르짖는 사람은 공산권에서도 소수일 것이다. 독서는 정신적 식사다. 자신이 읽을 책 정도는 스스로 골라 스스로 사고 늘 곁에 두면서 원하는 시간에 원하는 방식으로 읽어야 한다.

　진보초에 가는 것은 서점을 순회하며 걷기 위해서다. 진보초는 세계 최대의 북센터다. 런던이나 뉴욕에는 일본의 대형 서점을 능가하는 거대 서점이 몇 군데 있지만, 서점가로서 이만한 규모를 가진 곳은 세계 어디에도 없다.

　진보초라는 지역 전체가 하나의 북센터로서 기능하고 있어서 여기서는 서점 순회를 하지 않으면 이 북센터의 기능을 충분히 이용할 수 없게 된다.

신주쿠, 시부야, 이케부쿠로 등에도 대형 서점이 몇 군데씩 있기 때문에 역시 서점 순회가 가능하지만, 각 점포가 너무 떨어져 있는데다가 물건 구비 수준에 있어서 진보초에는 적수가 못 된다. 미리 말하지만 이와나미서점 출판사의 책이라면 뭐든지 갖춰놓고 있는 곳은 진보초의 신잔샤信山社 빼고는 없다. 신간 서점과 헌책방을 동시에 순회할 수 있는 곳도 진보초 말고는 없다(서울의 경우, 종로와 청계천을 중심으로 대형 서점들과 헌책방거리가 편재되어 있다.—옮긴이).

전문서점

왜 서점 순회를 하는 게 좋은가. 책은 실물을 수중에 넣어보지 않으면 절대로 가치평가를 내릴 수 없다. 어떤 책이든 반드시 구비하고 있다고 하는 거대 서점은 어디에도 없고(그런 선전을 하고 있는 대형 서점도 있지만…… 거짓말이다), 서점에 따라서 도서 구비 수준이 너무나도 다르므로 서점을 순회하지 않을 수 없다. 시험 삼아 어떤 특정한 장르 세 가지 정도를 골라서 차례대로 대형 서점의 서가를 엿보면 구비 수준이 얼마나 차이 나는지 금방 드러날 것이다. 그리고 서점에 따라 강한 분야와 약한 분야가 있다는 것도 알 수 있다. 어떤 서점은 A장르에 강하지만 B장르에는 약하다. 그 반대인 서점도 있다. 헌책방의 경우에는 성격이 더 확실하게 갈린다. 대부분은 전문서점이다.

어디에 어떠한 서점이 있고 어떠한 도서들을 구비하고 있는지 등의 상세한 해설서는 없으니까(헌책방에 대한 아주 간단한 책자는 있다), 발품을 팔아서 체험적으로 깨달아갈 수밖에 없다(우리나라의 헌책방 관련 안내책자로는『모든 책은 헌책이다』등이 전국에 있는 헌책방의 정보를 얻는 데 도움이 된다. 온라인상에서도 헌책방 관련 사이트들이 활발하게 운영중이다.─옮긴이).

뉴욕에는『북스토어 북The Bookstore Book─A Guide to Manhattan Booksellers』이라는 책이 있는데 이는 뉴욕 어디에 어떤 서점이 있고 어떤 종류의 책들을 구비하고 있는지 상세하게 해설한 책이다. 이런 책이 도쿄에서도 조속히 출판되었으면 좋겠다. 진보초가 세계 제1의 북센터이기는 하지만, 특히 전문서점이라는 면에서는 진보초에 있는 서점들보다 도쿄 여기저기에 산재해 있는 서점 쪽이 훨씬 많기 때문이다.

어떠한 장르든 간에 깊이 알고 싶다면 전문서점에 가는 것이 최고다. 일반서점이라면 아무리 거대하더라도 구비하고 있지 못한 전문서라는 것이 생각보다 참 많이 있다. 그럼에도 평범한 일반인들로서는 어디에 어떠한 전문서점이 있는지 등은 쉽게 알 수가 없다. 전문서점의 소재지를 손쉽게 알려면 그런 전문서점의 이용자인 전문가들에게 묻는 것이 가장 좋다. 아니면 전문서 출판사에 문의하는 것도 한 방법이다.

일반적으로 전문서점은 전문서를 필요로 하는 손님이 많이 있는곳에 있는 경우가 많다. 일례를 들자면 농업관계서는 농수성農水省 지하에 있는 서점이 좋고, 법률서는 도쿄고등재판소 안의 서점이나 도쿄대 정문 앞 서점이 좋다. 항공관계서는 하네다 공항의 모노레일역 서점이 좋고 전파, 컴퓨터, 오디오 관계 등은 아키하바라 전기상가의 서점이 좋다. 점포 자체는 모두 그리 크지 않지만 책은 참 멋진 것들을 보유하고 있다. 이처럼 아는 사람이나 찾는 전문서점들이 의외로 많다. 또한 특정 영역의 전문 도서관(실)이 여럿 존재하는데 거기에는 서점에 없는 것들도 많이 있고 과거의 자료나 외국문헌들도 갖추고 있다. 전문서점도 중요하지만 이런 곳도 간과해선 안 된다.

없는 돈을 털어서 사라

뭔가 새로운 걸 배워보자고 진보초로 나섰을 때, 나는 우선 산세이도三省堂, 도쿄도東京堂, 쇼센그란데書泉グランデ, 후잔보富山房 등의 대형 서점을 돌아본다. 그리고 관련 서가에 있는 책들을 처음부터 끝까지 죽 살펴본다. 편견을 갖지 않고 공들여 전부 본다.

당연한 얘기지만 수중에 가능한 한 많은 돈을 준비하고 있는 게 좋다. 자신이 동원할 수 있는 최대한의 돈을 준비해가서 그 돈을 한번에 쓸 작정 하에 가는 게 좋다. 찔끔찔끔 사용하지 말고 한번에 사용하는 게 좋다. 그 대신 예산을 가장 효과적으로 사용하려면 어떤 책과 어떤 책을 사야 하는가를 철저히 생각한다.

가능한 한 많은 돈을 한꺼번에 쓰라고 말한 것은, 그런 마음가짐일 때 사람은 보다 진지하게 책을 선택하기 때문이다. 전체 예산이 있고, 그중 일단 5,000엔만 책 사는 데 쓰겠다는 경우와 예산 전액 5만 엔을 이번에 다 써버리겠다고 할 경우는 본 경기를 대하는 태도가 전혀 다르다. 진지하게 책을 고르는 자세는 좋은 정보를 얻기 위한 전제다.

가능한 한 많은 돈을 쓰라고 말한 것은, 인간은 누구나 마음 저 밑바닥에서는 인색하므로 돈을 많이 써버리면 최대한 그 본전을 찾으려는 마음에 보다 성실하게 책을 읽기 때문이다. 가능한 한 많은 돈이라고 할 때 '가능한 한 많은'의 의미는 절대 액수의 문제가 아니라 절실도의 문제다. 살을 에는 정도로 힘들게 마련한 돈일수록 보다 진지하게 가치 있는 사용방식을 고민하게 되는 법이다.

나는 학생 시절에 아르바이트로 생활을 꾸려나가는 처지이면서, 페르시아어를 익히겠노라 굳게 결심하고는 이란인 유학생을 개인교수로 고용한 일이 있다. 그 교수비를 지불하기 위해 아르바이트를 하나 더 늘여야만 했다. 그렇지만 그 효과는 절대적이었다. 가르침 받는 시간을 1분 1초라도 헛되이 낭비하지 말자고 필사적으로 공부했기 때문이다.

입문서의 선택법과 독서법

서점에서 원하는 분야의 서가 앞에 서면 책을 한 권 한 권 꺼내보는 것이 좋다. 목차를 슬쩍 보고 서문을 휘리릭 훑고 본문을 훌훌 넘겨가면서 군데군데 발췌해서 읽는다. 권말의 참고문헌, 색인, 후기 등을 훑어본다. 발행연월일과 지금까지 몇 판을 찍어왔는지, 그리고 저자약력 등도 봐둔다. 이만한 절차만으로도 자꾸 하다보면 상당한 정보를 얻을 수 있다. 사람을 보는 안목이 있는 사람이라면 5분 정도의 면접시험으로 사람을 고를 수 있으며 또 그 결과가 거의 잘못될 때가 없는 것과 마찬가지다.

우선 좋은 입문서를 확보하는 게 중요하다. 좋은 입문서는 다음의 조건을 만족해야 한다. 첫째, 읽기 쉽고 알기 쉬울 것. 둘째, 그 세계의 전체상을 적확히 전해줄 것. 셋째 기초개념, 기초적 방법론 등이 깔끔하게 정리 및 제시되어 있을 것. 넷째 장차 중급, 상급으로 나아가기 위해서는 어떻게 공부해가면 되는지, 무엇을 읽으면 되는지가 제시되어 있을 것 등이다.

입문서는 대단히 중요한 것이므로 예산이 있고 권수도 그리 많지 않다면 나와 있는 입문서를 전부 사버리는 것도 좋다(물론 훌훌 넘겨봐서 너무 심한 것은 제외). 어쨌든 입문서는 한 권만이 아니라 몇 권은 사는 편이 좋다. 그때 될 수 있는 한 경향이 다른 것을 고른다. 정평 있는 교과서적인 입문서를 빠뜨리지 않음과 동시에 새롭고 의욕적인 입문서 또한 빼놓지 않도록 한다. 전자는 출간 판수를 거듭하는 방식으로 표가 나고, 후자는 머리말 등에 제시된 저자의 패기에 의해 드러난다.

입문서를 몇 권가량 잇따라 읽는 것이 그 세계에 들어가기 위한 가장 좋은 트레이닝이다. 잘 모르는 대목은 뛰어넘어도 괜찮으니까 척척 읽어나간다. 이 단계에서는 잘 모르는 대목을 이해해보겠다고 파고드는 것은 바람직하지 않다. 입문서에서 잘 모르는 대목이 나오는 것은 대체로 저자의 설명부족에 기인하는 것이어서, 다른 입문서를 읽든가 중급서를 읽으면 곧 알 수 있게 되는 게 대부분이다. 그런 대목들은 입문서 자체만 가지고는 아무리 파고든다고 해도 알 수 없게 되어 있는 것이다.

일반적으로 책을 읽다가 이해하지 못하는 대목이 나오면 곧 자신의 머리가 나쁘다고 자책하기보다는 혹시 저자의 머리가 나쁜 건 아닌가, 저자의 설명방식이 잘못된 것 아닌가를 의심해보는 게 중요하다. 또 사실이 그런 경우가 대단히 많다. 최근에는 허접한 저자, 허접한 책이 너무나 많다. 또 내용적으로는 좋은 책이어도 표현력 부족, 설명 불충분인 경우도 흔하다. 그런 원인으로 인해 어려워진 대목을 무리하게 이해하려고 시간을 들이는 것은 헛수고다.

입문서를 한 권 통독하고 나면 금세 중급서로 나아가는 난폭한 짓을 하는 대신 다른 입문서를 손에 들어야 한다. 될 수 있으면 처음 읽었던 것과는 다른 각도에서 쓰여진 입문서가 좋다. 같은 세계가 관점을 달리함으로써 이렇게나 다르게 보이는구나, 깨닫게 될 것이다. 특히 입문기에 다른 관점을 가지면 사태가 다르게 보인다는 점을 알아두는 것이 대단히 중요하다. 그로 인해 사고의 유연성을 기를 수 있다. 입문기에 이 훈련을 거치지 않았기 때문에 평생 좁은 시야밖에 갖지 못하고 머리가 굳어진 채로 끝난 사람이 고명한 학자들 중에도 드물지 않다.

두 번째 입문서는 첫 번째보다는 훨씬 빠른 스피드로 읽을 수 있을 것이다. 세 번째 책은 더 빨라질 것이고. 그리고 세 번째 책을 완독한 시점에서는 새로운 영역의 전체상이 얼추 머릿속에 들어와 있을 것이다. 한 권의 입문서를 세 번 반복해서 읽기보다는 입문서 세 권을 한 번씩 읽는 쪽이 세 배는 유익하다.

중급서에서 전문서로

입문서 다음에 중급서로 나아간다. 좋은 입문서에는 반드시 책읽기 안내, 참고문헌 안내가 붙어 있다. 서점에 있는 동안 그쪽 방면의 책들은 선 채로 봐둔다. 실은 이런 책들만이 아니라 입문서의 내용도 얼추 선 채로 (발췌독이어도 좋다) 읽어버리는 편이 좋다. 사느냐 안사느냐와 상관없이 입문서의 참고문헌 안내를 죽 보고 나면 정평 있는 중급서에 관해 대략적인 지식이 생긴다.

대형 서점이라면 그러한 정평 있는 중급서는 전부 갖추고 있을 테니 그 책들을 차례로 손에 집어 든다. 이어서 그쪽에 늘어서 있는, 반드시 문헌 안내에 소개되어 있지는 않은 중급서들을 들춰 본다. 소개되어 있지 않은 책 중에도 좋은 책이 많다는 건 말할 필요도 없다. 특히 새로이 출판된 것은 아무리 좋은 책이라도 문헌 안내에 실려 있을 수가 없다.

예산을 고려한 위에서 정평, 자신의 기호, 직감 등에 입각하여 몇 권의 중급서를 사들이고, 예산에 여유가 있으면 고도로 전문적이긴 하지만 양서라는 정평이 있는 책을 한 권 산다. 현 단계에서는 어떻게 해도 충분히 이해할 수 없을 성싶은 책이 좋다. 때때로 그걸 펴서 자기가 얼마나 이해하고 있는지, 어느 정도 이해하지 못하는지를 확인해보는 것만으로 족하다.

그런 게 무슨 쓸모가 있느냐 하면, 우선 그 세계의 깊이를 짐작할 수 있다. 둘째, 그 깊이를 기준으로 해서 자신의 지식과 이해도가 어느 정도까지 진보했는지를 체크할 수 있다. 셋째 그런 책은 최고의 전문서에 맞먹을 정도로 방법론이 확실하며 또한 잘 해설하고 있기 때문에 그 방법론을 배울 수 있다.

때때로 초급서와 중급서를 읽은 것만으로 웬만한 전문가 뺨칠 듯한 얼굴을 하는 사람이 있는데, 그런 사람들은 언젠가 뜨거운 맛을 보게 된다. 어떤 영역에서든 프로와 아마추어 사이에는 가볍게 뛰어넘을 수 없는 산이 있고 계곡이 있다. 프로를 우습게 봐서는 안 된다.

읽을 가치가 없는 책

앞서 말한 식으로 예산에 맞게 한 무더기의 책을 사왔다면 책상 위에 쌓아 놓고 읽기 시작한다. 서가에 넣어두는 일은 금물이다. 눈앞에 쌓아두고 이것만은 읽고 말겠다고 자신에게 심리적 압박감을 느끼게 하는 편이 좋다.

읽는 순서는 입문서부터 시작하는 편이 온당하겠으나, 입문서에 질렸으면 뭐든지 좋으니까 다른 책을 집어 드는데, 한 번에 다섯 권이든 여섯 권이든 병행하여 읽어나가도 전혀 문제가 없다. 외길을 가는 게 아니라, 마치 바둑에서처럼 이쪽저쪽을 왔다갔다하며 공격하는 사이에, 처음에는 아무리 해도 공격이 먹혀들지 않던 곳을 손쉽게 공략할 수 있게 되는 경우가 흔히 있다.

읽어나가는 중에 읽을 가치가 없는 시원찮은 책이라는 걸 알게 되면 그 책은 바로 읽기를 중단하고 버린다. 그래도 애써 산 것이니 뭐니 해서 쩨쩨한 근성을 발동하여 무리하게 다 읽으려고 하는 짓은 절대로 하지 않는 게 좋다. 돈을 손해보는 데 그치지 않고 시간마저 손해보게 된다. 앞으로 허접한 책을 사지 않을 수 있기 위해 지불한 수업료라 여기고 깨끗이 버리는 게 낫다. 물론 앞서도 얘기했지만 차근차근 읽지는 않더라도 책의 마지막까지 페이지를 넘겨보는 과정은 거친 다음 버리는 게 좋다.

허접한 책까지는 아닌 것 같지만, 읽어도 잘 이해가 안 되는 책(이해 안 되는 부분은 넘어가면서 읽으면 되는 그런 책이 아니라 전체적으로 잘 모르겠는 경우)도 역시나 그만 읽는 게 좋다. 그 책의 내용에 여전히 당신의 머리가 따라가지 못하는 것이니까 무리할 필요는 없다. 혹시 그 책을 이해할 수 있게 되었을 때 그 책이 정말로 시시한 책임을 발견할지도 모른다.

번역서 중에는 읽어도 무슨 말인지 이해가 안 가는 책이 대단히 많다. 그런 건 전부 오역이나 악역惡譯, 아니면 원래 일본어로는 표현이 무리한 부분에 무리하게 일본어를 끼워 맞춘 것 등이 원인이다. 앞에서도 말했지만 번역서의 경우 세계적 명저나 역사적 명저라고 불리는 책이라고들 하는데, 읽어보면 제대로 의미가 전달되지 않는 책이 한둘이 아니다. 이것은 고전적 명저니까 이해가 안 되는 것은 자기 머리가 나쁜 탓이라고 지레짐작하지 말 것. 원문으로 읽으면 대단히 명쾌한 문장인데 번역에서는 난해하기 그지없는 문장이 되어버리는 일도 부지기수다.

처음부터 노트를 하지는 말라

책을 읽을 때 노트를 한다든가 카드를 만든다든지 하는 일은 하지 않는 편이 좋다. 시간만 들이고 별 뾰족한 방법이 없기 때문이다. 노트를 하면서 책을 한 권 읽는 동안에, 노트를 하지 않고 책을 계속 읽어 가면 다섯 권은 가볍게 읽을 수 있다. 노트를 하며 한 권의 책을 읽었을 때 머리에 남는 것과 노트 하지 않고 다섯 권의 책을 읽었을 때 머리에 남는 것을 비교해 어느 쪽이 더 많은가를 생각해보면 단연 후자 쪽이다. 평범한 두뇌의 소유자라면 노트 따위는 하지 않아도 진짜 중요한 것은 머리에 확실히 남는 것이다.

물론 머리에 남는 것은 노트에 남기는 쪽만큼 정확하진 못하다. 정확하지 않아도 좋다. 어느 책 어디 근처에 대략 어떤 내용이 쓰여 있었다는 식의 흐릿한 기억으로도 충분하다. 그 나머지는 필요가 생겼을 때 그 흐릿한 기억을 바탕으로 해당 부분을 찾아보면 된다. 그러기 위해서 뭔가를 읽다가 중요하다고 생각되는 대목은 선을 긋는다든가 페이지를 접어 놓는다든가 해서 표시를 해두면 된다. 책은 소모품임을 늘 염두에 두어 인색하게 굴지 말고 더럽히면서 읽어야 한다.

선을 그을 때 자기 나름대로 몇 종류의 선을 긋는 방법과 선을 그은 페이지의 여백 부분에 붙이는 부호 등을 고안하여, 중요도를 구별하고 의미부여 등도 해두는 것이 좋다. 그렇게 해두면 두 번째 읽게 될 때나 나중에 필요한 대목을 참조할 때 대단히 편리하다. 좀더 확실한 기억을 남겨두고 싶을 때는 표지(겉표지든 속표지든)의 속지에 페이지와 사항을 간단히 메모해두는 것도 좋다.

아무래도 노트를 하고 싶어질 때는 반드시 두 번 읽어야 한다. 첫 번째는 밑줄을 긋고 페이지를 접는 정도의 표시를 할 뿐, 어쨌거나 죽 읽어서 통독을 마친다. 다 읽고 나면 다시 한 번 처음으로 돌아가서 필요하다 싶은 대목만 노트를 하며 읽어간다. 이런 방법은 처음부터 노트를 하면서 읽어나갈 경우에 비해 노트의 분량을 3분의 1 정도로 줄일 수 있다. 운이 좋으면 처음에는 노트를 할 생각이었지만, 다 읽고 보니 별로 그럴 필요가 없다는 생각이 들어 전혀 노트를 하지 않는 경우도 생길 수 있다.

최종적으로는 전문정보를 접하라

어떤 영역이라도 책과 자료를 통해서는 최신 정보를 얻을 수 없다. 그러한 정보는 정기간행물에 있다. 어떠한 전문영역에도 반드시 전문가들만 읽는 전문신문[專門紙]과 전문잡지[專門誌]가 있다. 보통 사람들이 들으면 깜짝 놀랄 만한 것들이 많이 있다. 프로만을 상대로 하는 미디어라서 일반 서점 등에는 절대로 나오지 않는다. 그렇지만 프로페셔널 세계의 정보에까지 손을 뻗치고자 한다면 그러한 전문지를 확보하는 일이 불가결하다. 어떤 것이 있고 어디서 어떻게 하면 얻을 수 있는지는 그 분야의 전문가, 전문업자, 전문단체, 전문 출판사, 전문 서점, 전문 도서관 등에 물어보는 수밖에 없다.

이러한 프로 정보 미디어를 훑으면서 큰 어려움 없이 이해할 수 있게 되었다면, 그 영역의 취재준비에 만전을 기했다고 할 수 있다.

　나아가 이런 프로 정보 미디어를 보면 보통 서점에는 좀처럼 없는 전문서의 광고나 서평을 접할 수 있다. 특히 전문연감, 전문용어사전, 전문통계집, 전문자료집 등 프로밖에는 사지 않을 법한 특별한 정보의 디렉토리가 여러 가지로 나와 있을테니, 그런 것을 구매해서 갖춰 두든가 전문 도서관에서 찾아 보면 된다. 더 나아가서는 외국 전문지를 보고 외국의 전문정보 디렉토리를 이용할 수 있게 되면 완벽하다.

6

관청정보와 기업정보

행정기구는 정보기관이다

여기까지는 일반인 누구라도 입수 가능한 정보에 대해 이야기해 왔다. 그러나 가치가 높은 정보일수록 누구나 그리 간단히 손에 넣을 수는 없다. 일반적으로 접근의 용이함과 정보의 가치는 반비례한다고 할 수 있다.

미국 대통령의 하루는 매일아침 서류가방을 안고 오는 CIA 국장의 국제정세 브리핑에 의해 시작된다. 지금 세계에서 어떤 일이 일어나고 있는지, CIA 조직 전체가 동원되는 조사보고가 대통령에게 간략하게 전달된다. 국제정치, 외교, 경제, 군사 등 각 측면에 있어서 최고수준의 정보일 것이다. 그렇지만 이 정보의 전부를 알 수 있는 것은 대통령과 CIA 국장뿐이다. 부분적인 접근은 다른 몇몇 사람들도 가능하겠지만, 전체적인 접근권을 가질 수 있는 것은 전 세계에서 단 두 사람뿐이다.

미국의 대통령이든 일본 수상이든 간에, 처음 일국의 최고권력자가 된 사람이 예외 없이 놀라는 사실은 최고권력자에게만 접근권이 주어져 있는 정보는 양도 방대하고 질도 대단히 높다는 점이다.

정보는 권력이다. 정보 그 자체가 힘이 있을 뿐만 아니라 정보는 힘을 가진 자에게로 흐른다. 역으로 권력은 정보를 모으고, 수집된 정보는 권력 유지에 활용된다는 측면도 있다. 권력기구, 즉 행정기구는 모두 다른 관점에서 보면 정보기관이기도 하다.

관청에 수집되고 축적되어 있는 정보의 양을 알면 참으로 놀랍다. 하지만 일본의 관청들은 전통적으로 철저한 비밀주의여서 그런 정보를 거의 외부에 노출시키지 않는다. 서투르게 접근하면 정보가 존재한다는 사실 자체도 가려져 보이지 않는다. "그런 것은 보여드릴 수 없습니다." "가르쳐드릴 수 없습니다."가 아니라, "그런 일은 없습니다."라는 얘길 듣게 되는 것이다. 물론 이것은 상대에게 얕보였을 경우다. 일반적으로 관료들은 낯선 상대와 처음 만났을 때 상대를 낮추어 보려 한다. 이쪽이 얕보려야 얕볼 수 없는 상대라는 것을 태도를 통해 확실히 보여주지 않으면 그걸로 끝이다. 압박을 가하든 거칠게 대하든 어떤 정보도 나오지 않는다.

관료에게서 정보를 끌어내기 위해서는 다음 두 가지 사항을 상대에게 납득시켜야만 한다. 첫째로 그 정보가 존재하고 있고 그것이 상대의 능력 범위 안에 있다는 사실을 내가 알고 있다는 점. 둘째로 그 정보를 비밀에 부칠 하등의 이유가 없고 공개되어야 마땅하다는 점.

말은 이렇게 간단하지만 통상적으로 이것은 참으로 지난한 기술이다. 보통의 경우, 어떠한 정보가 어느 관청 어디에 있는지를 사람들 대부분이 알지 못하기 때문이다. 일단은 행정관리청이 발간하고 있는 일본행정조직의 개괄적 해설서 『행정기구도』를 보는 게 좋다. 이 책에는 모든 관청의 과課 수준에서의 관장사무가 상세히 나와 있으니까 그걸 가지고 정보의 소재를 짐작할 수 있다.

관청정보도 천차만별이다. 진짜로 고급 정보는 손으로 쓴 보고서나 메모 같은 것이다. 이러한 것들은 접근이 극히 한정되어 있고 보통은 아무리 발버둥쳐도 입수할 수 없다. 가장 대중적인 정보는 『○○백서』 등의 이름으로 각 관청이 공적으로 발간하고 있는 정보다. 이는 정부간행물센터에 가거나 정부간행물 코너가 있는 서점에 가면 누구라도 얻을 수 있다.

정부간행물센터

여기서 정부간행물센터에 대해 한마디 해두자. 도쿄의 경우에는 가스미가세키(도쿄도 지요다구에 위치한 관청가 지역. ―옮긴이)와 오테마치(일본의 브레인 역할을 하는 지역으로 관공서와 언론사 등이 모여 있다. 마루노우치와 함께 일본 경제의 중심지. ―옮긴이)에 있다. 두 곳 모두 규모가 크고 자료 보유 상태가 훌륭하다. 정부간행물센터라고 하면 정부간행물밖에 없을 듯한 인상을 주지만 그렇지는 않다. 일반 출판사에서 내고 있는 참고문헌이나 정보문헌 등도 다수 갖춰져 있다. 그것도 일반 서점에서는 좀처럼 찾아볼 수 없는 것들이 적지 않다(우리나라의 경우, 정부간행물판매센터 사이트http://www.gpcbooks.co.kr나 각 지역의 대형 서점에서 구할 수 있다. ―옮긴이). 예를 들면 대단히 특별한 업계의 연감들이 많이 구비되어 있다. 『냉동에어컨 연감』, 『햄소시지 연감』, 『된장간장 연감』, 『폐기물 연감』 등 정부간행물센터 같은 곳이 아니고서는 살 수 없을 듯한 연감들이 얼마든지 있다.

연감만이 아니라, 명감名鑑, 총람, 요람, 편람, 연보 같은 것들은 온갖 종류가 다 있다. 연감과 마찬가지로 아니! 이런 것까지……, 하고 놀랄 정도로 특수한 것들이 많이도 있다. 특별한 업계들만을 대상으로 한 조사 및 분석 보고서도 다양하다. 또한 통계에 관해서도 이곳이 온갖 통계집을 다 갖추고 있어 편리하다.

당연한 얘기지만, 각종 법규집이나 법류 해설서도 잘 구비되어 있다. 나라의 행정은 모두 법규에 바탕을 두고 이뤄지기 때문에 어떤 것을 조사하든지 간에 그 분야와 관련하여 어떠한 법규가 있는지를 확인해두는 일은 작업할 때 맨 먼저 밟아야 하는 단계 중의 하나다. 하지만 이게 말처럼 간단치가 않다. 큰 법률 사항은 육법전서에 나오지만 조금 세세한 법규에 들어가면 육법전서는 전혀 도움이 안 된다. 그런데 여기에 오면『건설육법』이라든가『운수육법』과 같은, 행정관청별 특수육법을 구할 수 있다. 그보다 더욱 세세한 것으로서는『공원녹지육법』,『동물육법』,『식품위생육법』등 극히 한정된 대상에 관련되는 법률을 전부 모은 것도 있다.

이러한 특수육법을 구해보면 법률이라는 것이 얼마나 세세한 것까지 제정되어 있는지 확연히 알 수 있다. 특히 중요한 것은 법률만이 아니라, 규칙, 세칙, 정령政令, 성령省令들이 정리되어 있는 것은 물론, 관할 관청이 종종 내는 요강要綱이라든가 통지通知 같은 것까지 보유하고 있다. 이러한 세칙, 요강, 통지 같은 것들은 잘만 파악하면 그 안에 엄청난 정보가 포함되어 있다는 걸 알게 된다. 다른 말로 하면 이러한 것들을 '관청정보의 인덱스'라고도 볼 수 있다는 얘기다.

여하튼 정부간행물센터라는 곳은 간단하게는 소개할 수 없으리만치, 대단히 내용이 충실한 서점이다. 백문이 불여일견이므로 한 번씩은 가보기 바란다. 가면 반드시 생각지도 못한 발견을 한다. 자기 눈으로 어디에 어떤 것이 있는지를 보고 익숙해지는 것이 지름길이다.

자료의 신뢰성을 음미하라

　정부간행물센터에서는 누구라도 살 수 있는 백서 부류를 잘 활용함으로써 보다 고급한 정보자원에 접근하는 일도 가능하다. 백서 같은 정보를 꼼꼼히 보다 보면 다양한 자료의 출전을 발견할 수 있다. 특히 도표나 통계는 물론, 논의 전개 과정에서 사용되는 숫자나 인용 등등 눈여겨보면 반드시 그 출전이 어딘가에 쓰여 있다(물론 자료의 출전을 확실히 밝히지 않는 질이 떨어지는 백서도 있다). 자신의 관심을 끄는 것이 있다면 그 출전을 실마리로 반드시 오리지널을 입수해야 한다.

　이것은 정부간행물만이 아니라 자료를 읽을 때 언제나 유념해두어야 할 사항이다. 어떤 것을 읽고 있든지, 지금 읽고 있는 것이 자료가 뒷받침하는 객관적 기술인지 아니면 저자의 주관적 의견이나 믿음이 쓰여 있을 뿐인지를 우선 음미해보아야 한다.

　다음으로 자료의 뒷받침이 있는 것에 대해서는 그 자료가 신뢰할 만한 자료인지, 신뢰할 수 있는 자료라 해도 저자가 그것을 올바로 이용하고 있는지 여부를 음미한다. 바로 이런 작업을 하기 위해서 자신도 오리지널 자료를 입수하거나 참조할 필요가 생기는 것이다.

　자료의 신뢰성을 체크하기 위해 필요한 것은 자료의 방법론에 대한 음미와 그 방법론이 구체적으로 실현되어 있는 방식에 대한 음미다. 여론조사 같은 것이라면 그것이 과학적 방법론에 바탕을 두고 설계된 조사인지(표본추출 방식, 설문 방식 등)가 전자에 해당하고, 회수율은 어떠했는지, 조사원은 성실하게 조사에 임했는지, 회답자는 성실히 답했는지 등과 같은 점이 후자에 해당한다. 후자 쪽은 사실 회수율 이외는 알 수 없는 경우가 적지 않지만, 조사를 음미하는 데 있어서는 대단히 중요한 점이다.

나는 학생 시절에 여론조사 조사원 아르바이트를 한 일이 있는데 동료들 중에는 너무 대충대충 하는 친구들도 있었다. 심한 경우에는 상대를 만나지도 않고 자신이 회답지를 되는 대로 기입하는 친구들도 있었다. 아무리 설계가 과학적이고 정확한 조사라도 이러한 조사 데이터를 신용할 수 없다는 것은 말할 필요도 없을 것이다.

조사 결과는 올바르더라도 그것을 해석하는 방식이나 이용 방식이 잘못되는 일도 비일비재하다. 통계적으로 의미 있다고 볼 수 없는 숫자를 가지고 와서 통계에 의해 증명된 중대사실이나 되는 양 제 주장을 펼치는 것은 흔하디흔한 잘못이다. 그 조사가 가진 여러 전제들(표본추출 방식)을 무시하고 이야기하는 것, 설문의 맥락을 무시하고 하나의 설문에 대한 답만을 뽑아내어 다른 맥락에서 사용하는 것도 자주 저지르는 잘못이다. 악의적인 오용도 있지만 무지 때문에 저지르는 잘못도 있다.

다른 사람의 잘못을 간파하기 위해서도, 자기 스스로도 잘못을 저지르지 않기 위해서도, 사회조사, 여론조사, 통계 등의 기초적 방법론은 누구나 한 번쯤 꼭 배워둘 필요가 있다.

관청의 정보 조작

다시 본 이야기로 돌아가서 공간公開되고 있는 관청정보의 자료의 출전을 추적해가면, 공간되지 않은 관청정보의 존재 역시 상당 정도 알 수 있다. 이런 것들은 대개 타이프 인쇄나 등사 인쇄 등으로 작성된 소책자다. 관청 내부에서는 이러한 소책자의 형태로 조사보고, 연구보고, 분석보고 등이 작성되는 경우가 빈번하다. 이것은 관계자에게 배포될 뿐 일반적으로는 외부로 나오지 않는다. 여기서 관계자라고 하면 부처 내부 혹은 다른 부처의 관계 부국部局, 관련 업계, 관계 정치가, 업무상 관련자(심의회 위원 등), 기자클럽 등이다(상황에 따라 배포범위가 달라진다).

그렇다고 해서 내용이 꼭 비밀스러운 것은 아니지만, 최신 정보가 알차게 들어 있고 동시에 행정이 지향하는 방향을 그것을 보면 알 수 있기 때문에 이용가치는 대단히 높다. 이것을 입수하는 일은 보통 사람에게는 그리 쉽지 않겠지만 그렇다고 불가능한 것만도 아니다. 최근에는 각 관련행정부서나 기관들도 일정한 정보공개에는 응하게 되어 있어서 그걸 발행하는 관련행정부서나 기관에 직접 부탁하면 입수할 수 있는 것도 있을 것이고, 그 자료를 가지고는 부족하다면 그걸 배포하는 것으로 판단되는 곳을 상대해볼 일이다.

이러한 관청정보를 이용함에 있어서 유의할 점은 그것이 특정 행정목적을 달성하기 위해 작성된 것이며, 따라서 객관성의 외양을 둘렀지만 실은 객관적이지 않은 자료인 경우도 많다는 사실이다. 최근 각 관청에서도 일견 객관적으로 보이는 자료만을 사용하여 실로 교묘하게 정보 조작을 하고 있다. 예컨대 농림수산성이 쌀값을 억제하고 싶을 때는 쌀값 억제의 논거가 될 법한 숫자만을 늘어놓은 자료를 작성한다. 그 자료를 대중매체에 흘려 보도되게 만들면 쌀값을 억제해야 한다는 여론도 만들 수 있는 것이다.

그와 유사한 일들이 모든 관청에서 일상다반사로 행해지고 있다. 관청 측이 정보 조작에 능해지고 있기 때문에 대중매체 측은 정보 조작을 파헤치는 일에 능숙해져야 하는데 현실적으로는 관청정보에 점점 더 수동적으로 대응하는 쪽으로 변하고 있다. 결국 이쪽이 갖고 싶은 정보를 상대에게 요구하여 그걸 쓰는 것이 아니라, 저쪽이 주고 싶은 정보를 받아 무비판적으로 쓰게 되고 만 형국이다.

여러 신문들을 죽 늘어놓고 볼 때, 비슷한 이야기가 비슷한 주제 하에 쓰여 있는 기사를 보면 그것은 거의 예외 없이 기자클럽을 경유한 관청정보라고 보아도 된다. 복수의 신문을 매일 보는 사람이라면, 그런 기사가 너무나도 많다는 사실을 알아차렸을 것이다. 관청은 대중매체에 대한 정보 조작을 통하여 여론을 유도하고 그럼으로써 행정목적을 달성하려고 한다. 그에 무비판적으로 응하는 대중매체는 '관보 저널리즘'이라는 소리를 들어도 싸다.

관청정보에 접할 때는 언제나 이것은 어떠어떠한 행정목적에 어떻게 관계되는 정보인지를 생각해볼 필요가 있다. 그리고 행정목적을 위해 현실을 왜곡한 자료는 아닌지 음미해볼 필요가 있다.

데이터 하나하나는 모두 올바르지만 그 데이터 전부를 바탕으로 내린 특정 판단은 옳지 않은 경우도 흔하다. 사물의 일면만을 보고 채취한 데이터를 가지고 사물의 다른 일면에 대해 판단을 내릴 수는 없는 노릇이다. 그러므로 이 점의 음미에 있어서 중요한 것은 거기에 무엇이 쓰여 있는가가 아니라 무엇이 쓰여 있지 않은가를 세 번이고 네 번이고 생각해보는 일이다. 무엇이 쓰여 있지 않은가를 간파하는 것은 퍽이나 어려운 일이다. 수련을 필요로 한다.

수련이 뒷받침된 안목을 가지고만 있으면 관청정보는 적극적으로 입수하여 사용해야 한다. 그리고 그런 안목만 있으면 발표된 자료를 단서로 발표되지 않은 자료나 정보를 관청으로부터 끌어내는 일도 가능하다.

업계단체와 거대기업이 가진 정보

공간되지 않는 자료는 관청에만 있는 것이 아니다. 다양한 기관이 다양한 자료를 이들 관청처럼 사가판私家版 소책자 형태로 간행하고 있다. 그런 기관들에는 어떤 곳이 있을까?

우선 들 수 있는 것은 각종 업자들과 업계들의 연합단체다. 일본은 일반적으로 거의 모든 업계가 연합단체를 두고 있으며 조사연구 활동도 상당히 활발하게 벌이고 있다. 그러한 연합단체는 업계 전체의 대표로서 행정과 절충하는 창구 역할을 하면서 행정 쪽에 요구사항을 던지기도 하고 혹은 행정 쪽으로부터 요구사항을 받기도 하는데, 그런 과정에서 응수의 재료로서 업계의 현황 실태와 미래의 전망을 늘 통계적으로 파악해둘 필요가 있기 때문이다. 사실 관청정보 중에는 이러한 업계의 조사 수치를 그대로 빨아들인 것도 상당히 있기 때문에 주의를 요한다.

어떤 업계에 어떤 연합단체가 있는지를 아는 데에는 고단샤에서 간행하는 『정보원情報源』이 가장 편리하다. 이 책은 거의 모든 사항

에 관하여 그 정보를 갖고 있는 '기관'과 '사람'과 '책'을 나열한 책으로 2년마다 판이 개정된다. 처음에는 '정보원'이라는 제목에 걸맞지 않게 내용이 빈약했었는데, 새로운 판이 나올 때마다 내용이 향상되어 '사람'과 '책' 항목은 아직도 불완전하지만, 특히 '기관'에 관해서는 온갖 기관을 잘도 모아놓아서 실로 감탄스럽다(1983년부터는 『현대인을 위한 정보원 대백과現代人のための情報源大百科』라고 제목이 변경되었다).

여기서 '기관'이라는 것은 반드시 각종 업계단체만을 가리키진 않는다. 민관民官의 각종 조사연구기관 또한 많다. 그러한 조사연구기관도 다양한 리포트를 개별적으로 간행하고 있는 것은 말할 필요도 없다. 다만 각각의 기관이 어떠한 정보를 어떤 형태로 갖고 있고, 그것을 외부인들이 어떻게 이용할 수 있는지는 쓰여져 있지 않으므로 그런 것은 각각 별도로 문의해보아야만 한다.

이외에도 거대한 정보력을 가진 곳으로는 거대기업의 조사부가 있다. 단순한 대기업 정도라면 변변한 조사부가 없겠지만 전 세계적으로 유명한 거대기업이라면 조사부 또한 소규모 민간 조사연구기관 따위는 범접도 못할 정도로 충실한 경우가 많다. 다만 통상적으로 기업의 조사부는 어디까지나 그 기업의 사적 이익을 추구하기 위한 조사부인지라 조사 내용이 대단히 편향되어 있고, 외부인에게도 유용한 데이터는 별로 없으며, 또 있다고 해도 손쉽게 이용할 수 있는 것은 아니다.

예외는 은행과 증권회사다. 이 두 곳은 업무 내용상, 온갖 업계 사정에 밝아야만 한다. 또한 미시경제만이 아니라 거시경제도 파악하고 있어야 한다. 현황 파악은 물론 중장기 미래의 예측도 하지 않을 수 없다. 바로 그런 점에서 그들은 조사 활동에도 엄청나게 힘을 기울이고 있다. 또한 그러한 조사 활동의 성과를 조사월보調査月報 등의 형태로 고객 서비스 차원에서 외부로 드러내는 데 익숙하기 때문에 정보를 입수하기도 어렵지 않다.

금융기관 중에는 특별한 성격을 가진 금융기관이 있는데 그런 곳의 조사부가 또한 대단히 좋다. 예를 들자면 농림중앙금고(농업협동조합, 어업협동조합, 삼림조합 등 농림수산업자 협동조직의 금융을 원활히 하기 위해 예금, 자금 이동이나 대출, 어음 거래, 유가증권 운용 등의 업무를 하고 있다. 일본 최대의 기관투자가.—옮긴이) 같은 곳. 농업에 관하여 농림중앙금고 조사부가 갖고 있는 정보라면 일단은 대단한 것이다. 게다가 농수성 감독을 받을 뿐 농수성에게 관리 받는 것은 아니고, 농협의 상부기관의 성격을 가지면서도 농협에 매여 있지는 않다는 독특성 때문에 그 정보는 객관적이고 신뢰성이 높다.

마찬가지로 독특한 성격을 가진 금융기관으로서 상업중앙금고, 부동산은행, 홍은(일본홍업은행), 장은(일본장기신용은행) 등이 있는데, 각각 뛰어난 조사부를 가진 것으로 세상에 잘 알려져 있다. 기업정보를 이용하는 경우 역시 관청정보와 동일하게 기업목적 달성을 위한 정보 조작이 아닌지 경계할 필요는 있지만, 기업정보 중에서는 금융기관 쪽의 기업정보가 비교적 객관성이 높다.(우리나라의 경우 각 증권사나 한국증권선물거래소에서 발행하는 기업분석 보고서와 산업보고서 등이 있다.—옮긴이)

은행, 증권 다음으로는 철강, 전력 등 기간산업의 조사부가 경제 전반을 두루 살피는 일을 하고 있다. 참고로 전력업계 전체에서 운영하는 전력중앙연구소는 일본에서 가장 정평 있는 조사연구기관의 하나다.

'NRI Search'

이상과 같이 다양한 곳으로부터 비공간非公刊 정보가 많이 나오고 있다. 그러나 어떤 곳에서 어떤 것이 나오고 있는지를 몰라서는 이용할 방법이 없다. 이런 곳에 이런 정보가 있지 않을까 하는 감을 바탕으로 차례로 문의를 해보는 것도 한 방법이지만 들인 노력에 비해 성과가 적을 우려도 충분히 있다.

이런 때 도움이 되는 것이 《NRI Search》(Nomura Research Institute Search)라는 노무라종합연구소가 발간하고 있는 정보지다. 잡지 이름은 영어지만 내용은 일본어로 되어 있다. 이 잡지는 온갖 조사보고를 소개하기 위한 잡지다.

매호 제일 첫 순서에 오는 것이 「Current Output 〈최신주요 리포트〉」라는 칼럼. 모든 기관(관청, 연구소, 업계단체, 기업 등)에서 나온 조사연구 리포트(공간, 비공간 모두 포함)가 전부 11개 항목(기업 및 경영 / 산업 / 경제 / 노동 / 에너지 / 기술 / 국제 / 사회 및 국민생활 / 환경 / 정치 / 국토) 별로 분류되어 내용에 대한 간단한 코멘트와 함께 소개되어 있다.

지금 가지고 있는 1983년 3월호를 펼쳐 보니 무려 294편의 리포트를 소개하고 있다. 여기에는 다소 딱딱한 리포트와 쉽게 읽어볼 수 있는 리포트들이 섞여 있다. 쉽게 읽어볼 수 있는 것으로는 「초등학생과 어머니의 새해선물에 대한 의식과 실태」(제일권업은행), 「면도 습관 조사」(페더 면도날), 「젊은 여성과 모피」(일본모피협회), 「성인 1년차를 맞은 젊은이들의 음주경향 조사」(산토리) 같은 것까지 있다. 물론 대중적인 리포트는 많지 않고 태반은 딱딱한 성격의 리포트들이다.

그 달의 리포트 중 특히 중요하다고 여겨지는 리포트 약 10편을 매월 꼽아 「Briefing 〈최신 중요 리포트〉」라는 제목 하에 한 편에 한 페이지씩 통계도표와 함께 요약, 소개한다.

이 두 가지 칼럼을 매년 전부 모은 것이 『NRI Search 경영개발정보』라는 제목으로 판매되고 있는데, 이것은 일본의 '조사연구 리포트 연감'이라 불릴 만하다.

참고로 여론조사에 관해서는 그 해에 민관 모든 기관에서 치러진 여론조사를 모두 수록한 『여론조사연감』이라는 것이 내각 홍보실편으로 발행되고 있다. 『NRI Search 경영개발정보』 쪽의 리포트 내용은 간단한 요약밖에 없지만 『여론조사연감』 쪽은 원래 수치가 그대로 실려 있다.

월간 《NRI Search》에는 이 밖에도 매호 특집 형식으로 특정 주제에 관한 정보를 집중적으로 모은 페이지라든가, 해외 중요조사 리포트를 소개한 페이지 등이 있어서 매호 80페이지도 되지 않는 얇은 잡지인데도 내용은 대단히 충실하다. 다만 가격이 매우 비싸다. 연간예약 구독제로 28,400엔(1983년 말 기준)이다(우리나라의 경우, 금융연구원, 삼성경제연구소, 하나금융연구소 등 각종 공공기관과 민간 경제연구소의 보고서 등이 유사한 역할을 한다. ―옮긴이).

《NRI Search》는 비즈니스맨을 위한 정보지라는 측면이 강한 관계로 그러한 독자의 요구에 맞춰 리포트가 실리기 때문에, 중요 리포트 중에 요구에 부합하지 않아서 빠진 경우도 많이 있을 것이다. 그렇지만 유감스럽게도 그런 것을 모아 소개해주는 정보지는 현재로서는 달리 없다.

7

'인터뷰 취재'에 관하여

들어야 할 것을 미리 확인해두라

이번에는 취재에 대해 생각해본다.

취재에는 여러 가지 측면이 있지만 여기서는 '인터뷰 취재'로 이야기를 좁혀보자. 취재 방법에서 가장 큰 비중을 차지하는 게 인터뷰 취재이기도 하지만, 그 밖의 많은 특수한 취재법들은 일반 독자들에게는 별로 참고가 안 될 것이기 때문이다. 인터뷰 취재란 한마디로 다른 사람으로부터 이야기를 듣는 것이다. 그러니까 이제부터 할 얘기는 다른 사람으로부터 알맹이 있는 이야기를 들으려고 할 때의 마음가짐이라고 해도 좋다.

가장 중요한 것은 자신이 그 상대로부터 들어야 할 것을 미리 알아두는 일이다. 이것은 너무나도 당연한 얘기로, 다른 사람에게 이야기를 들으려고 할 경우의 당연한 전제인지라, 뭐 특별히 주의를 할 필요가 있나 싶은 사람들도 있을 것이다. 그렇지만 내 관점에서는 본질적으로 이보다 더 중요한 사항은 아무것도 없고 그 나머지는 대부분 지엽적인 테크닉론이다.

"문제가 정확히 설정되면 반은 답을 찾은 것이나 마찬가지"라고 흔히들 말한다. 마찬가지로 인터뷰에서도 뭘 들어야 하는지 이해하고 있다면 반은 알아낸 것과 마찬가지다.

최근 들어 나는 다른 사람을 취재할 뿐만 아니라 다른 사람들로부터 취재를 받는 일도 꽤 많아졌다. 그래서 알게 된 것인데 자신이 무엇을 들어야 하는지를 충분히 이해하지 못한 상태에서 질문을 던지는 사람이 너무나도 많다는 사실이다.

“어떻습니까?”

“느끼신 바를 좀…….”

이라고 질문을 하기만 하면 상대가 뭔가 정리된 의견을 당연히 지껄여줄 것이라고 철석같이 믿는 어수룩한 저널리스트가 너무나도 많은 것이다. 마치 이쪽이 라디오나 텔레비전 같은 기계여서 “한 말씀”이라는 스위치만 누르면 그 다음은 자동적으로 프로그램 내용이 흘러나올 것처럼 생각하고 있는 듯하다.

이런 사람들이 많아진 것도 텔레비전의 악영향과 관계가 있다고 생각한다. 텔레비전 인터뷰라고 하면 대부분의 사람들은 질문 한 마디를 던지기만 해도 줄줄 지껄여댄다. 세상에는 지껄이고 싶어하는 사람이 많은 것도 사실이지만, 텔레비전의 경우는 편집을 한다든가 사전에 미리 협의를 한다든가 하기 때문에, 지껄이고 싶어하지 않는 사람까지도 계속 말하고 싶어하는 것처럼 보이게 된다. 나만 해도 정말이지 대단히 말없는 인간에 속하지만 텔레비전을 통해서만 나를 아는 사람들은 잘도 떠들어대는 사내라고 생각할 것이다.

그렇게 확신하고 있는 사람이 저널리스트 중에도 있어서, 그런 사람이 나를 전화취재 하면 상황이 참 묘하게 돌아간다.

“○○에 대해서 어떻게 느끼시는지 여쭙고 싶습니다만…….”

이라는 말을 들으면 나는

“예.”

라고 말할 뿐 잠자코 있다. 저쪽은 내가 당연히 지껄여줄 것이라 생각해서 역시나 잠자코 기다린다. 한동안 기묘한 침묵이 이어진다. 이윽고 취재하는 사람 측에서는 아무래도 스위치가 확실히 안 켜졌나 싶은지 다시 한 번 스위치를 켠다.

"○○에 대해서 어떻게 느끼시는지 여쭙고 싶습니다만……."

"예, 그렇게 하십시오."

하고 나는 답한다. "그렇게 하십시오."라는 대답을 듣고서야 상대방은 답을 요하는 질문만으로는 부족하며, 뭔가 질문을 해야겠구나, 느끼기 시작한다. 그렇지만 머리가 둔한 사람은 이때도 역시 같은 짓을 반복한다.

"그래서 말씀인데요, ○○는 말입니다, 어떻습니까, 어떻게 생각하시는지요."

"어떻게 생각하다니요? 어떤 것 말씀입니까."

"아니, 저, 어떤 식으로 생각하고 계시냐는 거죠."

이 사람은 '느낌'을 '어떻게 생각하는가'로, 나아가 '어떤 식으로 생각하는가'로 바꿔 말해 볼 뿐 실질적으로는 같은 질문을 반복하고 있지만 자신은 그런 사실을 알아채지 못하고 있다.

"그런 식으로 너무나도 개괄적이고 포괄적으로 질문을 하시면 어떻게 답을 해야 할지 모르겠으니 무엇을 듣고 싶은지, 질문을 좀더 구체적으로 좁혀주시지 않겠습니까? 어떤 점에 대해서 어떤 얘기를 듣고 싶습니까?"

이렇게 되면 갑자기 말문이 막혀 제대로 된 질문이 나오지 않고 당황하는 사람이 있다. 실은 그 문제에 대해서 예비지식이 변변치 않기 때문에 개괄적이고 포괄적인 질문 대신 구체적이고 개별적인 질문을 하고 싶어도 할 수 없는 것이다. 그런 허술한 실력의 저널리스트가 최근에는 적지 않다.

안이한 질문을 하고 그에 안이하게 대답하고, 그 안이한 대답에 만족하고 문답을 마치는 최근의 텔레비전 식 인터뷰 풍조에 나는 반발하기 때문에, 어설픈 질문자에게는 부러 심술궂게 질문을 계속 되돌려주는 경우가 종종 있다. 반면에 처음의 질문은 어설플지라도 자신의 내면에 물어야 할 질문을 확실히 갖고 있는 사람은 질문을 돌려받았을 때 곧장 확실한 질문으로 되받아칠 수가 있다. 하지만 그것을 갖고 있지 못한 사람은 제대로 된 질문이 끝내 불가능하다.

질문의 범주를 구별한다

다른 사람에게 뭔가를 묻는다는 것을 너무 안이하게 생각해서는 안 된다. 다른 사람에게 뭔가를 질문할 때는 반드시 그 문제에 대해 자신도 질문을 받고 있는 것이다. 던진 질문이 질문자에게 되돌아왔을 때 '질문하는 것은 질문 받는 것'이라는 이중구조가 확연히 떠오른다. 무서운 상대와 맞닥뜨리면 어느새 누가 묻는 자고 누가 답하는 자인지 알 수 없게 되어버린다. 플라톤의 대화편이 그 전형적인 예다. 소크라테스에게 질문을 한 자는 역으로 그 질문에 대해 소크라테스로부터 힐문당하면서 결국 질문자 자신의 생각을 역으로 추궁받게 된다. 다른 사람에게 뭔가를 물으려는 사람은 다른 사람에게 뭔가를 묻는다는 게 얼마나 두려운 일인지 알기 위해 플라톤의 대화편 한두 편쯤은 읽어두어야 할 것이다.

물어야 할 뭔가가 있다는 것은 어떤 것일까? 첫째, 알고 싶다는 욕구를 격렬하게 가지는 것이다. 욕구가 정열의 경지로까지 고양되면 더 말할 게 없다. 욕구가 충만하면 다양한 물음이 연달아, 그것도 저절로 나온다. 그에 반해 욕구가 없으면 임시변통의 질문밖에 나오지 않는다.

다음으로 알고 싶은 욕구는 질문의 형태를 취하여 정리되지 않으면 안 된다. 그때 우선 자신이 알고 싶은 것이 어떤 범주에 속하는지를 분석, 검토해두는 게 필요하다. 그럼으로써 질문을 제기하는 방식이 달라지기 때문이다. 구체적으로 말하면 첫째, 알려고 하는 것이 어떤 사실에 대한 것인가, 아니면 사실 이외의 것, 예컨대 상대의 의견이나 판단 같은 것인가를 구별하는 게 중요하다.

사실을 알려고 할 경우, 그것이 객관적 사실인가, 아니면 주관적이고 내적인 사실인가를 구별한다. 심경이나 심정 같은 것은 후자에 해당한다.

객관적 사실은 나아가 두 가지로 나누어 생각한다. 역사적, 경험적 사실이든가 아니면 보편적, 추상적 사실이다. 기억과 지식이라고 분류해도 좋다.

이상과 같은 범주 중 그 질문이 어디에 속하는가에 따라서 구체적인 질문 방식, 메모 방식, 상대의 답을 평가하는 방식, 되물어보는 방식 등 모든 것이 달라진다.

그렇긴 하지만 현실적으로 인터뷰할 때에는 보통 여러 가지 범주의 질문이 섞이게 된다. 그러나 그럴 경우에도 자신의 머릿속에서는 물음 하나하나마다 범주를 구별해둘 필요가 있다.

자신이 알고 싶은 것의 포인트가 범주 별로 정리되면 그걸 알아내기 위한 질문을 생각해보고, 질문요강을 만들어 그것을 메모한다. 이것은 가능한 한 노트 한 페이지 정도로 하든가 아니면 아무리 많아도 두 페이지를 넘지 않도록 한다. 간략하게 만들기 위해 문장형으로 하기보다는 키워드를 나열하는 식이 좋겠다.

순서는 적당히 생각해두면 된다. 질문 순서를 생각해둔다 해도 어차피 현장에서는 이야기의 여러 가지 흐름으로 인해 원래 생각한 순서대로 되지는 않기 때문이다. 그렇다고 해서 무작위로 키워드를 써두기만 해서는 곤란하다. 관련사항들을 모아 몇 가지 틀로 나눠두는 정도는 해두는 게 바람직하다.

이러한 질문 메모는 인터뷰를 하는 동안 상대방 눈에 띄지 않으면서도 언제라도 잽싸게 참조할 수 있도록 만든다. 예컨대 별지로 갖고 있든가, 노트나 메모장의 첫 페이지 등 언제나 넘겨볼 수 있는 곳에 기재해 둔다. 그렇지만 가능한 한 보이지 않는 편이 좋다. 질문요강은 최대한 머릿속에 주입해 넣어둔다. 그리고 임기응변으로 이야기를 이어가면서 준비한 질문항목을 순차적으로 소화해나간다. 잘 된 경우에는 제일 마지막 단계로 준비한 질문들을 전부 소화했는지 확인하기 위해서 질문 메모를 흘끗 보면 된다. 그렇지만 현실적으로는 종종 이야기가 잘 연결되지 않아서 도중에 질문이 끝나버리는 경우가 있다. 그럴 때는 신속하게 이 메모에 눈길을 돌려 이야기를 어떻게 이끌어나갈지 생각해본다.

기록 방법

인터뷰하고 있는 동안의 기록 방법에 대해서도 이야기해보자. 녹음기를 사용할까 메모를 할까. 메모를 한다고 하면 메모장이 좋을까 노트가 좋을까. 이것은 취향의 문제니까 특정한 것에 너무 얽매일 필요는 없지만, 내 경우는 이렇다.

우선 전술한 이유로(4장 참조) 녹음기는 별로 사용하지 않는다. 다만 다음의 경우에는 적극적으로 사용한다. 훗날 "그런 말을 했다, 안 했다" 식의 문제가 예상되는 경우, 메모가 물리적으로 어려운 경우(걸으면서 이야기를 듣는다든가 차 안에서 이야기를 듣는 경우 등), 혹은 영어 취재, 방언이 강한 사람 취재, 대단히 전문적인 내용 취재 등, 나중에 테이프로 다시 들어보지 않으면 불안한 경우, 상대의 말투를 그대로 살리는 게 효과적인 경우, 현장 분위기를 기록해 두고 싶은 경우(음성이 남아 있으면 기억이 매우 잘 되살아난다) 등이다.

참고로 현장 분위기를 기록하기 위해서는 단지 그 현장의 음성을 수동적으로 녹음하기만 하는 게 아니라, 자기 자신이 그 현장에서 느낀 것, 생각한 것, 눈에 보이는 것 등을 직접 녹음기에 녹음해두는 것도 좋은 방법이다. 요컨대 언어로 하는 스케치라 할 수 있다.

또한 사진을 찍어두는 것도 괜찮다. 현장 그림이 남아 있으면 기억이 되살아나는 방식이 달라진다. 현장 기록을 함에 있어서 카메라보다 좋은 것은 비디오다. 최근에 베타 무비라는 VTR과 일체형 비디오 카메라를 구입해서 사용하고 있는데, 비디오 기록은 음성 기록이나 스틸 카메라에 비해서 정보량이 압도적으로 많다. 자신이 촬영한 것을 재생시켜 다시 보면 현장에서 놓쳤던 많은 것이 보인다.

비디오 기록의 활용

《넘버》잡지(문예춘추 발간)의 창간호(1980년 4월 20일호)에 실린「에나쓰의 21구」(야마기와 준지)라는 다큐멘터리는 야구 기록물로는 뛰어난 완성도를 보여준 작품이다.

이것은 1979년 일본 시리즈의 일곱 번째 경기 이야기다. 긴테쓰와 히로시마가 3승 3패인 상황에서 우승을 걸고 대결, 히로시마가 1점 차로 리드한 상태에서 맞이한 9회말, 투수 에나쓰가 컨트롤 난조에 빠져 안타와 포볼로 순식간에 무사 만루의 위기에 몰린다. 누구나 이제는 긴테쓰의 역전우승이라고 생각했다. 그렇지만 에나쓰는 먼저 타석에 선 타자를 삼진으로 돌려세우고, 스퀴즈 시도에 말려들지 않으면서 주자 한 명을 3루와 홈 사이에서 교살시킨 다음, 마지막으로 타자도 삼진으로 잡아 히로시마를 우승으로 이끈다.

이러는 동안 에나쓰는 다섯 타자에게 총 21개의 공을 던졌다.「에나쓰의 21구」는 그 한 구 한 구마다 새겨진 드라마를 에나쓰 본인은 물론 경기 참가자 한 사람 한 사람을 꼼꼼히 발굴하여 구성한 다큐멘터리다. 시시각각, 한 구 한 구마다 에나쓰의 심리의 움직임을 완벽에 가깝게 추적했다. 과거의 사건을 저토록 세세한 부분까지 발굴해 내는 게 가능하다니…… 정말 놀라운 작품이었다.

이것은 사실 이 시합의 비디오 기록을 저자(야마기와)와 에나쓰가 함께 몇 번이고 반복해보면서 에나쓰에게 세부 기억을 되살리게 하는 수법을 사용한 것이다. 비디오 기록이 없었으면 절대로 실현 불가능했던 다큐멘터리라 할 수 있다. 종래의 수법으로는 전혀 해낼 수 없었을 것을 비디오를 활용함으로써 해낼 수 있게 된 좋은 예다.

이 경우는 텔레비전 방송의 비디오 기록을 활용한 것이지만, 앞으로 비디오 기기가 더한층 간편해짐에 따라 개인이 비디오 기록을 능숙하게 활용하여 만든 르포르타주 등이 등장할 것임에 틀림없다.

또 비디오 카메라에 간단한 첨부 기술을 구사함으로써 스틸 사진을 비디오 테이프에 멋지게 연속적으로 수록할 수도 있다. 비디오 테이프 한 개에 스틸 사진을 대량으로 기록할 수도 있고 포워드나 리와인드가 자유롭기 때문에 검색도 손쉽게 할 수 있다(스틸 사진 사이에 군데군데 검색용 문자 화면을 넣어두면 검색이 한층 편리하다). 수많은 스틸 사진을 자료로 사용하면서 작업을 진행시켜야 할 때(혹은 자료로 보관해야 할 때) 대단히 편리한 기능이다.(지금은 디지털 비디오 카메라나 디지털 카메라의 간단한 동영상 기능, 휴대폰의 동영상 기능 또한 활용할 수 있다.—옮긴이)

메모장 마련

인터뷰 취재 기록 얘기로 돌아가면, 나는 일반적으로는 메모를 하지만 메모장은 별로 사용치 않는다. 메모장은 너무 크기가 작아서 한 페이지에 기록할 수 있는 정보량이 너무 적다. 나중에 다시 보려면 불편하고 정리와 보존에도 별로 적합하지 않다.

보통은 휠러 노트를 사용하는데 이것은 나선형 쇠줄로 철을 한 노트다. 여기에는 매 페이지마다 절취용 미싱선과 파일에 철을 하기 위한 펀치 구멍 두 개가 뚫려 있다. 사용한 페이지는 절취하여 2공 플랫파일이라 불리는 가장 간편하고 저렴한 파일용구에 분류정리해 철해둔다. 자유로이 절취할 수 있기 때문에 간단히 페이지만 조금씩 바꿔줌으로써 한 권을 동시에 여러 가지 목적으로 사용할 수 있다는 이점이 있다.

노트에 기록을 하면서 진행과정에서 퍼뜩 생각난 새로운 질문은 잽싸게 노트 여백에 메모해둔다. 그런 질문은 대개 좋은 질문이다.

첫째는 준비, 둘째는 상상력

반복하지만 좋은 질문을 할 수 있느냐 없느냐에 따라 인터뷰의 성패가 50퍼센트 이상 결정된다. 과연 어떻게 하면 좋은 질문을 할 수 있을까. 첫째는 준비, 둘째는 상상력이다.

준비는 아무리 많이 해도 지나치지 않다. 준비란 자신이 듣고자 하는 것에 관한 예비지식을 얻는 것, 그리고 자신이 듣고 싶은 내용을 머릿속에서 정리해 메모를 해두는 것이다. 특별한 예비지식을 필요로 하는 것에 대해서는 그 메모도 작성해두는 게 좋다. 특히 역사적 사실 관계에 대해 인터뷰할 때는 관련 사실의 시간적 선후 관계가 확실히 정리된 연표 같은 것을 작성해두는 게 필수다. 연표를 만들어보면 기존의 지식에서는 어디가 누락되어 있는지가 드러난다.

상상력은 '사실적 상상력'과 '논리적 상상력'으로 나눌 수 있다. 전자가 흔히 말하는 상상력이고 후자는 내가 만든 용어다. 사실적 상상력은 역사적, 경험적 사실을 물을 때 특히 중요하다. 처음에 질문 요강을 만들 때가 아니라 그 요강에 입각하여 구체적 질문을 거듭해가는 과정에서 상상력이 중요하다.

역사적 사실(넓은 의미에서 과거에 일어난 일 모두)을 물을 때 필요한 기초적 사실 관계는 누구라도 알 수 있게 5W1H(누가, 언제, 어디서, 무엇을, 왜, 어떻게) 형식으로 요약할 수 있다. 누구라도 형식적으로는 그런 질문을 할 것이다. 그렇지만 5W1H의 하나하나에 대해 얼마나 구체적으로 사실을 끌어내어 깊이 파고들 수 있느냐는 사람에 따라 천차만별이다. 어디서 차이가 생기는가 하면 바로 질문자의 상상력에 의해서다. 상상력이 풍부한 사람일수록 피상적인 답으로는 만족하지 못하고 보다 구체적인 디테일을 요구하며 질문에 질문을 거듭한다. 하지만 상상력이 결핍된 사람은 상대의 피상적인 답변에 만족하여 그 이상의 물음이 나오지 않는다.

체험한 사실인가, 전달이나 추측인가

역사적 사실 관계에 대해 인터뷰할 때 가장 주의해야 할 것은 그 사람이 직접 체험한 사실과 단순한 전달 내지는 추측을 구별하는 것이다. 옛날이야기를 할 때 많은 사람들이 그것을 혼동하여 이야기한다.

기억 자체에 진짜 혼동이 일어나는 경우도 있다. 전달 내지는 추측에 불과한 것을 마치 직접 체험한 듯이 그럴싸하게 꾸며 가며 이야기하는 경우도 있다. 아는 체 하고 싶은 사람이 생각 이상으로 많은 것이다. 악의적으로 거짓말을 하는 사람은 세상에 그리 많지 않지만, 무의식적으로 혹은 이야기를 하다 보니 거짓말을 하고 마는 사람은 많다. 그중 대부분은 직접 체험하지 않은 일을 마치 그런 것처럼 말해버리는 경우다. 100퍼센트 확실치는 않은 것을 절대로 확실하다고 말해버리는 것이다.

상대가 말하는 것을 어디까지 신용하면 좋을까. 상대의 이야기 속에서 전달 내지 추측을 배제하고 오로지 사실만을 거두어들이려면 어째야 옳은가. 이것도 기본적으로는 실전 경험을 쌓으면서 실패도 몇 번 해봄으로써 학습할 수밖에 없다.

체험에 의한 학습 이외에 도움이 되는 것은 사실 관계에 대해 격론이 벌어졌던 재판의 공판기록을 읽어보는 것이다. 재판에서 증인의 증언 중 증거로서 가치를 갖는 것은 증인이 직접 체험한 사실뿐이다. 증언 중에 전달이나 추측이 섞여 있어서는 안 된다. 증인심문과 반대심문 과정에서 이런 측면을 엄격히 검토하는 것도 바로 그래서다.

나는 록히드 재판 공판을 6년간에 걸쳐 방청하면서 이 점에 대해 많은 걸 배울 수 있었다. 법정에서 벌어지는 박진감 넘치는 공방을 방청하는 것이 가장 중요한데 법원을 불쑥 찾아갔다가 박진감 넘치는 응수 장면과 마주치는 일이란 거의 없다.

『반대심문』(웰먼 지음. 오분샤 문고)이라는 책이 있다. 반대심문 기술 지침서의 고전적 명저로 꼽히는 책이다. 실제 법정에서의 응수 사례가 풍부하게 인용되어 있어 읽어보면 배우는 바가 많을 것이다. 내 자랑 같지만 졸저『록히드 재판 방청기』(아사히신문사) 같은 책도 도움될 것이 다소 있을 것이다.

내면적 상상력

이야기를 상상력이라는 문제로 되돌리자면, 록히드 재판의 법정에 등장한 증인 가운데 검사에게 상세한 진술을 한 증인이 어째서 그토록 상세한 진술을 할 수 있었느냐는 질문을 받자,

"취조 검사님으로부터 '머릿속에서 그림을 그리라'는 말을 들었습니다."

라고 답했다.

'머릿속에서 그림을 그린다'는 것은 상상력을 발동하는 데 좋은 방법론이다. 상대의 답을 들으면서 자기 머릿속에 그림을 그려간다. 그림이 잘 안 나오는 부분이 있으면 그 지점을 묻는다. 그때 중요한 것은 하나의 장면에 대해서 단지 한 장이 아니라 여러 장 그려보는 일이다. 근경을 그려보면 인간의 표정이 들어온다. 복장이 들어온다. 원경을 그려보면 주위 상황이 보이기 시작한다. 날씨나 계절감까지 들어올 것이다. 각도를 변화시켜보는 것도 좋다. 관점도 이동시켜보자. 요컨대 자신이 그 현장에 있었다고 가정했을 때 보였을 것, 들렸을 것을 모두 상상해보는 것이다. 그림을 그린다기보다는 영화를 촬영한다는 생각으로 해보면 좋을 듯하다.

그렇지만 그런 것만으로는 부족하다. 그림을 그려서 포착되는 것은 외면적 사실 관계뿐이다. 헌데 내면적 사실, 심리적 사실 또한 그에 못지않게 중요하다. 그걸 포착하기 위해서는

"그때 어떻게 생각했습니까? 어떻게 느꼈습니까?"

라는 개괄적 질문만으로는 충분치 않다. 상대가 그에 대해 뭔가 답을 해주어도 더 뭔가가 있지 않을까 생각하며 끈덕지게 물고 늘어지면서 질문을 계속 던질 필요가 있다. 내적 사실이라는 것은 당사자에게도 잘 잡히지 않는 것이다. 시각적 사실, 청각적 사실처럼 눈이나 귀만 있으면 누구나 포착할 수 있는 그런 게 아니다. 내적 사실을 성심껏 진술하고 표현하는 일은 대부분 사람들이 해본 경험이 없는 까닭에, 대체로 일상적이고 상투적인 얘기로써 넘어가려고 한다. 바로 그때 이야기가 더욱 심도 있는 표현으로 발전할 수 있도록 어휘나 표현법을 이쪽에서 고안, 제공해주는 것이 유효할 때가 자주 있다.

"그때 화가 났다."

라고 하면 같은 화라도 뉘앙스가 조금 다른 분노의 표현을 여러 가지로 제시해서 어떤 분노였는지를 구체적으로 죄어들어간다. 혹은 왜 분노했는가, 분노의 이유를 증언자 스스로 성찰하도록 시도해보는 것도 좋다.

이런 것이 잘 되느냐의 여부는 질문자가 내면적 상상력을 얼마나 갖고 있느냐에 달려 있다. 이런 류의 상상력을 기르는 데에는 양질의 문학과 심리학을 배우는 것이 효과적이다. 내면적 상상력을 갖고 있다는 것은 내면적 세계를 보다 깊고 보다 넓게 알고 있다는 것과 같다. 따라서 질 낮은 문학, 심리묘사가 상투적일 뿐인 싸구려 대중소설 같

은 것은 읽으면 읽을수록 내면적 상상력을 기르는 데 역효과가 난다.

논리적 상상력

논리적 상상력이라는 것은 사실들을 연결하는 논리를 찾아내는 능력, 혹은 다른 사람의 추론을 듣고 거기에서 논리적 결함을 발견하는 능력이다. 생각을 조리 있게 하는 능력이라고 해도 무방하다.

상상력이 결여된 사람은 자신이 경험한 사실을 이야기할 때도 여기저기 구멍이 숭숭 뚫린 이야기밖에는 할 수 없듯이, 논리적 상상력이 결여된 사람은 허점투성이의 논리밖에는 전개하지 못한다. 그리고 논리적 상상력이 결핍된 질문자는 그 결핍을 찾아내지 못한다.

그래서 논리적 상상력이 부족한 사람들끼리 이야기를 나누면, 전혀 논리가 서지 않는 대화를 나누고는 서로 만족하며 끝난다. 그것이 개인적 대화에 그친다면 제3자가 크게 불평을 늘어놓을 이유도 없지만 전문적인 인터뷰라면 완전히 낙제점이다.

아마추어가 아닌 프로 인터뷰어라면 상대에게 논리적 상상력이 결여된 경우에도 그것을 보완할 수 있는 질문을 던지고 또 던져서 상대가 조금이라도 조리 있는 얘기를 할 수 있도록 노력해야 한다. 다만 그 경우 과잉유도에 의해 상대의 본의가 아닌 것을 내뱉게 만들어서는 안 된다.

또한 상대방의 논리에 허점이 없나, 지나치게 신경을 곤두세우면서 이치만을 앞세워 따져 묻는 것도 좋지 않다. 일상언어의 세계에서 논리학적 엄밀성을 가지고 이야기의 논리를 추적하는 것은 어리석은 것이다. 조리 있는 이야기라면 논리 전개의 절차 같은 것은 다소 뛰어넘어도 전혀 문제가 안 되며 보통 그렇게들 뛰어넘는다. 그런 것은 논리의 결여가 아니다. 논리의 결여라는 것은 본질적으로 이야기의 조리가 서 있지 않은 경우를 가리킨다. 어떤 전제로부터 유도될 수 없는 결론을 억지로 유도해버리는 식의 논법이다.

논리 전개를 다소간 뛰어넘은 것인지 아니면 논리의 결여인지는 논리적 상상력이 결여된 사람에게는 좀처럼 분간이 잘 안 되는 문제다. 전자라면 생략화법이지만, 후자는 만약 악의적인 것이라면 궤변이요, 선의에서 나온 것이라면 오류다. 양자는 엄밀하게 구별되어야만 하는데 그게 그리 간단치가 않다. 구변이 좋은 사람이 쉽게 남을 구워삶을 수 있는 것은 교묘하게 전자와 후자를 슬쩍 바꿔치기 하기 때문이다. 정치가는 특히 이런 데 능한 사람들이다.

거짓 논리를 간파하는 방법

다른 사람의 이야기를 듣고 그 주장에 어딘가 이상한 느낌이 들었다면 구체적으로 어디가 어떻게 이상한지를 지적할 수 있어야 한다. 어떻게 하면 그럴 수 있을까? 논리학 기초를 공부하는 게 최고지만 간단하게는 다음과 같은 걸 해보라.

우선 상대의 주장을 논리적으로 분해, 나열하여 그 논리를 패턴화해본다. 다음으로 그와 같은 논리 패턴을 사용하면 어떤 얘기를 할 수 있는지, 스스로 여러 가지로 작문을 해본다. 가능한 한 기묘한 작문을 해봐서 그 기묘함에 의해 상대방의 논법이 기묘하다는 사실을 증명한다.

이런 얘기를 추상적으로 말해봤자 어떤 건지 잘 이해가 안 갈 테니까, 구체적인 예를 들어보겠다. 최근 와타나베 코조 후생대신이 담배를 매일 80개피나 피우는데 자신의 몸은 건강 그 자체다, 그러므로 담배는 건강의 원천이다, 라고 발언하여 실언 문제를 일으켰다. 이 발언을 논리적으로 분해하면 다음과 같다.

(1) 나는 담배를 많이 피운다.
(2) 나는 건강하다.
(3) 고로 담배를 피우면 건강해진다.

이것은 두 가지 사항이 동시적으로 존재할 때는, 양자 간에 인과 관계가 성립된다고 해버림으로써 발생하는 오류다. 이와 같은 논법을 사용하면 어떤 기묘한 얘기도 가능해진다.

(1) 아기는 엄마의 젖을 빤다.
(2) 아기는 감기에 걸리기 쉽다.
(3) 고로 젖을 먹으면 감기에 걸리기 쉽다.

(1) 그녀는 립스틱을 바르고 있다.
(2) 그녀는 변비가 잦다.

(3) 고로 립스틱을 바르면 변비에 걸린다.

(1) 미국인은 영어를 한다.

(2) 미국인은 피부가 희다.

(3) 고로 영어를 하면 피부가 희어진다.

각자 이와 비슷한 문안을 네댓 가지 생각해보기 바란다. 앞으로 궤변처럼 보이는 논법과 맞닥뜨리면 이와 동일한 절차에 따라서 그것이 어떤 점에서 궤변이 되었는지를 생각해보는 훈련을 스스로 해보면 좋다.

논리학을 조금 공부해보면 이러한 분석은 어렵지 않게 할 수 있으므로 논리학의 초보적 내용 정도는 알아두는 것도 나쁘지 않다. 특히 궤변논법이나 오류추리를 배우는 게 좋다. 논리학과 아울러 수학 공부도 도움이 된다. 수학을 배우는 것은 필요조건과 충분조건을 늘 파악하면서 추리추론을 전개하는 습관을 들이는 데 유용하다. 또한 비유클리드 기하학처럼 직관적 상식에 반하는 공리계에 입각한 수학을 배워보면 순수한 논리조작이 갖는 기능을 날것 그대로 이해할 수 있다. 또한 그럼으로써 동시에 논리적 세계의 폭과 깊이를 알 수 있을 것이다.

종은 두드리기 나름

이제부터는 그리 본질적이지는 않지만 다른 사람의 이야기를 듣는 데 있어서 중요한 사항을 두세 가지 말해보자.

우선 듣고 싶은 것을 충분히 들으려면 상대와 양호한 인간관계를 맺는 것이 매우 중요하다. 상대를 화나게 만들어야 인터뷰가 잘 된다고 설득하려는 사람도 있지만, 그것은 인터뷰 중에서도 특별한 경우(상대와 주제에 따라 예외적으로 그럴 수도 있다)에만 해당되고, 일반적으로는 상대와 우호적인 관계를 형성하지 못하면 들을 수 있는 얘기도 못 듣는다.

그런 관계를 만들려면 우선 어느 정도는 예의를 지키는 것이 중요하다. 다만 실례를 범하는 게 아닐까 너무 걱정한 나머지, 묻고 싶은 것도 묻지 못하는 일이 있어서는 의미가 없다. 아무리 묻기 어려운 것이라도 묻고 싶은 것은 단도직입적으로 물어야 한다. 에두른 표현은 삼가는 게 좋다. 에둘러 표현했을 경우, 쌍방이 서로 질문을 다른 뜻으로 해석한 채 이야기가 진행되는 경우가 종종 있기 때문이다. 다만 정중함을 잃어선 안 된다. '정중하게 정곡을!'이 가장 좋다. 그러나 이게 그렇게 잘 되지 않는다. 경험을 쌓지 않으면 안 된다. 경험을 쌓으면 '정중하게 정곡을!'이 가장 좋다는 것도 자연스레 알게 된다.

이해가 안 되는 것은 이해될 때까지 묻는다. 이것도 당연한 얘기지만, 역시나 초기에는 잘 되지 않는다. 이야기 중에 잘 모르는 대목이 나와도, 특히 상대방이 이런 것 정도는 당연히 알고 있겠지 하는 표정일 때, 마치 알고 있는 것처럼 그만 맞장구를 치기도 한다. 그렇지만 이렇게 하면 나중에 곤란해질 수도 있다. 나중에 내가 조사하든가 하지 뭐, 이런 생각은 집어치우고 부끄럽더라도 모르는 것은 잘 모른다고 말하고 그 자리에서 묻는 편이 좋다. 게다가 그런 부분을 따져 물었을 때, 의외로 이야기가 재미있는 방향으로 발전하는 일도 종종 생긴다. 알은체를 하면 그런 발전 가능성을 죽여 버릴 수도 있다.

그리고 실은 알은체는 상대방에게 간파되는 경우가 많다. 어? 이 사람은 다양하게 알고 있는 듯한 얼굴로 이것저것 질문을 하지만, 정말은 아무것도 모르나보네……라고 상대방이 생각하고 나면 그때부터는 제대로 된 이야기를 들을 수가 없다. 상대방이 심술쟁이인 경우라면 그 다음은 적당히 대충 대응하면서 끝내버리기 십상이다.

또한 보충취재는 귀찮아하지 말고 몇 번이고 해야 한다. 인터뷰를 하고 돌아와서 메모를 다시 보면 반드시 빠뜨린 부분, 충분히 듣지 못한 부분, 그 자리에서는 알아들었던 것 같은데 실은 제대로 이해하지 못한 대목, 혹은 새로 의문이 생긴 포인트 등이 나오게 된다. 누구든 한 번의 인터뷰로 완벽한 취재를 하는 건 불가능하다.

이쪽과 저쪽 모두 시간적 여유가 있다면 보충취재를 하는 게 바람직하다. 경우에 따라서는 전화취재도 괜찮다. 보충취재는 특정한 포인트만을 다루므로 아주 단시간 내에 농밀한 취재가 가능하다. 보충취재를 하는 것과 하지 않는 것은 얻어지는 정보량에 압도적인 차이가 난다. 보충취재를 마치고나서 또 묻고 싶은 사항이 생기면 다시 한 번 한다. 여건만 허락하면 몇 번이고 해야 한다.

마지막으로 좋은 이야기를 듣기 위한 조건을 한마디로 요약하자면, 이 녀석은 이야기를 나눠볼 만한 놈이군, 하는 생각을 상대방이 갖게

만드는 것이다. "이야기를 나눠볼 만한 놈"이란 이야기가 통하는 상
대라는 말이다. 지적으로 이야기가 통하기 위해서는 이쪽이 충분한
예비지식과 이해력을 갖추고 있다는 느낌을 상대방이 깊게 해야 한
다. 정서적으로 이야기가 통하기 위해서는 '내 기분을 잘 알아주는군'
하는 느낌을 상대방이 갖게 해야 한다. 그리고 가장 기본적인 것으로
'인간적으로 신뢰할 수 있는 녀석이군' 하는 마음을 먹게 해야 한다.

　질문을 받는 사람은 묻는 사람에게 민감하게 반응한다. 당목撞木과
종鐘의 관계와 같다. 종에서 어떤 소리가 나느냐는 당목을 어떻게 두
드리느냐에 달려 있다.

출력과 무의식의 효용

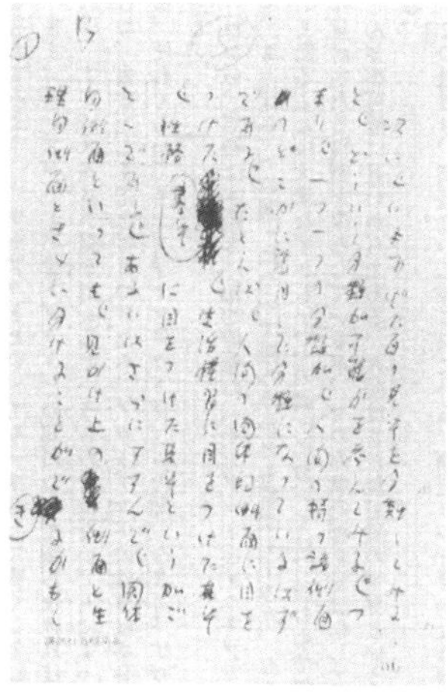

[필자의 초고]

입력과 출력 '사이'는 블랙박스

지금까지 주로 입력에 대해 얘기해왔는데, 이번에는 출력에 대해 생각해보자. 출력 중에서도 주로 글쓰기에 관해서다.

우선 입력과 출력 사이에 대해 이야기해야겠다. 재료를 다 마련했다고 해서 곧장 글이 술술 써지는 건 아니다. 사람에 따라서 비율은 다르지만 대체로 붓을 들기 시작했다면 출력 작업은 반 이상 해치운 것이라고 할 수 있다. 그럴 정도로 입력과 출력 사이, 즉 출력의 준비 단계가 중요하다.

그런 점에서 처음에는 이 책도 지적 정보의 '입력과 출력 사이'라는 제목으로 오로지 '사이'에 대해서만 이야기할까 구상하기도 했다. 그렇지만 사실은 이 '사이'에 대하여 이야기한다는 게 심히 어렵다. '사이'에 있어서는 머릿속에서 무의식중에 진척되는 지적 작업이 주된 역할을 수행하는데, 그 작업 과정을 의식화하여 기술, 분석하는 일은 거의 불가능에 가깝기 때문이다. 인간은 여전히 무의식의 세계라는 것에 대해 잘 모르고 있다.

이 과정은 술을 제조하는 공정과 유사하다. 주조酒造의 핵심 공정, 즉 발효공정은 효모에 의해 이루어지는 것이지 사람 손에 의해 이뤄지는 게 아니다. 그러니까 인간의 잔재주는 사실 발효와는 관계가 없는 것이다.

통에 원재료를 넣은 다음에 인간이 할 수 있는 것이라야 온도 조절이나 휘저어 공기를 넣어주는 것 등 환경조건의 관리 정도밖에 없다. 발효가 순조롭게 진행되어 술이 잘 담가지면 이걸 짜낸 다음 썩지 않도록 불을 가하는 등 마무리를 지어 병에 담아 출하하는 공정이 남는다. 이것이 출력에 해당한다. 그에 비해 입력은 원재료를 조달하고 사전 준비를 해서 통에 넣는 공정에 해당한다.

어느 쪽이나 다 중요하다. 좋은 술을 만들기 위해서는 모두 필수불가결한 공정이다. 그러나 이 두 공정이 최상으로 진행되어도 반드시 좋은 술이 완성되는 것은 아니다. 아무리 비용을 아낌없이 들이고 정선된 최고의 재료만을 투입해도 발효 과정이 잘 진행되지 않으면 결국 부패, 산화로 인해 술 대신 식초가 생길 뿐이다. 생겨난 게 술이 아니라 식초라면, 이걸 아무리 정성껏 짜내고 아무리 꼼꼼히 마무리를 하고 또 아무리 고가의 병에 담는다 해도 의미가 없다.

그런데도 지적 생산에 관하여 씌어지는 책은 오로지 입력과 출력의 기술에 대해서만 논하고 '사이'에 관해서는 씌어진 것은 없다. 입력론이란 정보의 수집 및 정리에 대해 씌어진 것, 출력론은 문장 입문서, 논문을 정리하는 방법 같은 것들이다. 이것은 요리에 비유해서 말하자면 재료 구입과 사전 준비, 그리고 완성된 요리를 잘 담는 방식에 관한 해설서는 있지만, 정작 중요한 요리법 그 자체에 대해서는 해설서가 전혀 없는 격이다.

머릿속에서 발효되기를 기다려라

그러면 당신이 그 내용을 쓰려고 하는 거냐고 묻는다면, 나도 쓸 수 없다고 말하지 않을 수 없다. 발효 과정에 빗대어 말하자면, 기껏해야 환경조건의 관리에 대해 약간의 시사점을 던질 수 있을 뿐이다.

그것은 거의 대부분 글로 쓸 수 없는 것이고 또 쓴다고 해도 별로 의미가 없다.

왜냐하면 첫째로 앞서 말했듯이 그 내적인 프로세스는 하나하나 분석될 수 없기 때문에 정확히 알 수가 없다. 그리고 이 책의 첫 부분에도 썼듯이 내적 프로세스는 너무나도 개성적이기 때문에 일반론이 존재하지 않는다. 그래서 본격적으로 논의할 수가 없다. 또한 그 프로세스를 어느 정도 파악했다 해서 거기에 이런저런 인위적인 변화를 가할 수 있는 것도 아니기 때문에 쓴다 해도 별로 의미가 없다.

자신의 생각의 프로세스가 좋지 않다고 해서 다른 사람의 머리로 갈아 끼울 수는 없는 노릇이다. 자기 머릿속을 이리저리 주물럭거려서 좀더 잘 작동할 수 있도록 하는 것도 불가능하다. 누구든지 자기 머리로, 자기 나름의 방법을 발견하여 잘해나가는 수밖에 없다.

달리 표현해보자면, 가장 중요한 부분, 즉 머릿속의 발효 과정, 머릿속에서 생각이 정리되어가는 과정 그 자체에 대해서는 어떤 방법론도 없다. 술을 만드는 것은 통에 재료와 효모를 넣으면 나머지는 효모가 분발하여 발효가 일어나길 기다릴 수밖에 없다. 그와 마찬가지로 생각의 소재가 되는 것들을 이것저것 머릿속에 채워 넣은 다음, 그 나머지는 머릿속에서 뭔가 생각이 숙성되어 다른 사람에게 전달할 만한 뭔가가 나오기를 기다릴 수밖에 없다.

기다려도 아무것도 나오지 않으면 그걸로 끝이다. 무리하게 머리를 쥐어짜서 뭔가 지껄이거나 쓴다고 해서 될 일이 아니다. 빈약한 머리를 가지고 태어난 내 몸뚱이의 불행을 남몰래 한탄할 뿐, 침묵을

지키는 것이 상책이다. 머릿속에서 저절로 나오는 것이 아무것도 없는 상황에서는 무리하게 머리를 비틀어 짜내 뭔가를 말해봤자 차라리 말하지 않는 편이 나은 꼴이 된다.

이 대목은 아무리 기술론을 배워도 돌파할 수 없는 지점이다. 사람들은 일반적으로 기술론에 과잉된 기대를 건다. 지적 정보처리의 입력과 출력, 혹은 '사이'의 기술론을 배우면 나도 좋은 출력을 할 수 있지 않을까, 하는 환상을 가지고 있는 사람이 너무나도 많다.

그런 것을 배운 효과가 제로라고는 할 수 없지만 너무 그런 쪽에 빠지는 것은 금물이다. 반복하지만 다른 사람에게 좋은 방법론이 내게도 좋다고는 할 수 없기 때문이다. 혹여 그런 것을 읽게 된다면 반쯤은 심심풀이로 생각하며 읽어야 한다. 거기에 쓰여 있는 것을 너무 진지하게 받아들이지 말고 읽되, 읽고 나서는 잊어야 한다.

KJ법은 도움이 안 된다

이런 이야기를 하는 것도 내 자신의 경험에 기인하는 바가 크다. 실은 나도 젊은 시절에는 우메사오 다다오의 『지적 생산의 기술知的生産の技術』의 교토대 식 카드라든가, 가와키타 지로의 『KJ법KJ法』, 그리고 이와 유사한 지적 프로세스의 다양한 기술론 등을 나름대로 읽고 영향을 받았다. 일리가 있다고 느낀 부분들이 있었고 그런 것들을 시험 삼아 써보기도 했다. 그렇지만 카드 작성은 단 며칠도 지속하지 못했다. 시간이 너무 걸리길래 이게 뭐하는 짓인가 싶어 바로 그만두

었다. 지금 돌아봐도 빨리 그만두길 잘했다고 생각한다. 그런 짓을 계속했더라면 내가 지금까지 해낸 출력의 10분의 1도 못했을 것이다.

KJ법의 경우는 실제로 시도해보려는 마음도 생기지 않았다. KJ법의 원리가 대단히 중요하다고는 생각했다. 그렇지만 그것은 굳이 가와키타 지로의 가르침을 받지 않아도 옛날부터 많은 사람들이 머릿속에서는 실천해온 것이다. 그런 것 말고 진귀한 비법 따위는 없었다. KJ법의 독특한 면은 지금까지는 개개인의 머릿속에서 진행되던 의식 내의 프로세스를 의식 밖으로 끄집어내어 일종의 물리적 조작으로 변경시켰다는 점에 있다.

예컨대 "머릿속에서 두서없이 생각한다"는 프로세스를, 다양한 개념을 기록한 종잇조각을 이쪽으로 움직인다든지, 저쪽으로 움직인다든지 하는 물리적 운동으로 바꿔놓는다. 그럼으로써 지금까지 개개인의 머릿속이라는 무형의 작업 공간밖에 없었던 것이 하나의 물리적 작업 공간을 얻게 되고, 그리하여 집단적 조작이 가능해진다. 작업 수순을 정형화하여 만인을 위한 체계적 방법론이 확립된다.

이상과 같은 것이 KJ법의 이점이라고 하는 것인데 나는 그건 이점이 아니라고 본다. 이것이 이점이 될 수 있는 때는, 머리가 둔한 사람들이 집단적으로 생각할 때뿐이다. 그렇지 않을 경우, 즉 보통 이상의 머리를 가진 사람이 혼자서 생각할 경우에는 이 방법의 특징은 결점이 된다.

대체로 의식 속에서 행해지는 무형의 작업을 물리적 조작으로 치환하면 능률이 뚝 떨어진다. 작업에 필요한 시간이 비교도 안 될 정도로 불어나기 때문이다. 능률이 최소한 수십 분의 1로 저하될 것임

에 틀림없다. 능률이 뚝 떨어진다는 점에서는 집단적으로 해도 마찬
가지다.

2인3각은 혼자서 달리는 것보다 훨씬 늦다. 서로 박자가 맞지 않고
서로 상대를 방해하기 때문이다. 단순한 육체적 운동을 단둘이서 함
께하는 경우에조차 그러하다. 생각한다고 하는, 고도의 복잡한 정신
활동을 다수의 사람들이 보조를 맞춰 한다고 하는 일이 매끄럽게 진
행될 턱이 없다. 모두 발을 잡아당기는 결과로 끝나는 것은 불을 보
듯 명확한 일이다. 걷는 일이 그러하듯 생각한다고 하는 일은 본래
개인적으로 이뤄지는 작업이다. 본래 개인적으로 이뤄질 작업을 집
단화하면 여기저기서 결점이 튀어나올 것은 정해진 이치다.

같은 이유로 만인을 위한 방법론의 확립이라는 것도 의미 없는 일
이다. 본질적으로 개인적으로 이뤄질 작업을 하면서 만인을 위한 작
업 수순을 따를 필요가 전혀 없다. 개인적 작업에 있어서는 개인적
으로 가장 적합한 작업 수순에 따르는 것이 가장 능률이 좋다는 것도
정해진 이치다. 그걸 버리고 만인을 위한 작업 수순에 따르라는 것은
맞춤양복을 버리고 기성복을 입으라는 것과 같은 어리석은 충고다.

무의식층의 거대한 잠재력

KJ법 같은 발상, 요컨대 사고 과정을 보편적이고도 체계적인 물리
적 작업 수순으로 분해함으로써 지금까지 의식 내부의 작업이었던
것을 물리적 작업으로 치환할 수 있다는 발상은, 컴퓨터에는 어울리

지만 인간에게는 별로 적합하지 않다.

컴퓨터라는 것은 우직함이 장점인 기계로, 지시받은 건 뭐든지 해주지만 지시받지 않은 것은 질대로 하지 않는다. 그래서 100퍼센트 완벽한 작업 수순을 프로그램화 해주어야 한다. 컴퓨터에게는 프로그램과 프로그램에 의해 처리해야 하는 것으로 주어진 데이터, 이 두 가지가 전부다. 프로그램 되지 않은 작업 수순이 돌연 실행되는 일은 있을 수 없으며 입력되지 않은 데이터가 반영되거나 개입되는 것도 절대로 있을 수 없다.

그에 반해 인간의 두뇌는 훨씬 더 엉성한 기계지만 그런 탓에 유연성이 대단히 풍부하다. 작업 수순 따위는 어떻게든 될 수 있다. 무의식층에 내장되어 있는 프로그램이 무한하고, 그걸 이용하여 수시로 특정한 프로그램을 무의식중에 만들어내서 시행착오를 거치며 개선해갈 수 있다.

데이터의 경우에도 마찬가지로 무의식층에 축적되어 있는 데이터가 무한에 가깝게 존재한다. 그 데이터를 인간의 두뇌는 역시나 무의식 속에서 수시로 꺼내서 참조할 능력을 가지고 있다. 게다가 그렇게 데이터를 끌어낼 때 컴퓨터처럼 체계적인 스캐닝을 할 필요도 없다. '반짝하는 순간'이라든가 '갑작스런 착상'이라 불리는, 여전히 그 메커니즘이 해명되지 않은 독특한 검색 능력에 의해 순간적으로 필요한 데이터들이 튀어나오는 것이다.

인간의 지적 능력의 태반은 무의식층에 블랙박스로서 숨겨져 있다. 그 메커니즘은 거의 알려져 있지 않다. 알고 있는 부분은 아주 작은 부분밖에 안 된다. 메커니즘에 대한 탐구를 계속 해나가는 것은 물론 의미가 있고, 알아낸 부분을 컴퓨터에 응용하는 일에도 의미가 있을 것이다. 그렇지만 그렇게 해서 알아낸 지극히 미소한 부분을 개인의 두뇌의 작동 방식 자체에 응용하려는 것은 어리석은 짓이다. 그것은 말하자면 유치원 아이를 데리고 와서 대학생을 가르쳐보라고 하는 격이다.

인간이 아직 그 메커니즘은 물론 대략적인 규모조차 충분히 파악하지 못하고 있는 이 무의식층, 거기에 펼쳐져 있는 거대한 잠재력을 있는 그대로 존중하는 것이 좋다.

무의식 아래의 능력을 키운다

내가 지금까지 책을 읽을 때 노트 따위는 하지 말고 죽죽 읽어가라든가, 의식하면서 책을 읽지 않고 멍하니 페이지를 넘겨가기만 해도 의미가 있다는 얘기 등을 몇 번이고 반복해온 것은 바로 이 때문이다. 너무 복잡하게 걱정하지 않아도, 인간의 전 체험은 반드시 그 사람의 무의식층에 각인을 남기며 기억되어간다. 그것은 보통은 자신의 머릿속에 기억으로서 남겨져 있다는 것조차 의식되지 않는 기억이다. 혹시 당신이 기억하고 있는 것을 모두 진술하라는 명령을 받고, 그 명령에 응할 수 있다고 해도(물론 그런 일은 현실적으로는 불가능하지만), 무의식층의 기억은 기억으로서 진술하는 것이 불가능할 것이다. 하지만 그럼에도 불구하고 그 기억이 필요할 때, 그것은 의식 속에서 홀연히 되살아온다.

예컨대 단어를 가지고 생각해보자. 의식된 기억 속에 존재하는 단어의 수는 누구든지 그리 대단한 양이 못 된다. 가령 무인도에 표류하게 되어 아무런 자료도 없이 자신의 기억에 들어 있는 단어들을 가나다순으로 떠올려 혼자서 국어사전을 만들어야 한다고 해보자. 볼 만한 사전이 나오는 건 아마도 불가능할 것이다.

예를 들어 '가감'부터 '가구'까지의 모든 단어를 떠올려 메모하고 나서 국어사전을 펼쳐보라. 자기의 기억 능력에 정나미가 떨어질 정도로, 생각해낸 단어라는 게 참으로 보잘것없을 것이다. 그렇지만 이 대목에서 자신의 기억 능력에 정나미가 떨어진다면 잘못이다. 그러지 말고 이제는 국어사전의 한 단어 한 단어를 꼼꼼히 검토해보기로 하자. 아마도 처음에 메모할 때에는 떠올릴 수 없었지만, 사전에 나와 있는 단어들 대부분은 전부터 알고 있었고 실제로 자신도 사용해오던 단어일 것이다. 자신이 사용하지 않더라도 읽으면 의미를 아는 단어까지 포함시키면, 소사전에 실린 단어 대부분은 '아는 단어'의 범주에 들어갈 것이다. 요컨대 그 단어들은 무의식 아래의 기억에는 포함되어 있던 것이다.

기억의 기준을 그쪽에 두면 사람들은 대부분 자기 기억력에 자신을 되찾을 수 있을 것이다. 국어소사전에 수록되어 있는 어휘는 6~10만 단어다. 읽으면 의미를 아는 단어까지 포함시키면 보통 사람도 전체의 3분의 2는 거뜬히 될 것이다. 즉, 4~6만의 어휘력을 가진 것이다. 그러나 그 사람이 무인도에서 만들 국어사전에는 그 10분의 1도 수록되지 않을 터이다. 의식적인 기억과 무의식의 기억 사이에는 그만큼 양적 차이가 있다.

무의식에 기억되어 있는 것은 읽거나 쓸 때, 이야기하거나 들을 때 자연히 의식 위로 떠오른다. 그것은 특별히 분류·정리되어 있지는 않고 그저 무의식이라는 기억의 바닷속에 아무렇게나 처박혀 있는 잡탕일 뿐이다. 그러면서도 참으로 필요할 때에는 바로 그 어떤 것이 자연스레 떠오른다.

무의식의 기억 능력이 가진 잠재력은 보통 사람들이 상상하는 것보다 훨씬 더 크다. 그 능력을 신뢰하면 쓸데없는 헛수고는 상당히 줄일 수 있다. 내가 앞에서 장서나 여러 가지 자료의 정리는 얼추 물리적으로 분류해두는 것만으로도 1만 항목의 대상 정도는 가볍게 대응할 수 있으니까 도서카드 작성처럼 쓸데없는 짓은 하지 않는 편이 좋다고 말했던 것은 바로 이런 이유 때문이다.

기억 능력만이 아니라 사유 능력 또한 그 본체는 무의식 밑에 있다. 어느 쪽이든 간에 인간의 지적 능력 증진의 요체는 무의식의 능력을 함양하는 데 있는 것이지, 어떤 의식적인 잔재주를 익히는 데 있는 것이 아니다.

어떻게 하면 좋은 문장을 쓸 수 있을까?

어떻게 하면 무의식의 능력을 고양시킬 수 있을까?

가능한 한 양질의 입력을 가능한 한 다량으로 해주어야 한다. 그 이외의 수단은 아무것도 없다.

좋은 문장을 쓰고 싶으면 가능한 한 좋은 문장을 가능한 한 많이 읽어야 한다. 그 이외에 왕도는 없다. 문장을 쓰는 방식에 대해서 내가 말하고 싶은 것은 이 이외에 아무것도 없다. 문장독본 같은 것은 한 줄도 안 읽어도 좋다. 그런 것을 읽음으로써 얼마간이라도 문장력이 향상되었다는 사람을 나는 한 명도 본 적이 없다.

　문장을 읽을 때 이것은 좋은 문장이니까 자기도 나중에 흉내낼 수 있도록 외워두겠다는 식의 욕심쟁이 심보는 발휘하지 않는 편이 좋다. 좋은 문장을 즐기면서 읽는 게 최고다. 『논어』에 '아는 자[知者]는 좋아하는 자[好者]만 못하다. 좋아하는 자는 즐기는 자[樂者]만 못하다'라고 했다. 바로 이 즐기는 심경이야말로 무의식층에 가장 가까운 상태다.

　그런데 좋은 문장을 읽으라는 말을 들어도 어떤 게 좋은 문장인지 스스로는 판단할 수 없는 경우가 있다. 어떤 식으로 좋은 문장을 분간하면 좋은지를 묻는 사람들도 있을 수 있다. 그에 대한 답은 이렇다. 좋은 문장에 대한 고정된 정의는 존재하지 않는다. 사람에 따라서 좋은 문장에 대한 판단이 다르다. 자신이 좋은 문장이라고 생각하면 그것으로 족하다. 많이 읽어가는 중에 판단기준이 저절로 높아져 갈 것이다. 자신이 좋다고 생각지 않는 것을 다른 사람들이 좋다고 한대서 무리하게 좋다고 믿을 필요는 없다.

　좋은 문장을 많이 읽어가는 중에 자연히 쓰는 문장도 좋아진다. 좋은 문장을 많이 읽었는데도 문장이 늘지 않았다면 무엇을 해도 헛수고다. 좋은 문장을 쓰겠다는 생각은 깨끗이 포기해야 한다. 좋은 문장에만 가치가 있는 것은 아니다. 역사적 명저 중에는, 문학서를 제외하면, 악문惡文이 산처럼 많다. 그것은 문장의 본질적 가치가 어떻게 쓰여져 있는가보다 무엇이 쓰여져 있는가에 달려 있다는 것을 증명해준다.

　실용적인 주의를 한 가지 상기시켜 두자면, 문장을 쓰면서 몇 번이고 몇 번이고 집요할 정도로 자기 머릿속에서 반복하여 새로 읽어보는 것이다. 실용적인 주의는 이것 하나로 충분하다. 문장독본 등을 펼쳐보면 구두법 사용방법이 어떻다느니, 접속사 사용방법이 어떻다느니 하는 지엽말단적인 사항들이 가득 실려 있는데, 그런 것은 자신이 자신의 문장을 다시 읽어보면 자연히 알게 되는 경우가 태반이라, 새삼 배울 필요는 없다. 요는 자신이 다시 읽어보았을 때 좋은 문장으로서 읽히는가 아닌가다.

　아무래도 매끄럽게 읽히지 않는다면 매끄러워질 때까지 손을 본다. 손을 보는 가운데 머리가 혼란스러워져서 무엇이 좋을지 자신도 알 수 없게 되어버리는 일이 간혹 생긴다. 그럴 때는 과감히 쳐내는 방향으로 손을 댄다. 매끄럽지 않은 부분은 반드시 긴 문장이다. 그러니 우선 수식어(수식어구)를 덜어내고 연문連文, 복문은 단문화 하여, 가능한 한 단순하고 짧은 문장으로 만들어본다. 그래도 매끄럽게 읽히지 않으면 문장구조를 바꿔본다. 구체적으로는 주어를 바꿔본다. 주어를 바꾸면 문장 전체가 바뀌지 않을 수 없다. 주어를 바꾸자마자 지금까지의 신음이 거짓말처럼 사라지고 문장이 자연스레 흘러나오는 일이 흔히 있다.

　또 하나의 방법은 동사적 표현의 문장은 명사적 표현으로, 명사적 표현의 문장은 동사적 표현으로 바꿔보는 것이다. 어절이든, 구절이든, 문장 전체든 아무거나 좋다. 어떤 문장의 어떤 부분이라도 이렇게 바꿔쓰기가 가능하다.

예컨대 요 앞에 쓴 문장 말미의 '바꿔쓰기가 가능하다'라는 명사적 표현 부분은 '바꿔쓸 수 있다'라는 동사적 표현으로 바꿀 수 있다. 이 바꿔쓰기는 조금 훈련을 하면 누구라도 할 수 있게 된다. 어떤 문장이라도 괜찮으니 그 문장의 명사적 표현 부분을 동사적 표현으로, 동사적 표현 부분을 명사적 표현으로 전부 바꿔 써보는 연습을 해보시라.

혹은 주어를 전부 변경해보는 연습도 해본다. 그러한 연습을 해보면 어떤 문장이라도 다양한 바꿔쓰기가 가능하다는 사실을 이해할 수 있을 것이다.

문장을 바꿔써도 매끄럽게 읽히지 않으면 매끄럽지 않은 부분을 과감히 전문 삭제해버린다. 그러면 그대로 뒷문장으로 부드럽게 이어지면서 전체가 산뜻해지는 일이 자주 있다.

워드프로세서의 효용

새로 읽어볼 때는 일정한 속도하에 읽어가는 게 중요하다. 쓰는 속도와 읽는 속도는 현저히 다르다. 쓰는 사람에 따라 다르지만 일반적으로 열 배에서 백 배는 차이가 날 터이다. 쓸 때는 아무래도 늦은 속도에 끌려간다. 그렇지만 다시 읽을 때는 글을 고치기 위한 것이니까 속도감 있게 읽어야 한다.

속도감 있게 읽을 때는 눈이 문장을 자꾸만 앞서간다. 현실적으로 의식에서 읽어들이는 부분의 전후 열 줄 정도는 한 번에 시야에 들어오고 또한 한창 읽고 있는 중에는 순간적으로 시선을 다음 부분으로 내달리게 하거나, 이미 읽은 부분으로 돌아가거나 한다. 인간이 문장을 읽는다는 행위는 눈이 한 글자 한 글자를 쓰여진 순서대로, 기계적으로 쫓아가는 게 아니다. 실은 대단히 복잡한 작업을 하고 있는 것인데 그 메커니즘은 아직 분명히 알려져 있지 않다.

어쨌거나 확실히 말할 수 있는 것은 늘 상당한 분량의 전후 문장을 한 번에 시야에 넣어두지 않으면 문장을 올바로 읽을 수 없다는 사실이다. 바로 이 대목에서 뭔가 부조화가 발생한다. 쓸 때는 원고지에 쓰지만, 그걸 원고지상에서 다시 읽을 때는 올바로 읽을 수가 없는 것이다. 원고지에 쓰여 있는 글을 읽으면 책을 읽는 스피드로는 당연히 읽을 수 없고, 조판 상태의 글을 읽는 것에도 훨씬 못 미친다. 지금 읽고 있는 대목의 전후를 시야에 넣을 수가 없는 것이다.

그러니 확실히 다시 읽기 위해서는 조판된 교정쇄로 만들 필요가 있다. 그리하면 원고지상에서 몇 번이고 다시 읽어도 문제점을 발견하지 못한 대목에서도 반드시 고치고 싶은 지점이 튀어나온다. 그렇긴 한데 보통 사람들은 자기가 쓴 글을 손쉽게 조판 상태로 만들 수는 없다.

그때 도움이 되는 것이 바로 워드프로세서 프로그램이다. 편리한 테크놀로지가 생겨난 것이다. 워드프로세서로 치면 거의 조판 상태에 가까운 형태로 자기 문장을 다시 읽을 수가 있다. 게다가 자신이 어떤 식으로든 고칠 수 있고 고친 결과를 곧바로 볼 수도 있다. 봤더니 마음에 들지 않으면 몇 번이라도 그 자리에서 고칠 수 있다. 이것은 인쇄소에서 교정쇄를 볼 경우에는 없는 이점이다.

노파심에 말해두지만, 워드프로세서로 입력한 문장을 본격적으로

다시 읽으려면 모니터 상에서가 아니라 반드시 프린트해서 읽어야
한다. 본격적인 다시읽기는 문장을 쓰면서 전후를 다시 읽는 게 아니
라 문장을 완성하고 나서 전편全篇을 다시 통독하는 것을 말한다. 모
니터상에서는 문제가 없어 보였던 문장에서도 프린트해서 다시 읽어
보면 여전히 손댈 필요가 생기는 것이다(실제로 출판사의 편집 작업 역시
마찬가지여서 교정지로 프린트해 교정교열 작업을 진행하는 경우가 대부분이다.
모니터로 읽으며 작업할 때보다 글의 전후좌우 맥락과 흐름이 더욱 분명해지는
장점이 있기 때문이다. —옮긴이).

9

콘티형과 반짝형

[필자의 작업실]

콘티를 짜야 하는가

이미 말했지만 내가 하고 있는 말은 전적으로 개인적인 의견이지 일반론이 아니다. 사람들한테 이렇게 하라고 권유하는 게 아니라, 나의 경우는 이렇게 한다는 이야기를 할 뿐이다.

누구든지 방법론은 스스로 자신의 것을 발견해야만 한다. 그것을 발견하는 데 있어서 다양한 사람들의 다양한 방법론을 듣는 것은 참고가 되기도 한다. 그렇지만 어떠한 사람의 어떠한 방법론에도 매몰되어서는 안 된다. 왜냐하면 당신은 어떠한 누구와도 다른 사람이고, 그런 한에서 누군가의 방법론과도 다른 방법론이 당신에게 최적의 방법론일 것이므로.

이와 같이 사전 포석을 잔뜩 깔아두는 것은 내가 지금부터 하려는 얘기가 그다지 평범하지 않기 때문이며, 또한 그 점을 나 자신이 잘 알고서 하는 얘기라는 사실을 일러두기 위해서다.

내가 하려는 얘기는 바로 콘티의 문제다. 다소나마 정리된 글을 쓰려고 한다면 우선 확실한 콘티를 짜는 것이 최초의 작업 수순이라고 일반적으로는 배우고 있다. 일반론으로서는 나도 그게 옳을 것이라고 생각한다.

그러나 실상 나는 그 콘티라는 것을 만들어본 일이 없다. 정확히 말하자면 만들려고 시도한 적은 몇 번 있다. 콘티 비슷한 것을 만든 일이 몇 번인가 있다. 모두 주간지 기자를 하고 있던 젊은 시절의 일로 선배기자의 가르침에 따라서 그리한 것이다. 하지만 그게 전혀 도움이 안 되었기 때문에 이후에는 콘티를 만들지 않기로 했다.

도움이 되지 않았던 이유는 콘티는 있는데 아무리 해도 펜이 콘티대로 움직여주지 않았기 때문이다. 어쩔 수 없이 도중에 콘티를 다시 고친다. 그렇지만 이야기는 다시 콘티로부터 탈선하여 다른 곳으로 나아간다. 끝나고 보니 콘티를 아예 작성하지 않았던 경우와 비교하여 콘티를 쓰고 고치고 한 만큼의 노력이 낭비되었음을 알게 되었다. 그 이후 짧은 것은 물론, 1,000매를 넘는 장편 원고라도 콘티를 작성한 일이 없다.

그렇지만 이것만은 사람들에게 별로 추천하고 싶지 않다. 상식적으로 생각해봐도 재료를 정리하여 콘티를 짜서 그 콘티대로 글을 쓸 수 있다면 그편이 틀림없이 좋을 것이다. 다만 말이 그렇지 실제로는 콘티를 제대로 못 짜서 아무리 여러 번 애를 써도 잘 안 된다든가, 콘티를 짜봤자 아무리해도 펜이 그대로 움직여주질 않는 습성을 가진 사람은 나 말고도 적지 않을 것 같다. 그런 사람에게는 굳이 콘티에 구애받지 말라고 말하고 싶다. 콘티가 고통의 씨앗인 사람은 콘티를 결연히 버리는 게 좋다. 나처럼 콘티 없이 글을 쓰는 데 습관이 든 사람도 나름대로 해나갈 수 있다.

무無콘티파의 발상

콘티가 없으면 글쓰는 속도는 떨어진다. 콘티가 없으면 의미상 단락에 도달할 때마다 다음에 무엇을 쓸까 생각해야만 한다. 골똘히 생각에 잠기는 시간이 물리적으로 쓰는 시간의 몇 배나 걸린다.

　예를 들면 실제로 내가 이 대목을 쓰고 있을 때도 앞 단락을 다 쓰고 나서 이 단락을 쓰기 시작하기까지 두 시간은 족히 걸렸다. 그 시간 동안 내내 원고용지를 노려보며 신음한 것은 아니다. 이 원고와는 아무 관계도 없는 잡지를 한 권 뒤적거리며 대충 읽고 또 전혀 관련성이 없는 책을 두 권 정도 십여 페이지씩 읽었다. 그러고 나서 문득 펜을 들어 이 단락을 쓰기 시작하여 여기까지 쓰기에 걸린 시간은 5, 6분 정도. 이것은 상당히 극단적인 예지만, 그렇다고 해서 아주 보기 힘든 예만도 아니다. 단락과 단락 사이에 몇 시간 동안 생각에 잠기는 일도 간혹 있는 법이다.

　장기의 기보에 한 수 한 수 착수하기까지 들어간 시간이 기록되어 있듯이, 단락과 단락 사이에 착수하기까지에 들어간 시간을 기록하면 추측컨대 재미있지 않을까 싶다. 아마도 완성된 문장에서는 부드럽게 흐르고 있는 부분에서도 실제 글을 쓰는 데는 엄청난 시간이 걸렸다든가, 역으로 비약이 있는 대목이 소비 시간 제로, 즉 곧장 착수된 일도 있을 것이다.

　헌데 콘티가 없는 경우에는 과연 무엇을 의지처로 삼아 쓰는 걸까. 내 경우는 흐름이다. 흐름을 따라가며 쓴다. 그렇게밖에는 말할 수가 없다. 흐름에 따라 쓴 것을 다시 읽어보면, 대개는 흐름을 포착할 수 있다. 그러면 이제 어느 쪽 방향으로 가야 하는가가 드러난다. 어떨 때는 다시 읽어보면 현재 처해 있는 지점이 막힌 물웅덩이 같은 곳이어서 이제부터는 어떤 방향으로도 흘러갈 수 없는 곳에 있음을 발견하기도 한다. 그럴 때는 어디서부턴가 흐름이 나빠진 것이니, 거슬러 올라가 그 지점을 찾아내어 그곳에서부터 새로 쓴다. 혹은 새로 쓸 것까지는 없더라도 '다시 본래 이야기로 돌아가자'는 식의 말을 하고 (혹은 아무 말도 없이 단순한 비약에 의해서) 이야기를 원래의 흐름으로 돌린다.

콘티를 짠다는 것은 말하자면 집필 전에 미리 흐름을 짜는 것이다. 콘티를 짜지 않고 흐름에 맡겨 써간다는 것은 쓰면서 시행착오를 의지처 삼아 단락마다 콘티를 모색해가는 것이라고도 할 수 있다.

처음에 나는 콘티를 짜지 않고 글을 쓰는 것은 그다지 좋은 것이라고는 생각지 않기 때문에, 다른 사람에게는 권할 수 없다고 썼다. 그러나 진심을 말하자면 마음 저 밑바닥에서 나는 콘티가 없는 쪽이 오히려 좋은 글을 쓸 수 있다고 생각하고 있다. 누구든지 실은 자신이 하고 있는 방식이야말로 진실로 가장 좋은 것이라 생각한다.

콘티를 짜든 안 짜든 내용물은 그때까지 모은 재료들이다. 좋은 글을 쓸 수 있느냐 없느냐의 문제는, 자기가 모은 재료에 최적의 흐름을 발견하느냐 못하느냐는 문제와 같은 것이다. 집필 전에 콘티를 만드는 수법은 말하자면 최적이라고 느껴지는 흐름을 처음에 사변에 의해 책정하고 그 흐름에 따라 인공적으로 운하를 굴착하여 거기에 재료를 흘리면, 신기하게도(랄까 아니면 너무나 당연하게도) 흘려 넣은 것들이 뚫린 운하를 따라 흘러간다고 하는 이야기다.

그에 반해 무콘티파의 발상은 물이 흘러가는 대로 맡겨놓듯이 재료가 흐름에 따라 흘러가는 대로 맡겨놓으면 재료 자체가 최적의 흐름을 발견할 것이라는 생각 위에 서 있다. "최고의 선은 물과 같은 것 [上善若水]"이 아닐까. 재료를 요리해보겠노라고 단단히 벼르는 대신 차라리 재료에 요리당해주겠노라고 생각하는 쪽이 재료를 충분히 살린 좋은 요리를 만들 수 있다.

요컨대 콘티에 의지하는가 안 하는가의 문제는 의식 상층부의 구성력과 의식 밑에 있는 무의식층의 구성력 중 어느 쪽을 더 중시하는가의 문제라고도 할 수 있다. 지적 작업은 모름지기 명석한 의식하에 종합되면서 전개되어야 한다고 하는 사람도 있을 터이다. 그런 사람에게는 콘티가 절대적으로 필요하다. 그러나 나는 앞서도 말했듯이 의식 밑에 잠재적으로 가지고 있는 지적 능력 쪽이 훨씬 더 거대하고 풍요롭다고 보는 인간이다. 이 풍요로운 힘을 끌어낼 유일한 방법은 비능률적이긴 하지만 그것이 나올 때까지 기다리는 방법이다. 그리고 그게 나오기 이전에 그 풍요로운 힘의 작동에 미리 제약을 가하는 것은 하등 유리할 게 없는 계책이므로, 어떻게든 콘티 없이 자유로운 상태에서 기다려야 한다는 논리다.

눈에 보이지 않는 재료

대략 재료들을 늘어놓고 콘티를 짠다고 해도 콘티를 짜는 단계에서 모든 재료가 눈앞에 있는 것은 아니다. 재료를 모으는 작업이 아직 끝나지 않았을 것이라는 이유 때문이 아니다. 집필 단계에 들어간 것이므로 그 작업은 끝나 있을 터이다. 그리고 이 건에 관하여 의식적으로 모은 재료들은 모두 눈앞에 있을 터이다. 그렇지만 그래도 모든 재료가 갖춰져 있다고는 할 수 없다. 왜냐하면 지적 출력에 있어서는 눈에 보이지 않는 재료들이 극히 중요한 역할을 수행하기 때문이다. 눈에 보이지 않는 재료란 무의식층에 축적되어 있는 기존의 방대한 지식과 체험들의 총체다.

최근에 뭔가 글을 써본 일이 있는 사람이라면, 그 글을 가지고 와서 다음과 같은 분석을 시도해보기 바란다. 집필 전에 그 문장을 쓰기 위해 특별히 준비한 재료에만 의지하여 쓰여진 부분에 붉은 밑줄을 긋는다. 집필을 해나가는 와중에 돌연 머릿속에 떠오른 생각, 혹은 기존의 기억이나 지식 등을 바탕으로 쓰여진 부분에는 푸른 밑줄을 긋는다. 붉은 줄과 푸른 줄 중 양적으로 어느 쪽이 많은지 비교해보라. 그리고 붉은 줄 부분도 그 전후의 푸른 줄 부분의 지원 없이는 성립되지 않는다는 점을 확인해보라. 이렇게 해봄으로써 문장들을 쓰기 위해 모은 재료와 비교해 자신의 내부에 본래 축적되어 있던 재료가 얼마나 중요한 것인지 이해하게 될 것이다.

지적 작업이 일요일 날 집에서 이러저러하게 뭔가를 뚝딱거리며 만드는 작업과 본질적으로 다른 게 바로 이런 대목이다. 지적 작업은 즉물적인 재료가 있은 다음에 거기에 손을 대면 목적한 것이 생기는 단순한 일과는 뭔가 다르다. 지적 작업에는 언제나 그 사람의 존재 전부가 걸리기 마련이다. 그 사람이 그때까지 축적해온 모든 것이 재료가 되는 것이다. 그중에서 무엇을 취사선택하는가에 따라 완성된 결과가 전혀 달라진다.

여유가 있으면 다음과 같은 실험을 해보라. 앞서 붉은 줄과 푸른 줄을 그은 문장을 다시 한번 살펴본다. 붉은 쪽의 재료는 기본적으로 남기되 이용 방식은 무순無順으로 한다. 완전히 다 이용할 필요까지는 없다. 푸른 쪽은 사용하든 말든 구애받지 않기로 한다. 이상의 조건을 지키며 전과는 취향이 다른 문장을 쓰려고 노력해본다. 실제로 안 써져도 된다. 머릿속에서 쓰려고 마음먹는 사고실험만으로도 좋다. 한 가지를 다 쓰고 나면 취향이 다른 것을 하나 더 써보자.

하나의 재료로부터 문장을 하나밖에 쓸 수 없는 건 아니다. 같은 재료를 사용해도 푸른 줄 부분이 변함으로써 얼마든지 취향이 다른 글을 쓸 수 있다는 걸 알게 될 것이다.

집필 전에 콘티를 짜는 방법의 결함은 무의식층에 축적된 재료가 어떤 게 있는지를 콘티를 짜는 단계에서는 충분히 알지 못하기 때문에, 그것을 효과적으로 이용하기가 어렵다는 점이다. 그것이 어떤 것이든 간에 무의식층에 있는 것은 잘 모르는 게 당연하다. 물론 콘티를 짜는 과정에서 그 상당 부분이 의식 위로 떠오른다. 그러나 상당하긴 하지만 그 총량과 비교하면 미미한 수준이다. 거대한 바다의 물을 양동이로 퍼올려본 정도랄까.

어떤 재료가 무의식층으로부터 의식 위에 떠오르는 프로세스는 사람마다 각양각색일 것이다. 나의 경우에는 대체로 빠듯한 순간에 몰렸을 때 정말이지 순식간에 나온다. 빠듯한 순간이란 바로 그 문장을 쓰고 있는 순간이다. 겨우 1초 전까지만 해도 그런 재료가 내 무의식층에 묻혀 있었다고는 생각도 못했던 것이 돌연 글이 되어 떠오른다. 사전에 콘티를 짤 때는 아무리 해봐도 절대로 머릿속에 떠오르지 않았을 그런 재료가 돌연 튀어나오는 것이다.

이러한 타입의 인간에게는 아무래도 콘티라는 게 불가능하고 가능하다 해도 헛수고로 끝나버린다.

'유레카' 욕구

그러면 콘티 없이 글을 쓴다는 건 전혀 아무것도 없이 머릿속에서 흘러넘치는 대로 쓰는 것을 의미할까?

내 경우는 나중에도 말하겠지만 꼭 그런 것은 아니다. 그러나 그렇게 하는 일도 때로는 있다. 그것은 가능할 뿐만 아니라 조건만 갖춰지면 상당히 좋은 결과를 낳을 수 있다. 이때의 조건이란 출력의 분량이 그리 많지 않을 것(입력에 비해), 재료가 완전히 머릿속에 주입되어 있을 것, 이 두 가지다.

초등학교 시절 소풍을 다녀온 뒤에 소풍에 관한 작문을 썼던 기억을 떠올려보기 바란다. 누구든지 소풍이 한창인 와중에는 나중에 작문을 쓰게 되리라고는 꿈에도 생각지 못하기 때문에, 기억을 위해 메모 따위는 하지는 않는다. 작문 시간이 닥치면 당황하여 부산을 떨다가 단지 기억나는 것만을 바탕으로 쓸 뿐이다. 그래도 꽤 괜찮은 글을 쓸 수 있었을 터이다.

선명한 체험을 글로 쓰는 일은 누구에게나 그리 어렵지 않다(물론 글이 잘 되느냐 못 되느냐는 별 문제로 하고). 누구라도 일생에 논픽션 한 편은 쓸 수 있다(실제로 논픽션 걸작들 중에는 프로 저술가가 아닌 사람이 쓴 필생의 유일한 작품인 경우도 많다)는 것은 바로 그런 의미다. 누구든지 일생에 한 가지 정도는 선명한 체험을 갖고 있기 때문이다.

체험이 선명하면 써야 할 재료는 자연히 머릿속에 확실하게 들어 있다.

진실로 대상에 빨려 들어가서 취재한 것이라면 그 취재 자체가 선명한 체험이 된 상태기 때문에 콘티니 취재 메모니 하는 것 없이도 쓸 수 있다(다만 사실 확인을 위해 취재 메모를 몇 번이고 들여다보는 게 좋다).

대상에게 진짜로 몰입되어 있을 때는 취재 과정의 하나하나가 드라마틱한 체험이다. 취재나 조사를 진행해감에 따라 숨겨져 있던 대상의 베일이 하나하나 벗겨지고 그때까지 보이지 않던 형태가 조금씩 드러나기 시작한다. 이윽고 '아~ 그런가, 깨달았어'라며 홀로 마음속에서 끄덕이는 순간이 온다.

아르키메데스는 욕조 안에서 부력의 원리가 머릿속에 반짝한 순간, '유레카(깨달았어)!'라고 소리치며 욕조에서 뛰쳐나와 벌거벗은 채 거리를 내달렸다고 한다. 뭔가를 탐구하다 보면, 반드시 조만간 '유레카'의 순간이 찾아온다(끝내 알아내지 못하고 끝나는 경우도 꽤 있지만).

'유레카'는 쾌락이다. 필시 인간이 맛볼 수 있는 쾌락 중에서 가장 최상의 품질이면서 가장 심오한 쾌락의 하나일 것이다. 사람은 누구나 어린 시절부터 조금씩 '유레카'의 쾌락을 체험하며 깨달아간다. 정도 차이는 있지만 '유레카' 욕구는 모든 사람의 인생 과정에서 드러난다. '유레카' 욕구는 인간의 가장 본능적이고 본질적인 욕구의 하나일 것이다. 종종 그것은 식욕, 색욕 등의 생리적 욕구를 압도할 힘을 갖기도 한다. 책을 읽다 보니 밥 먹는 걸 까먹었다든가, 데이트 약속을 까먹어가며 독서에 탐닉한 경험을 가진 사람들이 적지 않으리라. 그럴 정도로 강한 '유레카' 욕구가 충동질해대는 작업이라면 인식 과정의 하나하나가 머릿속에 새겨져 간다.

그렇지 않은 경우, 예컨대 리포트 숙제가 나왔다든가, 혹은 회사에서 상사에게 명령을 받았다든가 하는 이유로, 자기의 내적 욕구가 결여된, 소위 싫지만 해야만 하는 의무감 때문에 하는 작업에서 동일한 것을 기대하는 것은 무리다. 조사한 것을 꼼꼼히 메모해놓지 않으면 머릿속에는 아무것도 남지 않는다.

'반짝 메모'를 한다

그렇긴 하지만 내 경우에도 전혀 아무것도 없이 글을 쓰는 일은 거의 없다. 보통은 간단한 메모를 사전에 한다. 메모에는 두 가지 목적이 있다. 하나는 현재 가지고 있는 재료를 잊지 않기 위해서고, 또 하나는 그때그때 떠오르는 반짝 아이디어를 잊지 않기 위해서다. 전자는 사전에 작성하고 후자는 수시로 메모한다.

예를 들면 지금 내 눈앞의 종이에는 '어린 시절의 소풍, 작문, 선명한 체험, 감격, 재료수집, 인식획득'이라고 기재되어 있다. 이는 이 장을 반쯤 썼을 시점에서 돌연 머릿속에서 반짝인 것을 메모해둔 것으로, 이 메모를 그대로 이용하여 그 후의 상당히 많은 분량을 써왔다는 것을 지금 읽는 대목에서 그대로 확인할 수 있을 것이다.

참고로 '유레카' 대목은 어떤 메모도 없이 씌어졌다. 이것은 그 전의 문장, "'깨달았어'라고 홀로 마음속에서 끄덕이는 순간이 온다."라는 문장을 마친 순간에, '깨달았어'라고 하면 '유레카'지, 하며 아르키메데스의 에피소드가 돌연 떠올라 그 에피소드를 이용하면 '깨달았어' 하는 순간의 내적 환희에 대해 쓸 수 있겠다 싶어 그렇게 쓴 것이다.

그것을 다 쓰자 문득 펜이 멈추고 머릿속에서 '유레카'의 환희에 대해 이것저것 상념에 빠지게 되고 그러다가 이건 참 중요한 문제니까 좀더 분석해서 쓰기로 하자는 생각이 난다. 그래서 생각을 정리하여 "'유레카'는 쾌락이다"라는 문장으로 들어간다. 이 문장과 앞 문장의 사이에는 상당한 시간이 흘렀고 그다음은 거의 단숨에 쓰여졌다.

집필하면서 바로 다음 문장을 어떻게 전개할까에 대해 뭔가 반짝 아이디어가 생겼으면 이때는 물론 메모할 필요가 없이 그대로 실행하면 된다. 그러나 어떤 문장을 쓰면서 돌연 바로 다음 문장이 아니라 조금 뒤쪽 부분을 어떻게 전개하면 좋을까에 대해 반짝 아이디어가 생길 수도 있다. 조금 뒤가 아니라 꽤 뒤쪽인 경우도 있고 완결부와 관련한 아이디어일 수도 있다.

혹은 어떻게 연결하여 써먹으면 좋을지 당장은 알 수 없지만, 좀더 진행되면 뭔가 관련이 될 성싶은 좋은 생각이 반짝일 때도 있다. 그런 반짝임은 그냥 놔두면 곧 사라지므로 잽싸게 메모한다. 때때로 그 메모에 눈길을 주다 보면 이용 방법이 자연히 떠오른다. 혹은 이용할 수 없다는 게 분명해지기도 한다.

의미 부여는 의식적 작업

방금 인용한 나의 '반짝 메모'에는 앞에 든 것 말고도 '의미 부여는 의식적 작업'이라는 메모도 있다. 방금 무의식층으로부터 재료가 의식 레벨 위로 자연스레 떠오를 테니, 그 프로세스에 굳이 의식적인 작업을 가하여 그 결과 (가만히 두면 자연스럽게) 산출될 것을 생겨나지 못하게 하는 일이 없도록 해야 한다는 의미의 얘기를 했다. 이것은 그 부분을 쓰면서 혹은 다 쓴 직후에 기재한 메모다. 이 메모의 의미는 다음과 같다.

일단 무의식의 프로세스를 지나치게 강조하면 독자들로부터 오해를 살 우려가 있다. 그리하여 자칫 초현실주의 시대에 유행한 오컬트적인 무의식 기술법 따위를 연상시켜 가지고는 곤란하다. 뭔가를 쓴다는 것 자체는 고도로 의식적인 작업이라는 것을 어딘가에서는 확실히 써둘 필요가 있다고 생각했던 것이다.

무의식의 프로세스는 스스로도 그 존재를 잊고 있던 소중한 재료들을 상기시키는 데 있어서 중요한 것이지, 그 재료를 모아 재료가 갖는 의미를 음미·평가하고 하나의 논리 전개 안에 배치하는 작업, 즉 의미를 부여하는 작업은 어디까지나 의식적 작업이다.

무의식하에서는 의미가 은폐되어 있다. 의미가 은폐된 상태의 날것의 재료들을 아무리 늘어놓아 봤자 유의미한 문장이 구성되지 않는다. 의미를 발견하고 그 의미를 지금까지 써온 것과 관련짓는다. 관련지어진 그것을 문장화해본다. 완성된 문장을 머릿속에서 반추해본다. 그것이 충분히 유의미하고 흐름으로서도 나쁘지 않다면, 그걸 실제로 종이 위에 있는 앞 문장에 이어서 써본다. 그것을 다시 한번 눈으로 좇으며 읽어본다.

머릿속에서 좋다고 느꼈던 대로 효과가 느껴지면 그것으로 된 것이다. 그렇지만 종이 위에 써보니 머릿속에서 생각한 것과는 뭔가 다른 경우가 종종 있다. 어디가 잘못된 것일까? 다시 한번 읽어본다. 약간만 손을 대서 고칠 것인가, 아니면 문장 전체를 다시 써야 하나, 생각해본다.

이상과 같은 작업을 가리켜 의식적 작업이라 한다. 의식적 작업이란 지금 말했듯이 재삼재사 반복하여 의미적인 차원의 반성을 가하는 것이다. 이 반성 능력을 얼마나 갖고 있는가에 따라 얼마만큼 의미 있는 문장을 쓸 수 있는가가 결정된다.

여기까지 쓰고 나서 다시 한번 '반짝 메모'를 들여다보니, '반성'이라는 한마디가 더 있다. 이는 15분 정도 전에 두 단락 전의 부분을 쓰고 있을 때, 이 개념을 제출하는 게 중요하다는 생각이 들어 슬쩍 메모해둔 것이다. 그리고 다음 단락에서 즉각적으로 그걸 실행한 것이다.

이상으로 (독자 여러분도 함께 보셨다시피) '반짝 메모'의 내용을 다 소화했으므로 '반짝 메모'에 대해서는 이것으로 끝내고, 다음은 사전에 준비하는 재료 메모에 대해 써보기로 하자.

10

재료 메모 · 연표 · 차트

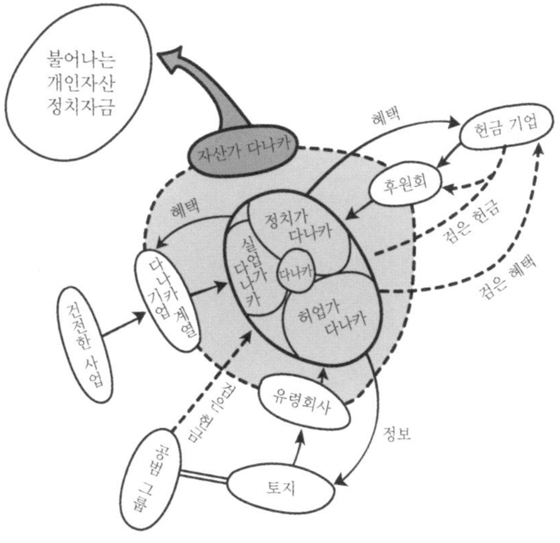

[『다나카 가쿠에이 연구』를 위해 필자가 작성한 차트]

'재료 메모' 작성법

콘티 없이 글을 쓸 경우 가장 큰 힘이 되는 것이 바로 '재료 메모'
다. 쓰기 시작하기 전에 다시 한번 모은 재료들을 훑어본다. 그때 미
리 준비해둔 메모를 본다. 이것이 '재료 메모'다. 이것은 간략하면 간
략할수록 좋다. 나는 통상 원고지 뒷면을 이용하는데 그 한 장에 모
든 것이 포함되도록 써놓는다. '한 장에'라는 대목이 중요하다. 메모
에 눈길을 던졌을 때 전 재료가 한순간에 시야에 들어오도록 해두는
것이다. 참고로 내가 사용하는 원고지는 200자 원고지다. 원고지는
400자보다 200자가 좋다.

200자 한 장에 전 재료를 메모하기 위해서는 메모 내용을 최대한
잘라내야 한다. 문장을 써서는 안 된다. 단어를 쓰든가 기껏 길어야
어절까지가 고작이다. 한 단어 한 단어에 가능한 한 많은 정보를 담
는다. 그러기 위해서는 사전에 재료를 잘 읽고 머릿속에 넣어두어야
한다. 재료를 머릿속에 넣는 전 단계의 작업이 충분히 이뤄지지 않으
면 메모를 하는 의미가 없다. 그것이 충분히 되어 있으면 메모 한마
디를 단서로 한 세트의 재료를 머릿속에 불러일으키는 것도 어렵지
않다. 메모에 적혀 있는 한 단어 한 단어는 많은 기억들이 들어 있는
창고의 문고리로 작용한다. 문을 열어보았을 때 창고 안이 텅텅 비어
있을지, 아니면 기억들로 가득 차 있을지는 앞 단계의 작업에서 결정
되는 것이지 문고리를 어떻게 쥐느냐에 따라 결정되는 게 아니다.

말은 이렇지만 처음부터 간명한 메모를 작성해내는 것은 꽤나 어
려운 일이다. 무리하게 원고지 뒷면 한 장에 메모를 다 담으려고 하

다가, 돋보기 없이는 읽을 수 없는 작은 글씨투성이의 메모를 작성한다면 '원고지 한 장'의 의미가 퇴색된다.

조금이라도 재료가 많을 때는 나도 처음부터 원고지 한 장에 재료를 모두 담는 건 어렵기 때문에 작업을 2단계로 나누어 한다. 우선 처음에는 메모량에 구애받지 않고 어쨌거나 현재의 재료 중 메모할 필요가 있어 보이는 것들은 전부 메모해본다. 재료가 많으면 원고지 10매, 20매가 되는 일도 드물지 않다. 이걸 작성하는 단계에서 모든 재료에 한 번은 눈길을 주는 것이다. 이것을 1차 메모라고 하자.

다음으로 지금 작성한 메모의 메모를 작성한다. 이것은 가능한 한 원고지 한 장 정도로 정리한다. 혹시 메모의 메모를 작성해도 여전히 양이 너무 많을 것 같으면, 이번에는 메모의 메모를 다시 읽고 메모의 메모의 메모를 작성해보면 어떨까. 그래도 양이 너무 많으면 이제는 더 이상 헤맬 필요가 없다. 글을 쓴다느니 뭐니 하는 야망은 깨끗이 포기해버리기로 하자.

여기서 오해가 없도록 말해둘 것은, 재료 메모를 작성하는 단계에서 오리지널 자료의 내용을 전부 암기해버려야 한다든가, 그리하여 이후 단계에서는 재료 메모 이외에는 그 어떤 것도 보지 않고 쓸 수 있어야 한다는 얘기는 아니다. 물론 그렇게 할 수 있으면 그게 최고겠지만, 통상적으로는 오리지널 자료를 가까이에 쌓아두고 수시로 빼서 이용하게 된다. 재료 메모는 자신이 갖고 있는 재료의 목록과 같은 것이라 생각하면 된다.

2단계에 걸쳐 메모를 작성한 경우 1단계의 메모도 버리지 말고 보관한다. 재료 메모만으로는 부족하여 오리지널 자료를 참조할 필요가 생겼을 때, 만일 1단계 메모를 보관해둔 경우라면 그 메모를 뒤적여본다. 양질의 1단계 메모라면 대부분 그대로 활용할 수 있을 것이다.

'서두' 문제

재료 메모가 완성되면, 그것을 앞에 두고 어쨌든 써보기 시작한다. 어느 재료부터 시작해도 좋다. 재료 메모에 없는 재료가 퍼뜩 떠오르면 그것부터 시작해도 괜찮다. 펜을 들고 쓰기 시작하기 전에 머릿속에서 여러 가지로 다양한 서두를 시도해보는 것도 좋을 것이다.

서두를 어떻게 쓸지는 아무리 고뇌해도 부족하지 않다. 행운이 따르는 경우에는 마치 전부터 예정 원고가 만들어져 있었던 것처럼 어떤 고뇌도 없이 매끄럽게 써나갈 수 있다. 그러나 심한 경우에는 두세 줄 쓰고는 찢고, 네댓 줄 쓰고는 찢고, 또 두세 줄 쓰고는 찢기를 하루 종일 계속해야 하는 때도 있다.

더 심할 때는 몇 줄 쓰고는 찢기를 몇 회 반복한 다음에 겨우 이거다! 싶은 서두를 발견하고는 4, 5매 썼는데, 역시나 이래서는 안 된다는 쪽으로 생각이 바뀌어 전부 찢어버린다. 또 몇 행 쓰고는 찢기를 몇 회 반복하고, 다시 한 번 바로 이거야! 싶은 서두를 발견하여 10매 정도를 썼는데, 다시 또 이래서는 안 된다는 쪽으로 생각이 바뀌고, 이런 짓을 반복하여 며칠 동안 계속 서두만 붙잡고 있는 경우도 있다.

그런 일이 있다 해서 절망할 필요는 없다. 그런 상황에 처했다는 것은 무리하게 쓰지 않는 편이 좋은, 어떤 내적인 이유가 나름대로 있는 것이다. 모은 재료에 결함이 있든가, 재료의 저작 방식에 문제가 있든가, 아니면 구상 수립 방식에 문제가 있든가. 어느 쪽이든 간에 펜을 들어 글을 쓰기 시작하기에는 아직 머릿속이 숙성되지 않은 것이다.

이런 경우는 시간적 여유가 있으면 재료를 새로 모아보는 게 좋다. 혹은 작업과는 전혀 상관없는 일을 한동안 해보는 것도 좋다.

시간적 여유가 없으면 근본적으로 발상을 바꿔보는 것이 좋다. 자신이 쓰려고 막연히 생각하고 있던 것을 일단 전부 버리고, 실은 뭔가 전혀 다른 것을 써야 하는 게 아닐까, 하고 생각을 고쳐 먹어보는 것이다. 앞서 문장 표현 문제로 번민할 때 주어를 바꿔보면 잘되는 일이 있다고 썼지만, 마찬가지로 주제를 바꿔보면 잘되는 수도 있다.

아무래도 서두가 잘 풀려나오지 않을 때 시도해볼 만한 또 하나의 방법은 자신이 무엇을 쓰려고 하는지를 타인에게 일단 이야기해보는 것이다.

서두 부분에서 필요 이상으로 고투하는 사람을 보면 대부분이 너무 열중해 있는 사람들이다. 서두 부분을 잘 쓰겠다는 의지가 너무 강한 것이다. 문장이라는 게 반드시 독자가 탄성을 지를 정도의 명문으로 시작해야만 하는 것은 아니다. 오히려 서두는 명문인데 정작 알맹이가 범용하다면 실제 이상으로 알맹이의 평가가 낮아진다.

아무리 서두에 몰두한 사람이라도 같은 내용을 다른 사람에게 말로 이야기할 때라면 이야기의 첫머리에 그렇게까지 몰두하지는 않는다. 이야기할 때는 스트레이트로 중요한 것을 말할 수 있다. 그렇게 다른 사람에게 이야기를 해보면 서두에 대한 집착이 싹 가시는 경우가 자주 있다.

타인에게 이야기해보는 것은 다른 의미에서도 유익하다. 타인에게 이야기할 때는 재료 메모를 일일이 보지는 않는 법이다. 자기 기억 속에 있는 것을 자연스레 중요한 순으로 꺼내서 이야기한다. 그 결과 스스로 자기 머릿속을 정리할 수 있다. 또한 이야기했을 때 상대방의 반응으로 인해 독선을 피할 수 있다. 자기 구상 중에 어디가 설명 부족이고 어디가 설명 과잉인가를 알 수 있다. 다만 이때 중요한 것은 이야기 상대를 잘 고르는 것이다. 자신이 상정하고 있는 독자와 같은 수준의 사람을 잘 고르지 않으면, 이 작업은 하면 할수록 해롭다.

재료 메모의 구체적인 예

일단 서두가 잘 풀렸다고 하자. 한동안 써나가다가 어느 지점에선가 펜이 멈출 것이다. 그때 다시 한번 재료 메모를 들여다본다. 다음은 어느 재료를 어떻게 사용하여 그때까지 써온 내용과 어떻게 연결해갈까? 서두 때문에 괴로워했던 때와 마찬가지로 괴로워하면서 다음 전개 부분을 시행착오를 거치며 찾아간다. 다시 한번 썼다가 찢는 일이 반복된다. 이하 앞서 이야기한 것과 마찬가지로 계속 이 과정을 반복한다는 것이 내가 글을 쓸 때의 일반적 방법론이다.

얼추 반쯤 지난 언저리에서 그다음의 대강의 흐름이 자연스레 보이기 시작한다. 남은 재료를 어떻게 쓰면 끝날지가 대략 그려진다. 어느 재료가 사용되지 못한 채 끝나게 될 건가도 알게 된다. 애써 준비한 재료를 사용하지 않는 것은 아깝다는 생각이 들 수도 있겠지만, 이곳에서는 인색한 근성을 발휘하지 말고 깨끗이 버리는 게 좋다. 작품의 질이 좋을수록 모으기만 하고 사용하지는 못하는 재료가 많은 법이다.

재료 메모의 구체적인 예로서 지금 내 눈앞에 있는 메모를 소개해보자면 다음과 같이 기록되어 있다.

생각하는 순서 / 데이터의 정리 / 차트 / 연표 / 콘티 / 메모(요점만) / 서두 / 원고지 / 워드프로세서 / 주요 자료 / 취재 노트 / 독자적으로 만든 색인 / 재료 마련 / 순간적으로 떠오른 착상

상당히 큰 글자로 기록하여 실제 분량은 원고지 반에도 미치지 않는다. 이 정도의 메모만 가지고 앞 장도 썼고 현재의 장도 계속해서 쓰고 있다. 이것은 메모 내용이 극단적으로 적은 예다. 이 원고는 취재한 데이터로 쓰는 게 아니라 머릿속에 이미 존재하는 것을 재료로 쓰는 것이라서 이 정도의 메모로도 충분한 것이다.

다음으로 다른 예를 하나 들어보겠다. 그것은 최근 《스콜라》라는 잡지에 원숭이를 재주 부리게 하여 돈을 버는 청년을 취재하여 6페이지짜리 기사를 썼을 때의 메모다. 약 4시간 취재로 테이프 두 개 분량. 취재 노트로 33페이지의 메모. 거기에 참고문헌으로 단행본 한 권, 잡지 한 권을 읽고 얻은 재료를 정리한 메모다. 이 기사는 2회로 나누어 연재했는데 그중에서 후반 1회분의 메모다.

특수학급 / 죽마 / 전방 회전 / 실패 / 인사 / 훈련 / 다른 사람 눈에
는 바보 아니면 미치광이 / 자전거 / 일과 / 만세 / 셋째 아이 / 죽을 만
큼 분하다 / 도쿄 · 보행자 천국 / 손님 앞에서 벌주기 · 잔학성 / 자위
행위 / 배에서 나는 소리 / 세계를 무대로 / 말을 알아듣는다 / 원숭이
수명 30년 / 부인과 원숭이 / 행운의 추락 / 1,000만 엔

나 이외의 다른 사람은 읽어봤자 대체 이게 뭘 적은 종이인지 전혀
이해가 안 될 것이다. 그렇지만 그래도 상관없다. 여기에 메모한 것
중 3분의 1은 재료로 쓰지 않는다. 이 메모의 어느 부분에서 어떤 문
장이 도출되었는지 꼭 알고 싶다면 《스콜라》 1983년 10월 6일호(고단
샤 간행)를 참조하면 될 것이다(이 연재는 1984년에 단행본으로 묶여 출판될
예정).

조금 예시해보자면, 처음에 나오는 '특수학급'이라는 건 이 청년이
초등학교 시절 성적이 대단히 나빠서 조금만 더 나빴더라면 특수학
급에 들어갈 뻔했다는 에피소드를 담고 있다. 그리고 공부는 잘하지
못해도 뭔가 한 가지 정도는 다른 사람보다 못하지 않도록 분발해보
라는 부친의 말을 들었다는 것. 한때 달리기에 흥미를 느껴 매일 열
심히 마라톤 연습을 했더니 학교에서 최고가 되었고 그와 함께 성적
도 올랐으며, 자신감이 붙어 성격도 밝아졌다는 것. 마라톤 연습을
할 때 바로 위의 형이 자전거로 함께 달려주었던 게 격려가 되었다는
것. 특수학급에 들어갈 뻔했지만 부친이 시회의원市會議員이었기 때
문에 어떻게 면하게 되어 아버지는 위대하구나 생각했다는 것 등, 지
금도 다른 자료를 일체 참조하지 않고 이 메모 중 한 단어만 보고서

도 곧장 이런 많은 사실들이 하나의 연관된 줄거리로 머릿속에 떠오른다. 참고로 지금까지 나열한 재료들은 결국 사용하지 못했다.

가장 끝에 적혀 있는 '1,000만 엔'이라는 것은 재주를 익힌 원숭이를 1,000만 엔을 내고서라도 사겠다는 사람이 있었는데, 1,000만 엔 정도로는 어림도 없다, 자신이 지금 부리고 있는 원숭이는 앞으로 억 단위의 돈벌이를 할 수 있을 것임에 틀림없다는 이야기라든가, 경제라는 측면에서 본 원숭이 조련사의 상황이라든가, 돈으로는 환산될 수 없는 원숭이와 원숭이 조련사의 애정 관계 등의 이야기가 잇달아 떠오른다. 이 재료는 기사 가운데 두 군데에서 사용하였다.

재료와 메모를 연결하는 색인

이 경우는 재료가 양적으로 대단할 것이 없으므로, 이 정도의 메모 한 장으로 해결된다. 그렇지만 재료의 양이 불어나면, 재료 메모만으로는 해결이 안 된다. 재료와 재료 메모의 사이를 잇는 것이 필요해진다.

예를 들면 이때 참고한 문헌은 200페이지가 넘는 책이므로 필요한 대목에는 선을 긋고 페이지를 접어둔다. 그러면 언제라도 필요한 대목을 곧장 찾아낼 수 있다. 그러나 참고문헌의 양이 늘어나고 두툼한 책이 여러 권이 되면 그리 간단치 않다. 그때는 독자적인 색인을 만들어 둬야 한다. 색인이라고 말했지만 실은 간단한 메모 정도로도 괜찮다.

문헌을 읽으면서 이거다! 싶은 대목들이 나온다. 그런 페이지를 접어가며 읽다 보면 나중에는 접힌 페이지만 남게 되어, 어느 곳에 어떤 의미가 있는지 알 수 없게 되어버릴 때가 있다. 그럴 때는 앞서도 말했지만 접힌 페이지를 다시 한 번 읽어봐서 특별히 중요한 것들을 모아 뒤표지의 속지에(장소는 어디든 마음에 드는 대로 한다) 어느 페이지에 무슨 내용이 나온다는 것을 메모해두자.

색인을 만드는 것은 최소한으로 그쳐야 한다. 그러니까 처음부터 색인을 만들지는 않는 게 좋다. 처음에는 페이지를 접는 데에 그친다. 양이 적으면 그것만으로 충분하다. 양이 많은 경우, 다시 한번 읽고 나서 색인을 만든다. 2단계로 나눔으로써 색인의 양을 놀랄 만치 줄일 수 있다.

경우에 따라서는 페이지 접는 걸 2단계로 나누는 것도 생각해볼 수 있다. 처음 읽을 때는 페이지 아래쪽을 접는다. 두 번째 읽을 때는 페이지 위쪽을 접는다. 세 번째 읽을 때에야 비로소 색인을 만든다.

'연표'를 만들면 무엇이 좋은가

좀더 복잡한 자료를 생각해보자.

나는 어떤 경우라도 자료정리법으로는 다음 두 가지를 사용한다. 그것은 연표와 차트다. 자료 내용이 시간별로 배열되는 성격이라면 반드시 연표를 만든다. 지금 '연표'라고 말했지만, 자료 내용에 따라서는 시간 단위일 때도 있고 날짜 단위, 월 단위일 수도 있다. 어쨌거나 시간의 흐름을 포함하는 것은 모두 시간별로 배열해보는 것이다. 이 작업의 효용은 대단히 놀라운 측면이 있다. 두세 번 시도해보면 그것이 얼마나 유용한지 누구나 알 수 있을 테니 우선 해볼 것을 권하는 바다. 역사적 분석을 요하지 않는 것도 자료 안에 시간의 흐름이 있으면, 반드시 그 흐름을 시각화시켜 조망해보는 습관을 들일 필요가 있다.

연표를 작성함에 있어 유용한 주의사항을 두 가지만 들어두자. 하나는 연표라는 것은 균일한 시간축 위에 작성하라는 것이다. 보통의 경우에는 시간축을 신축성 있게 변화시키면서 많은 일들이 일어난 부분은 시간축을 늘리고 특기할 만한 일이 전혀 일어나지 않은 부분에서는 시간축을 압축하는 방식으로 연표를 만들곤 하는데(시판중인 연표는 모두 이렇다) 이는 절대로 금물이다. 그런 짓은 연표를 만듦으로써 가시화되는 것들이 드러나지 못하게 만든다. 연표를 만든 의미가 없어지는 것이다.

시간축을 균일하게 설정한 연표를 만드는 것은 대단히 간단하다. 우선 선 하나를 긋는다. 만들어야 할 연표의 첫 번째 시간과 마지막 시간을 선의 처음과 끝에 기입한다. 다음으로 선의 길이를 시간별로 잘라 균등 분할하고 시간을 써넣는다. 요컨대 균등한 시간축을 우선 만드는 게 중요하다는 것이다.

다음, 기입할 사항이 시간대에 따라 많을 수도 있고 적을 수도 있어 때로는 큰 차이가 날 수도 있다. 그럼에도 불구하고 무리하게라도 균등한 시간축 위에 각 사항들을 기입한다. 그렇게 해야 비로소 시간의 흐름이 가진 의미가 시각적으로 드러나기 시작한다.

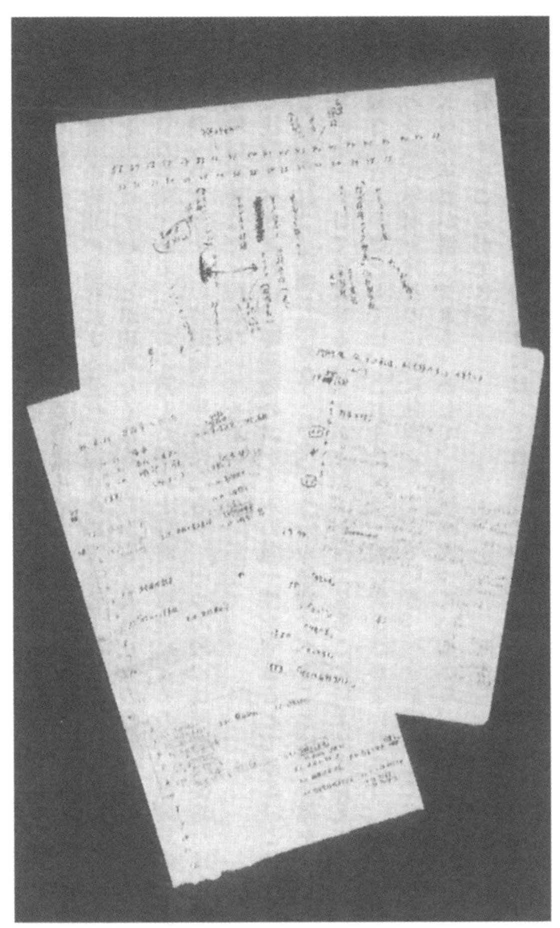

[필자가 작성한 연표의 사례]

그리하면 공백 부분이 많이 생겨날 것이다. 그 공백에도 의미가 있다. 연표를 보고 있으면 그 의미 또한 느껴지기 시작한다. 혹은 공백을 보고 있는 가운데 이곳은 공백일 리가 없을 성싶은 경우가 있다. 그곳이 공백인 것은 내가 무지하기 때문일 수도 있으니, 그 공백 부분에서 실제로 어떠한 일이 생겼는지 조사해보게 될 수도 있다.

또 하나 주의할 것은 하나의 연표에 이질적인 것을 쑤셔 넣지 말라는 것이다. 연표를 만드는 것은 동질의 요소가 시간의 흐름에 따라 보이는 변화를 추적하기 위한 것이다. 이질적인 것을 혼재해 넣으면 역시나 연표로부터 읽어낼 수 있었을 것을 읽어내지 못하게 된다. 또 하나 주의할 것은 전체를 압축적으로 만들어야 한다는 것. 한눈에 전체를 조망할 수 있는 크기가 좋다. 한눈에 조망함으로써 드러나는 것이 있기 때문이다. 표준적으로 얘기하자면 원고지 한 장 크기가 좋을 것이다. 원고용지라는 게 이런 다단식 연표를 만드는 데 실로 안성맞춤이다. 원고지를 가로로 해서 두 줄을 한 단으로 삼으면 5단 연표가 넉넉히 나온다. 그리고 괘선이 들어 있으니까 위에서 아래까지 시간 축을 완전히 균등하게 만들 수 있다.

원고지 한 장에 다 넣을 수 없을 때는 또 한 장을 풀로 이어 붙여도 좋다. 원고용지 이외에 내가 자주 이용하는 것은 집계용지다. 집계용지는 연표 이외의 다양한 표나 그래프를 만드는 데 안성맞춤이다. 다양한 괘선이 있으므로 두세 종류를 가까운 곳에 비치해두면 편리하게 쓸 수 있다.

'차트' 만드는 법

다음으로 차트. 차트라는 게 어떤 건지 알고 싶다면 실물을 직접 보는 게 가장 빠르다. 여기에 제시한 것은 『다나카 가쿠에이 연구 전

기록田中角榮研究全記録』(고단샤 간행) 하권의 '고다마 요시오란 누구인 가'(고다마는 행동파 우익의 거물로 불리며 CIA와 깊은 관계가 있었다.—옮긴 이)를 위해 작성한 차트다. 단행본에서는 표지의 속지와 152페이지 에, 문고본에서는 176페이지에 실려 있는 것과 동일한 것이다. 보면 알 수 있듯이 이것은 재료를 늘어놓은 게 아니라 재료를 읽고 얻어진 개념적인 인식을 도해한 것이다. 또 한 장은 약 15년쯤 전에 현대 문명사회를 다양한 각도에서 분석해보자는 기획하에 작성한 몇 장짜리 차트 중 하나로, 어떤 것을 논거로 어떤 '종말론'이 전개되고 있는지 를 정리한 것이다. 이런 차트를 작성하는 것은 머릿속을 정리하는 데 대단히 유익하다.

잘 만들면 한 장의 차트를 풀어 설명함으로써 그대로 한 편의 논설 을 쓸 수도 있다. 차트를 만들 경우 평면도보다 입체도를 그리려고 노력하는 것이 좋다. 현실 속의 여러 가지 일들은 입체적으로 연관되 어 있기 때문이다.

대규모 작업을 시작할 경우, 나는 대체로 스타트 시점에서 내가 갖 고 있는 지식을 정리하고 동시에 취재 결과를 어느 정도 예측하여 한 장의 가설 차트를 그려본다. 차트는 재료 메모가 아니라 개념도이기 때문에 현실적으로 그것을 뒷받침할 재료가 없어도 그릴 수 있다. 아 니, 그렇다기보다는 차트를 그림으로써 어떤 재료를 모아야 할지 이 해할 수 있게 된다고 하는 편이 옳겠다. 다만 스타트 시점에서 그리 는 것은 어디까지나 '가설' 차트다. 재료가 모였을 때 그 가설대로 간 다고는 보장할 수 없다. 아니, 그렇게 가지 않는 게 오히려 보통이다. 취재가 진행됨에 따라 차트는 몇 번이고 다시 그려진다. 뭔가를 쓴다

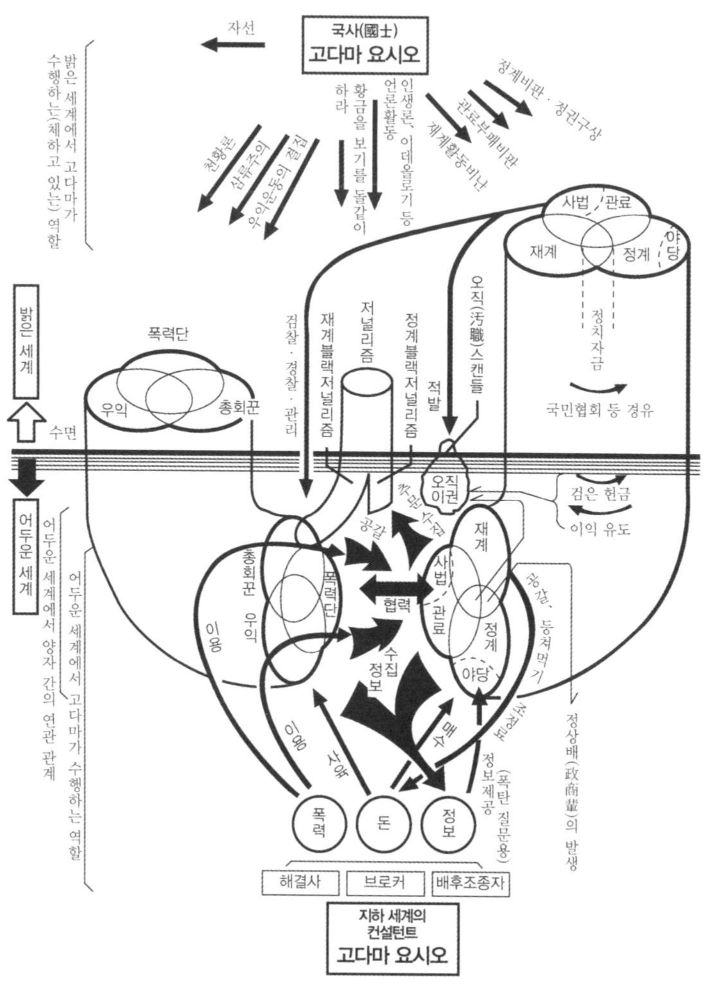

['고다마 요시오'에 대해서 작성한 차트]

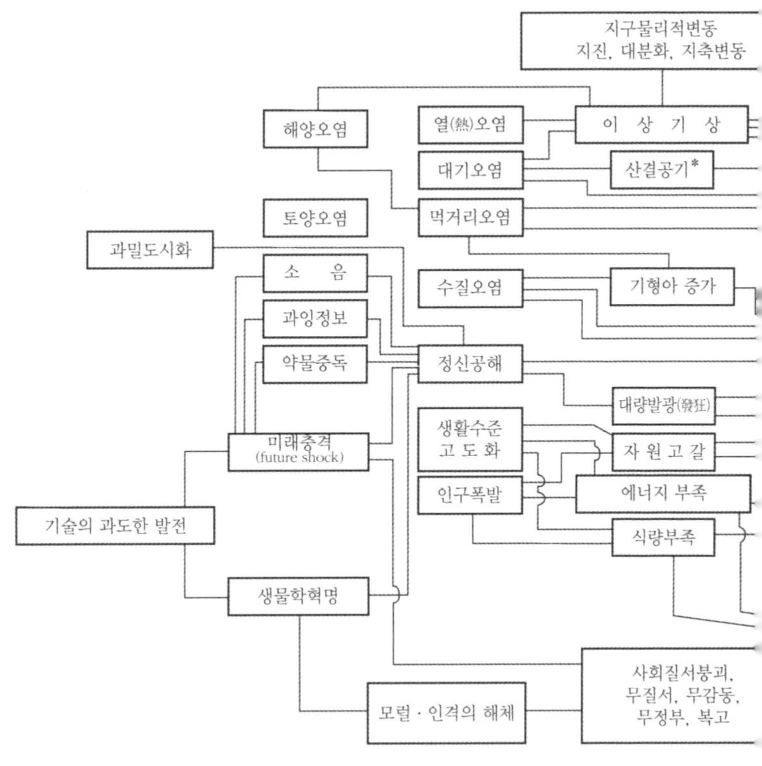

* 산결공기(공사장의 땅 속 구멍이나 묵은 우물 속에 괴어 있어 산소가 결핍된 공기.
이 공기를 마시면 질식사한다. ─옮긴이)

는 것은 끊임없는 가설검증 과정이다. 좋은 가설을 세우기 위해서도
또 그것을 사실로 검증하기 위해서도 차트는 실로 쓸모가 많다.

이 장의 도입부(173쪽 참조)에 있는 사진은 '다나카 가쿠에이 연구'

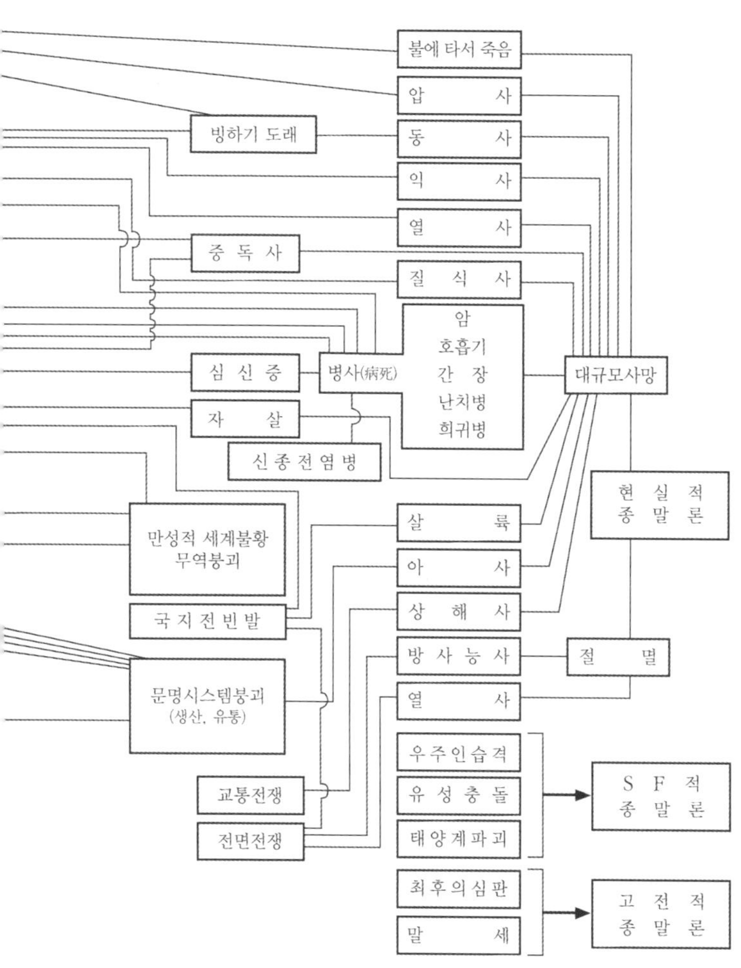

취재가 시작되고 얼마 안 되었을 시점에 작성한 차트다. 최근 산더미
처럼 쌓인 미정리 자료 속에서 우연히 발견한 '역사적 차트'다. 지금
새삼 돌아보니 다나카 가쿠에이를 포착한 기본적 관점은 이미 이 시

점에서 거의 제대로 확립되어 있었으니, 취재 과정 초기의 것치고는 꽤나 완성도가 높지 않았나 싶다. 여기에 제시된 가설 대부분이 얼마 뒤 취재를 통해 실증되어 갔다. 사실 이 원그림은 세 가지 색깔로 그려져 있어서 입체적인 구조가 떠오르도록 되어 있다.

좋은 차트를 그리는 게 그리 간단치는 않다. 첫째, 모은 재료를 개념적으로 분석하고 정리한다는 게 좀체 쉽지가 않다. 다음으로 컨셉트와 컨셉트 사이의 착종된 연관 관계를 발견하고 그걸 그림으로 표현하는 것이 또 어렵다. 이것 또한 일단 그려보는 게 좋다. 그려보면 자기 생각의 결함을 눈으로 볼 수 있다. 몇 번이고 몇 번이고 시행착오를 반복하면서 보다 좋은 차트를 작성해갈 수밖에 없다. 여기에 제시한 고다마 요시오 차트도 처음 만들어본 후 몇십 장이나 계속 그려본 뒤에야 비로소 얻어진 것이다.

11

문장표현 기법

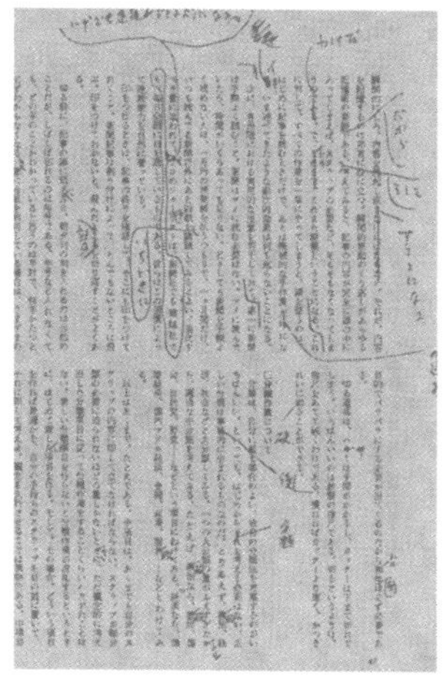

[필자의 가필과 삭제가 가해진 교정쇄]

문체는 옷에 불과하다

한때 몇 개월 동안 저널리스트 지망생을 위한 학원 같은 곳에서 가르친 일이 있다. 강의보다는 실제 연습을 주로 했다. 구체적인 주제를 주고 뭔가 취재하게 한 다음 글을 쓰게 했다. 매수에 제한은 두지 않았다.

완성된 글을 읽고 놀란 것은 거의 대부분의 사람들이 요즘 식의 문체로 글을 짧고 가볍게 정리했다는 점이다. 요즘 식의 문체란 경조부박체輕浮薄體랄까, 오로지 가벼움의 효과만을 노린 문체를 말한다. 읽다 보면 어디선가 읽은 적이 있는 듯한 느낌이 드는 터치를 여러 대목에서 발견할 수 있었다. 그리고 약속이나 한 듯이 글의 마지막 부분을 가볍게 비틀었다. 진부하고 흔한 방식으로 비튼다. 길이는 모두 카탈로그 잡지의 한 장면 정도의 길이였다. 강사가 읽다가 깜짝 놀랄 정도의 중량감 있는 작품을 써오는 사람이 한 명 정도는 있지 않을까, 은근히 기대하기도 했지만 그런 기대를 채워준 사람은 전무했다.

요즘 젊은 사람들은 이만큼 단순하고 세상의 유행에 그저 밀려가는 사람들인가 싶어 깜짝 놀란 기억이 있다.

문체는 개성이다. 어딘가에서 읽은 듯한 스타일의 문장밖에 쓸 수 없는 사람은 개성을 아직 확립하지 못했든가, 개성을 상실해버렸든가 둘 중의 하나일 것이다.

문체는 만들려고 해서 만들어지는 것이 아니다. 자연스레 형성되는 것이다. 나도 젊었을 때는 의식적으로 다양한 스타일로 써본 일이 있다. 다양한 저술가의 스타일을 흉내 내 써본 적이 있다. 그러나 그 어떤 것도 당최 내 몸에 붙질 않았다. 결국 어떤 문체로 쓸지를 완전히 망각해버리고 자연체로 썼을 때 그 사람의 문체가 태어나는 것이다. 드물게는 피카소의 화풍처럼 생애 몇 번인가에 걸쳐서 스타일에 극적 변모를 이루어내는 사람이 저술가들 중에도 있지만, 통상적으로는 일단 확립된 문체는 변하지 않는다. 보다 세련되어져 갈 뿐이다.

문체는 물론 중요한 것이지만 문학작품이 아니라면 문체에 너무 마음을 쓰는 것은 그다지 권장할 일이 못 된다. 문체는 옷이다. 문체에 의해 표면을 장식할 수는 있어도 실질을 변화시킬 수는 없다. 문체는 즐기는 대상이지 그로부터 정보를 끌어내는 대상은 아니다. 문장을 요약하면 문체는 사라지지만 정보는 남는다.

문체는 본래 개성적인 것인지라 그 감상에 대해 논하는 것은 의미가 있어도, 어떤 문체가 좋다든가 나쁘다든가 논하는 것은 별로 의미가 없다. 헤밍웨이와 포크너의 문체는 읽는 사람에 따라 취향 문제가 있을 순 있어도 우열은 없는 것이다.

자신의 문체에 대해 방황하는 동안은 다양하게 시도해보는 것이 좋겠다. 시행착오를 거치지 않으면 사람은 좀체 납득하지 않는 법이다. 하지만 다음과 같은 일은 머릿속에 넣어두는 게 좋을 것이다. 성격에 맞지 않는 문체는 끝내 익혀지지 않는다는 것이다.

사람수만큼 성격이 있듯이 사람수만큼 문체도 있는데, 크게 보면 남성적 문체와 여성적 문체로 나눌 수 있을 것이다. 『헤이케 이야기』 같은 문체와 『겐지 이야기』(『헤이케 이야기』와 『겐지 이야기』는 일본 중세의 고전 소설이다.─옮긴이) 같은 문체라 해도 좋고, 헤밍웨이 같은 문체와 포크너 같은 문체라 해도 좋다. 혹은 시가 나오야 같은 문체와 다니자키 준이치로(시가 나오야와 다니자키 준이치로는 일본의 저명한 근대 소설가다.—옮긴이) 같은 문체라고 할 수도 있겠다.

전자 쪽의 이야기들은 짧은 문장의 집적으로 간결하고도 명료한 데 반해, 후자 쪽의 이야기들은 기나긴 문장으로 가늘고 길게 끝없이 이어진다. 전자는 객관적인 팩트 이외의 것은 별로 믿지 않는 데 반해, 후자는 모름지기 객관적인 팩트 따위가 있겠느냐 의심하며, 도리어 의식 속에서 생기는 사태를 중시한다. 후자를 좋아하는 사람들은 전자를 단순한 바보라 보고, 전자를 좋아하는 사람들은 후자의 에두르는 표현에 짜증이 난다.

여기서 조금 복잡해지는 것은 사람이란 종종 자기가 가지지 못한 것을 좋아한다는 사실이다. 남자가 여자를 좋아하듯이, 자기 자신은 남성적 문장을 쓰지만 남의 글을 읽을 때는 여성적 문장을 선호하는 것은 그리 드문 일이 아니다. 자신의 문장을 스스로 충분히 써서 시험해보기 전까지는 자신이 읽고 좋아하는 스타일이 자신이 글을 쓸 때도 맞는 스타일이리라 굳게 믿고, 그쪽 방향으로 헛된 노력을 거듭하다가 결국은 자신이 좋아하는 것을 쓸 수 없다는 생각에 좌절감을 맛보는 일도 흔하다.

아첨과 독선

문체는 자연체가 좋다고 해서 나태한 자연체에 안주하는 것은 바람직하지 못하다. 인간의 정신은 내버려두면 얼마든지 나태해지고 그러다가 아예 푹 잠드는 경우도 있다. 끊임없는 반성에 의해 정신을 각성시켜 두지 않으면 대개 매너리즘에 빠진다. 문체 또한 그러하다. 늙은 대가의 에세이 같은 것은 문체만이 아니라 내용까지 매너리즘에 빠져 있는 예가 부지기수다. 늙은 대가만의 현상이 아니다. 젊어도 정신이 노화된 사람은 흔한 패턴을 답습하는 데에 저항감을 느끼지 못하거나 자신이 글쓰기의 매너리즘에 빠졌음을 알아차리지 못한다. 앞 부분에 소개한 젊은이들은 그 전형이다.

문체에서 또 하나 말해두어야 할 것은 독자에게 아첨해서는 안 된다는 점이다. 독자에게 아첨하는 것은 문장을 쓰기 시작한 지 얼마 안 된 사람들이 흔히 사로잡히기 쉬운 유혹이다. 왜 그렇게 되느냐 하면 필요 이상으로 독자를 의식하기 때문이다. 아니, 더 정확히 말하면 자신의 독자가 보이지 않기 때문이다. 연예인들은 텔레비전 시스템 저편에 있는 시청자가 보이지 않기 때문에 텔레비전 카메라를 향하여 만인을 향한 미소를 지어 보인다. 바로 그와 같은 심리가 되어버리는 것이다.

텔레비전의 경우는 텔레비전이라는 미디어가 가진 독특하고도 강력한 전달 방식을 통해서 관객에 대한 아첨이 대단히 효과적으로 작동한다. 그것이 텔레비전 카메라를 향하여 웃음 짓는 미소에 불과하다는 걸 간파하고 냉소하는 시니컬한 관객은 많지 않은 것이다. 그러나 문장의 경우 독자에 대한 아첨은 간단히 간파되고 말아 아첨의 효능이 없을 뿐만 아니라 모멸당하는 것으로 끝나기 십상이다.

책을 읽는 과정에서 독자에게 아첨하고 있다는 냄새가 나는 경우보다 더 찜찜한 기분은 없다. 나 같은 사람은 그런 문장을 읽으면 업신여김을 당하는 느낌이 든다. 실제로 그것은 독자를 업신여기는 처사다. 독자는 이러한 아첨을 기꺼이 받아들일 거라는 철석 같은 믿음이 전제되지 않으면 그런 식으로 글을 쓸 턱이 없기 때문이다.

하지만 문장을 쓸 때 독자를 일체 염두에 두지 않는 것도 잘못이다. 독자를 잊은 문장은 독선이 되기 일쑤다. 본인은 알고 쓴답시고 쓰겠지만, 읽는 쪽에서는 아무리 다시 읽어봐도 속 시원히 이해되지 않는 문장이 바로 그런 것이다. 독선은 무수히 실례를 들 수 있을 정도로 빠지기 쉬운 함정이다.

이런 잘못을 피하기 위해서는 자신의 문장을 객관적으로 읽을 능력을 익혀야 한다. 이것은 말은 쉽지만 행하기는 어렵다. 스스로가 자신의 문장을 읽을 때는 아무래도 이해하기 어려운 부분을 만나면 머릿속에서 스스로 해설이나 해석을 보완하며 읽게 마련이기 때문이다. 자신의 문장을 100퍼센트 객관적으로 읽는다는 것은 지난한 기술이다. 그러니까 우리 같은 직업적 저술가의 경우에도 편집자와 교정자가 읽어보고 이상한 부분을 체크하는 것이다.

교정이라는 작업은 일반적으로 생각하듯이 원고와 교정쇄를 대조하여 원고 그대로 되었는지를 체크하는 것만이 아니다(그것밖에 안 하는 이름뿐인 교정자도 꽤 있지만). 문장의 문법적 오류, 구문론적 오류로부터 의미가 불분명한 대목까지 지적해주는 작업인 것이다.

보통 사람들은 잠자코 있으면 누구도 그런 일을 해주지는 않으니까 누군가에게 그것을 의뢰해야 한다. 누구에게 의뢰할지는 충분히 따져봐야 한다. 체크 능력이 없는 사람에게 의뢰하면 무의미하다. 그러나 그걸 해줄 만한 친절한 마음과 체크 능력을 겸비하고 있는 사람은 좀처럼 찾기 어려울 수도 있다.

문장을 쳐내는 훈련

지금까지는 주로 설명 부족의 결함에 대해 논했는데 그 반대로 설명 과잉이 되는 경우도 좋지 않다. 설명 과잉의 부분은 물론 읽어서 이해가 안 되는 건 아니지만 읽다 보면 짜증이 난다. 건너뛰며 읽고 싶어진다. 한쪽에 설명 과잉의 문장을 놓고 다른 쪽에 같은 문장의 설명과잉 부분을 잘 덜어내어 말끔하게 교정한 문장을 놓아 이 두 문장을 나란히 읽고 비교해보라. 그러면 말하고 있는 내용은 같아도 설명량이 적절하냐 그렇지 않으냐에 따라 문장이 주는 효과는 상당히 차이 난다는 걸 느끼고 크게 놀랄 것이다. 자신의 문장이든 다른 사람의 문장이든 상관없으니 한번 실험해보기 바란다.

직업적 저술가의 경우에는 교정쇄를 검토하는 단계에서 페이지 수 맞춤, 행수 맞춤을 위해 잘라내는 작업을 수행한다. 나는 주문받은 매수보다 더 많이 쓰는 경향이 있기 때문에 잡지 기사로 나갈 때 몇백 줄이나 잘라내야 하는 경우가 한두 번이 아니었다. 대개의 경우 일독을 해보면 어느 부분도 잘라낼 수 없을 것만 같다. 잘라내기는 커녕 설명이 부족한 부분이 눈에 띄어 더 보충해 넣을 필요가 있다고 여겨지는 부분을 몇 군데씩 발견하곤 한다. 그럴 경우 우선 잘라내야 한다는 걸 잊어버리고 내가 납득이 될 때까지 보충해 넣는다. 그러고 나서 다시 어딘가 잘라낼 부분은 없을까 하고 이번에는 잘라내는 일만 염두에 두고 다시 읽어본다. 이처럼 보충 작업과 잘라내기는 병행하기보다는 따로 하는 게 좋다.

이 순서가 대단히 중요하다. 잘라내기가 목적인데 보충을 한다는 건 목적에 역행하는 일을 하고 있는 듯하지만 그렇지만은 않다. 잘라내기와 보충은 전혀 다른 목적하에 이뤄지는 행위다. 잘라내기는 양적인 삭감, 보충은 질적인 향상이 목적이다. 질의 수준을 변화시키지 않고 잘라내는 것은 가능하니까, 일단 질적 향상이 추구될 여지가 발견되면 우선 그 작업을 먼저 해야 한다. 가능한 한 질을 향상시켜두고 나서 가능한 한 질을 저하시키지 않도록 양을 줄여가는 것이다.

어딘가 잘라낼 순 없을까 하며 매의 눈으로 열심히 찾다보면 반드시 잘라낼 부분이 나온다. 일독해서 안 나오더라도 두 번, 세 번 다시 읽어보면 반드시 나오니까 참으로 신기한 노릇이다. 커다란 단락을 통째로 싹둑 잘라내 버리는 일도 있고 각 단락에서 몇 줄씩 자르는 경우도 있다. 어쨌든 적어도 이만큼은 자르지 않을 수 없겠다는 전제가 있으면, 심지어 마지막에는 울며불며 잘라낼지라도 어쨌든 간에 잘려나가게 되어 있다.

편집자 일을 오랫동안 하다 보면 이 작업에 숙달하게 된다. 편집자가 하는 작업의 반은 원고의 문장을 쳐내는 데 있다고 해도 과언이 아닐 정도로, 편집과 쳐내기 작업은 밀접한 관계에 있다.

나 자신도 편집자 일을 해본 경험이 있지만 자기 문장을 잘라내는 것과 달리 다른 사람의 문장을 잘라내는 것은 홀가분하게 할 수 있다. 자신의 문장을 잘라낼 때는 여기를 자를까 저기를 자를까 망설이고 또 망설이며 한 줄 한 줄 피눈물 나는 심정으로 자르지만, 타인의 문장을 잘라낼 때는 그리 심하게 헤매지도 않고 데꺽데꺽 잘라낼 수 있는 것이다. 그런데도 나중에 다시 읽어보았을 때 크게 잘못 자른 부분은 없다. 요컨대 사람은 타인의 것은 객관적으로 신속하게 가치판단을 할 수 있지만, 자신의 것에 대해서는 그게 참 안 되는 존재다. 그러니까 잘라내기는 다른 사람의 글을 잘라내면서 연습하는 게 좋다.

흔히 학교 국어교육에서 문장 요약을 시키는 일이 있다. 그러나 나는 요약을 시키기 전에 문장을 잘라내는 연습을 시켜야 한다고 생각한다. 자기 혼자서라도 그런 연습은 간단히 할 수 있다. 누구의 문장이든 좋으니까 어떤 문장을 열 줄 잘라보자든가, 쉰 줄 잘라보자, 라고 결심한 다음 시도해보기 바란다. 대부분의 문장이 갖고 있는 정보량을 거의 손상시키지 않고도 상당 부분 베어낼 수 있음을 확인하게 될 것이다. 그리고 대부분의 문장은(대단한 명문장은 별도로 하고) 잘라내면 오히려 훨씬 좋아진다.

독자와의 공유지식

설명의 과잉과 부족 이외에 설명 미숙도 있다. 세상에 난해한 문장이라 불리는 것이 다양하게 있지만, 그 태반은 쓸데없이 난해한 문장들이다. 요컨대 설명 부족이거나 아니면 설명 미숙 탓에 난해한 것이다. 난해한 문장을 감사히 여기는 사람들이 세상에는 꽤 있지만, 그런 사람에게 캐물어보면 대체로 이해가 안 되니까 뭔가 대단한 것임에 틀림없다고 여기는 것이지 이해가 돼서 고마워하는 게 아니다. 비트겐슈타인이 말했듯이, "이야기할 수 있는 것은 명석하게 이야기할 수 있다." 난해한 문장의 필자는 질책을 받아야 할 사람이지 칭찬받아야 할 사람이 아니다.

그러나 명석하게 이야기한다는 것은 꽤나 어려운 것이다. '이렇게 하면 명석하게 얘기할 수 있다'는 간단한 비법은 나도 모른다. 다만 몇 가지 원칙적으로 주의해야 할 점을 들어두자면, 우선 첫째로 독자와 자신이 공유하고 있는 공통의 전제지식이 무엇인가를 늘 인식해두는 것이다. 아니, 미리 인식해둔다기보다도, 그것은 글을 쓰면서 자신이 설정해가는 것이다.

어떤 개념이나 사실을 어떤 설명도 없이 사용하기로 했을 때, 그것에 있어서 하나의 공유지식의 틀이 설정된다. 문장을 쓴다는 것은 그 설정을 연속적으로 행하는 것이다. 그럼으로써 어떤 사람이 독자일 수 있는지에 대한 틀 또한 설정된다.

역으로 말하면 뭔가 새로운 책을 손에 들었는데, 독자가 당연히 갖고 있다고 책의 저자가 기대하는 지식을 자신이 갖고 있지 않다는 것을 알게 되면(예컨대 설명 없이 사용되는 개념이 전혀 이해가 안 되었다면), 그 책을 읽기 전에 다른 수단을 통해 예비지식을 얻을 필요가 있다는 것이다. 중요한 것은 이 틀의 설정 방식에 내부모순이 있어서는 안 된다는 점이다. 예를 들어 하위개념은 상세하게 설명하면서도 상위개념은 설명 없이 사용한다든가, 서로 연관되어 있는 같은 레벨의 개념 중 한쪽은 설명해놓고 다른 쪽은 설명하지 않는 경우가 그렇다.

주의해야만 하는 것은 역사적 사정에 관한 글을 쓸 경우다. 대부분의 사람들은 자기 세대가 공유하고 있는 지식을 일반인들 또한 공유하는 지식이라 굳게 믿어버린다. 그러나 날이 갈수록 자신이 속하고 있는 세대는 보다 연로한 세대의 범주에 들어가고, 날이 갈수록 보다 새로운 세대에 속하는 자는 늘어나기 마련이다.

벌써 오래전에 일본 인구의 과반수를 전후세대가 점하게 되었다. 아니, 그 정도가 아니라, 지금의 20세 청년에게는 소위 '60년 안보'(1959년부터 1960년에 걸쳐 일미안전보장조약 개정을 반대하는 투쟁이 전국적으로 전개되면서 조성된 일련의 사태.—옮긴이)는 태어나기도 전의 일이었고, 1984년부터는 도쿄올림픽 이후에 태어난 청년들이 성인식을 맞이하게 된다. 자신이 나이를 먹어감에 따라 역사적 사정에 관해서는 자신이 생각하는 이상으로 설명을 가하지 않으면 안 된다는 점을 알아둘 필요가 있다.

그와 동시에 알아둘 것은 시대에 따라 학교교육의 내용이 대폭 달라진다고 하는 사실이다. 이는 특히 과학적 지식 분야에서 현저하다. 분자생물학의 기초지식이나 집합론 등등은 구세대에게는 많은 말을 사용하여 길게 설명하지 않으면 안 되지만, 젊은 세대에게는 전혀 설명하지 않아도 되는 경우가 많다.

내가 저널리즘의 세계에 들어와 내딛은 첫걸음은 주간지 기자가 된 것이었다. 그때 선배기자로부터 엄하게 가르침을 받았는데 그 내용은 '문장의 구석구석까지, 과연 중졸짜리도 알 수 있을까 자문하면서 알기 쉬운 문장을 쓰라'는 것이었다. 같은 얘기를 지금의 젊은 신입기자들에게 했다면 오해를 초래할 것이다. 당시와 지금은 학력구성이 완전히 다르기 때문이다.

그 시점(1964년)에서 학교를 졸업하자마자 그해 취직한 사람만을 생각해도 중졸자가 틀림없이 30퍼센트 정도는 있었다. 이미 성인이 되어 사회인이 되어 있는 사람들 전체의 학력을 생각해보면 당시는 중졸자가 다수파였던 것이다. 지금은 고졸자가, 곧 대졸자가 사회의 다수파가 된다. 그렇다고 해서 평균적 고졸자가 가진 지식을 공유지식이라 전제하고 글을 쓰려 해도, 과학이나 기술이 관련되는 문제라면 어느 시대의 고졸자를 전제로 해야 하는지에 따라 이야기가 달라질 것은 앞서 이야기한 대로다.

'충족이유율'

설명 미숙의 근본원인을 살펴보면 대체로 설명 순서가 잘못된 경우가 많다. 설명 순서를 바꾸기만 해도 명료해지는 예가 많다. 그러면 올바른 설명 순서는 어떠해야 할까? 그것을 생각하기 위해서는 모름지기 설명이란 어떠한 프로세스인가를 생각할 필요가 있다.

설명 없이 그냥 전제해도 괜찮은 공유지식을 독자와의 사이에 가짐으로써 이야기는 출발한다. 이야기를 전개한다는 것은 그 공유지식 위에 새로운 공유지식을 쌓아올리는 것이다. 이야기를 전개할 때마다 공유지식의 산을 무난히 쌓아올려 가다가 최종적으로 결론 부분의 인식을 독자와 공유할 수 있으면 되는 것이다. 그것이 잘되지 않는 원인은 두 가지다. 쌓아올리는 방식이 잘못된 경우, 쌓아올리는 재료가 잘못 선택된 경우.

정통적인 쌓아올리기는 피라미드형이다. 순서에 따라 큰 것부터 시작하여 점차 작은 것을 쌓아간다. 즉, 대전제나 대상황에 있어서 독자와의 공유지식을 확립하고 나서 중전제, 중상황으로 나아가는 것이다.

물론 정통적인 방법만이 유일한 방법은 아니다. 정통적인 순서를 일부러 무너뜨려보는 것도 때로는 재미있는 문장 테크닉일 수 있다.

그러나 파격적으로 쌓아올리는 방식을 자주 사용하면, 즉 작은 것 위에 큰 것을 쌓아올리기를 반복하면, 산 전체가 불안정해져서 손가락 하나 까딱 잘못 놀려도 모조리 뒤집어질 수가 있다. 기본은 어디까지나 정통적인 쌓아올리기다. 산을 한 단 쌓아올릴 때마다 다음 산을 쌓아올릴 수 있는 지반이 충분히 확보되었는지에 관해, 자기 발로 여기저기를 힘껏 디뎌가며 확인해보아야 한다.

구체적으로는 논리학에서 말하는 '충족이유율'이 만족되었는가를 확인하라는 말이다. 어떤 것을 말하기 위해 그렇게 말할 수 있는 충분한 이유가 제시되었는지를 보라는 것이다. 그걸 확인하는 좋은 방법은, 자신이 누군가와 한창 논쟁을 하고 있고 그래서 조금이라도 빈틈이 있으면 내 쪽의 어떤 약한 부분이라도 상대방이 물고 늘어질 것이라 가정하는 것이다. 그렇게 가정하고 나서 자신이 쓴 것을 새로 읽어보는 것이다. 쉽게 말하면 내가 저쪽 논쟁 상대라는 생각으로 다시 읽어보라는 말이다.

혹은 이쪽에 조금이라도 빈틈이 있으면 고소할 태세로 잔뜩 벼르고 있는 사람이 있다고 상정해도 좋다. 나는 몇 번이나 고소당하기도 하고 고소당할 뻔하기도 했으며, 혹은 쟁쟁한 논객들과 논쟁을 거듭해봄으로써 이런 면이 아주 향상되었다. 스스로 위태로운 다리를 건

너보는 것이 향상의 지름길인데, 그렇게까지 고소나 논쟁의 기회가 많은 사람은 현실적으로 없을 테니까 보통은 가상의 논쟁으로 만족할 수밖에 없다.

아니면 남의 문장을 읽고 이 녀석을 철저히 논박해보려고 시도하는 것도 괜찮다. 예전 학생 시절에 어느 선생님으로부터 어떤 대학자의 너무도 유명한 명저라도 상관없으니까, 그 책의 첫 문장부터 시작해서 모든 문장의 끝에 "……라고 이 저자는 말하지만 진짜 그렇다고 할 수 있을까"라는 구절을 머릿속에서 덧붙인 다음 그대로 생각해보는 것을 한 문장마다 참을성 있게 성심껏 반복하다 보면 어떤 대저작에서도 논리적 결함을 발견할 수 있다고 배운 적이 있다. 그것은 참 맞는 말이다. 세상에 완벽한 논지 같은 것은 존재하지 않는다. 어떤 대저작에도 반론을 쓰려고 마음먹으면 쓸 수 있다. 물론 승패, 즉 설득력 있는 반론이 되느냐 못 되느냐는 별 문제지만.

여기서 레토릭(수사법)에 대해서 한마디 해두자. 레토릭이란 논리 전개의 장식이다. 정교한 표현법이라는 얘기다. 이것은 너무 깊이 배우려고 하지 않는 편이 좋다. 프랑스의 국어교육에는 레토릭이 정규 수업에 들어가 있는데, 프랑스 사람들의 문장을 읽으면 일류 작가의 문장은 차치하고서, 이류 이하의 사람들이 쓰는 것은 신문이나 잡지 기사까지 포함하여 바보 같을 정도로 어리석은 레토릭 과잉으로 인해 읽다 보면 진절머리가 난다. 별 이유도 없는데 특별히 레토릭을 배우는 것은 태반의 사람들에게는 해롭게 작용한다.

레토릭은 자연히 몸에 배도록 맡겨두는 게 바람직하다. 뭔가를 읽고 허~! 하고 탄식하며 무릎을 칠 만한 레토릭과 만나면, 거기서 멈춰 두세 번 더 그 전후를 읽어보는 습관을 익혀보라. 그러면 자연히 자기가 좋아하는 레토릭에 익숙해져 간다.

12

회의하는 정신

'안전한 확증'

세상에는 상상 이상으로 엉터리 정보가 많다. 이 세상에서 유통되고 있는 진실의 양보다는 거짓이나 엉터리의 유통량 쪽이 훨씬 더 많을 것이다. 따라서 여하한 정보에 접해서도 언제나 그 진실성을 음미하고 나서 받아들이는 습관을 익혀둘 필요가 있다.

한마디로 회의정신이 필요한 것이다. 저널리스트 등과 같이 정보를 취급하기를 직업으로 삼은 사람들은 직업적 회의정신이 몸에 배지 않으면 안 된다.

회의정신이라고는 해도 일상생활에 있어서 접하는 온갖 정보를 하나하나 의심해서는 노이로제에 걸리고 만다. 그러니까 그 사람 나름대로 회의심을 발동하는 기준을 만들어두어야 한다. '어! 이거 정말인가?'라고 잠깐이라도 의심이 머리 한구석을 스쳐 지나간 것에 대해서는 반드시 본격적으로 의심을 해보든가, 아니면 지나칠 정도로 좋은 얘기, 너무나 안성맞춤인 얘기는 반드시 의심해보든가, 기준은 자신의 취향대로 만들어도 좋다.

그에 반해 직업적 회의의 경우는 비록 사실일 거라는 직감이 드는 것마저도 일단은 의심해보는 것을 철칙으로 한다. 어떤 정보에 대해서도 혹시 저것이 거짓이 아닐까 의심해본다. 그리고 확실히 해두기 위해 자신이 얻은 정보가 거짓이 아님을 확인한다. 소위 '안전한 확증'이다.

정보의 진실성에 자신이 진짜로 의심을 품고 있을 때 안전한 확증을 잊어버리는 일은 없지만, 직감적으로 진짜 사실이라고 느낀 정보에 대해서는 프로라도 자칫 잊기 쉽다. 그래서 미확인 정보를 얻었으면 자신의 실감과는 관계없이 기계적으로 안전한 확증을 하도록 아예 조건화해놓는 게 좋다. 확인이 되기 전까지는 그것이 미확인 정보임을 잊지 말고 그에 걸맞은 처리를 하는 것이다.

사람은 자신이 믿고 싶은 것은 쉽사리 믿어버린다. 믿고 싶은 거라면 미확인 정보라도 그만 진실이라고 믿고 만다. 역으로 믿고 싶지 않은 것은 어떻게든 그 정보가 진실이 아니라는 증거를 찾으려 한다. 누구라도 그러한 편견으로부터 100퍼센트 자유롭긴 어렵다. 자신이 믿고 싶은 것에 딱 들어맞는 미확인 정보를 얻었을 때야말로 안전한 확증을 잊지 말자, 라고 평소부터 자신에게 타일러두는 것 말고 다른 예방법은 없다.

일류 뉴스 미디어에 들어가 프로 저널리스트로서 기초훈련을 받은 사람은 반드시 기초훈련 과정에서 이 원칙을 주입받는다. 머리로 배우는 것만으로는 충분히 새겨지지 않고, 선배의 실패담을 여러 가지로 듣는다든가, 아니면 자신이 안전한 확증을 게을리해서 몇 번 실패한 경험을 거침으로써 몸으로 익혀간다.

출판 저널리즘의 경우는 신입사원에게 체계적인 기초훈련을 소홀히 하고 있어서, 일류 주간지라도 스태프고 프리랜서 취재기자를 불문하고 겉으로는 어엿한 기자처럼 보이지만 실은 취재의 기초가 부족한 사람들이 드물지 않다. 안전한 확증이 충분치 않아서 실패하는 예가 많은 것은 바로 그래서다. 체계적인 훈련을 받지 않아도 취재 작업만으로 밥벌이를 하는 사람은, 몇 년 정도에 걸쳐 몇 번의 실패를 거듭함으로써 자연히 엉터리 정보에 대한 후각이 발달할 수 있는데,

그것도 성격과 마음가짐 나름이어서 그 원칙이 몸에 배는 게 안 되는 인간은 끝까지 안 된다.

정보의 낙차

일반적으로 우선 유의해야 할 것은 어떠한 정보에 대해서든 그것이 오리지널한 현실로부터 몇 단계의 가공을 거친 다음 전달된 정보일까 생각해보는 것이다.

자기 눈앞에서 현실을 보는 상태를 감각기관을 거쳐 '1차 정보'를 얻는 상태라 부르자. 현장에 있던 사람으로부터 현장의 정황을 듣는 것은 '2차 정보'다. 뭔가 사건이 일어나고 기자가 현장에 가서 거기 있던 사람으로부터 들은 정황을 보도할 때, 기자가 얻은 정보는 2차 정보지만, 그 기자에 의해 보도된 정보는 '3차 정보'다. 기자의 정보가 한번 데스크에 올라 거기서 가공되면 '4차 정보'가 된다.

신문에 나는 작은 사건들은 모두 경찰의 발표를 메모한 것이다. 경찰에는 홍보 담당자가 있는데 이 사람이 현장 담당자로부터 정보를 받아 발표한다. 경찰서에서 홍보 담당의 직급은 차장이다. 현장의 형사와 차장 사이에 형사과장이 있어 정보를 인계하는 경우에는 기자의 귀에 들어오는 단계에서 이미 3차 정보가 된다. 그것이 그대로 기사가 되었을 경우 독자의 눈에 들어올 때는 4차 정보가 된다.

사회면의 작은 사건 기사는 거의 다 이 유형에 속한다. 기자가 작은 사건을 접한 다음 독자적으로 그 사건을 새로 추적하여 작성한 기사를 읽어보면, 처음의 신문보도와 너무나도 달라 대단히 놀라운데 이런 예는 얼마든지 있다.

일반적으로 1차 정보에서 멀어질수록 정보의 질은 떨어진다. 특히 1차 정보와 2차 정보 사이의 낙차落差, 2차 정보와 3차 정보 사이의 낙차는 심하다. 즉, 자신이 현장에 있던 경우와 현장에 있던 사람으로부터의 전달 정보밖에 얻을 수 없는 경우의 낙차, 현장에 있던 사람으로부터 직접 이야기를 들을 수 있는 경우와 그 내용을 전해 듣는 것밖에 할 수 없는 경우의 낙차는 꽤 큰 것이다.

객관적 1차 정보의 함정

1차 정보라면 절대로 확실한가 하면 그렇지도 않다. 감각기관에 의한 인간의 지각에는 의외로 믿지 못할 구석이 있다. 인간의 지각 능력이 얼마나 믿기 힘든가에 대해서는 심리학 분야에서 수많은 실험들이 행해졌기 때문에, 심리학 책을 펴고 조금 공부를 해두는 게 좋겠다.

많은 사람들을 한곳에 모아두고 거기서 예고 없이 하나의 작은 사건을 일으킨 다음, 거기에 있던 사람 전원에게 자신이 목격한 것을 보고하게 하면, 저마다의 보고 내용이 모두 다르며 등장인물의 성별, 연령, 복장, 발언, 행동 하나하나에 대해서 전혀 상반되는 보고가 나오기도 한다.

인간의 지각을 바탕으로 한 주관적 1차 정보 외에 사진, 비디오, 녹음기 등 기계적 기록 장치에 의한 객관적 1차 정보가 있다. 이쪽이라면 인간의 지각 같은 오류를 범하지 않을 것이라 생각할 수도 있겠다. 물론 기록 자체의 정확성은 인간의 기억보다 훨씬 더 높을 것이다. 그러나 이쪽의 문제는 그런 기록이라는 게 언제나 생생한 현실의 일부를 시간적, 공간적으로 절취한 것이라는 점에서 부분적 기록에 불과하다는 사실에 있다.

그러니까 현실의 총체와 비교할 때 그것은 어떠한 부분인가(시간적, 공간적으로)라는 정보가 아울러 주어지지 않으면, 사태에 대한 판단을 잘못 내리게 된다. 기록의 정확성이 높은 만큼, 부분이 그렇다면 전체도 그렇겠지, 하면서 부분으로부터 전체를 연역해버리는 오류를 범하기 쉬운 것이다. 말할 필요도 없겠지만, 전체로부터 부분을 연역해낼 순 있어도 부분으로부터 전체를 연역해서는 안 된다.

예컨대 여기에 캔버스 전면을 새카맣게 칠하고 거기에 겨우 한곳만 붉은 점이 있는 그림이 있다고 하자. 그 붉은 부분을 확대한 사진도 그 그림의 부분적 기록으로서는 정확하다. 그러나 그 사진을 '이것이 그 그림의 사진입니다. 부분도이긴 합니다만'이라며 원화를 모르는 사람에게 제시한다면, 그 사람은 원화와는 전혀 다른 전체상을 머릿속에 그릴 것이다. 거짓말을 하지 않고도 사람을 속일 수 있는 것이다.

이것은 문제를 단순화시킨 예지만 과장된 예는 아니다. 사진이든 영화나 비디오, 녹음기 같은 매체이든 객관적이고 기계적으로 기록된 자료에 관해서는 일상다반사로 이런 문제가 발생한다. 적어도 그 기록이 문제의 현장 기록이라는 게 확실한 경우에는 그래도 아직 괜찮다. 오래된 기록의 경우는 그것이 확실치 않은 경우도 생긴다.

특히 사진 같은 것은 한 장 한 장의 사진마다 그 사진이 찍혔을 때의 상황이 기록되어 있지 않다. 그래서 전혀 다른 사진이 문제의 현장 사진과 바뀌는 등의 치명적 오류를 범하는 일도 있다. 모리무라 세이이치의 『악마의 포식』 사진오용 사건은 그 전형적인 예다(『악마의 포식』은 소설가 모리무라 세이이치가 시모자토 마사키의 취재를 바탕으로 관동군 731부대에 대해 쓴 저작이다. 구 만주국에서 731부대가 행했다고 하는 인체실험을 상세히 그려냄으로써 큰 화제를 불러일으키며 베스트셀러가 되었다. 그런데 당시 부대원이었다는 인물로부터 제공받았다는 사진을 새로 발굴한 사진이라며 제2부의 단행본에 수록했는데 그 사진의 태반이 다른 사건의 사진으로 판명되었다. 작가 모리무라 자신도 "제공된 사진에 그런 게 섞여 들어갔다"고 말함으로써 사진오용 사실을 시인했다.―옮긴이). 영화 분야에서도 자칭 역사 다큐멘터리라고 하지만 실은 오래된 극영화의 장면들을 오래전 기록영화의 장면이라 칭하며 사용하는 일들도 있다.

객관적 기록에 대해서는 그 객관성에 빠져 진실성의 음미를 그만 소홀히 하고 마는 일도 종종 있다.

부분으로부터 전체를 연역하는 오류

주관적인 1차 정보에 대해서도 지각 능력에 기인하는 불완전성과 함께 인식의 부분성에 기인하는 오류가 객관적 기록의 경우와 마찬가지로 종종 발생한다. 자신이 현장에 있으면서 제 눈으로 보고 제 귀로 들었다고 하는 확실성에 너무 빠져서, 자신이 보고 들은 일이 인식해야 할 전체 중의 어느 부분에 대한 것인지 따져 묻는 냉정한 판단 능력을 상실하고 마는 것이다. 그 결과 자신이 알게 된 부분을 가지고 전체를 연역하는 오류를 범하게 된다. 이는 자신이 얻은 정보가 고도로 가치 있는 정보일수록 범하기 쉬운 오류다.

신문사의 정치기자 중에 '번番기자'라고 해서 유력 정치가의 품속까지 뛰어들어 취재하는 기자들이 있다. 이 사람들은 그 파벌에 관해서는 극히 고도의 정보를 갖고 있는데, 다른 파벌에 관해서는 보통 사람들 수준의 정보밖에 없다. 그런 경우 자신만이 가진 정보에 대해 얼마나 냉정하게 객관적 평가를 내리고, 다른 정보와 종합하여 정국 전체의 동향을 읽을 수 있는가에 따라 그 사람의 정치기자로서의 역량이 정해진다.

번기자 중에는 자신만이 가진 정보를 과대평가하여 오로지 자신의 특급 정보에 의해서만 정세를 판단하려고 한 결과, 정국 전체를 제대로 읽어내지 못하는 사람도 적지 않다. 정치기자만이 아니다. 어떤 일이든 예외 없이 고도의 정보원을 가진 사람, 고도의 자료를 가진 사람은 동일한 오류를 범하기 쉬우니, 그것을 과대평가하지 않도록 늘 자신에게 경계해두지 않으면 안 된다.

1차 정보라 해도 이런 식의 문제가 있으니 하물며 2차 정보라면 더욱 그러하다. 요컨대 그 정보의 매개자의 질을 재삼 따져보지 않은 상태에서 그 정보를 신뢰하는 것은 위험하다.

정보관리와 정보차단

　프로 취재자들에게 있어서 3차 정보 및 그 이하의 정보원은 거의 취재가치가 없다 해도 과언이 아니다. 현장을 직접 알지 못하는 사람으로부터는 이야기를 들어봤자 그걸 가지고 뭘 어떻게 할 방법이 없는 것이다. 프로 취재기자가 3차 정보 이하의 정보원을 접할 경우, 그때 그는 누가 1차 정보의 소유자이고 누가 2차 정보의 소유자인가를 최대한 알아내는 일을 한다. 즉, 3차 정보 이하의 정보원은 오로지 진정한 정보의 소재를 알기 위해서만 이용하는 것이다.

　정보의 차수가 1차에서 멀어질 때마다 얼마만큼 정보의 질이 저하되는가에 대해서는 일반론이라는 게 불가능하다. 정보의 매개자의 질에 따라 상황이 전혀 달라지기 때문이다. 특히 문제인 것은 정보를 은폐하려고 하는 자가 매개자로 들어왔을 경우다. 그 전과 후에는 정보량이 압도적으로 저하된다. 아니, 그 정도가 아니라 정보가 확 바뀌어버린다든가 완전한 거짓정보가 흘러들어 오든가 하는 일도 있다.

　예를 들어 근래(1983년 가을) 밀실에서 1시간 40분에 걸쳐 행해진 다나카와 나카소네(일본의 역대 총리인 다나카 가쿠에이와 나카소네 야스히로.―옮긴이)의 회담이 있다. 이 회담의 내용에 대해 진짜 1차 정보를 가진 것은 다나카와 나카소네 두 사람뿐이다. 이 두 사람으로부터 직접 설명을 들은 사람들, 예컨대 총무회에서 나카소네 수상으로부터 보고를 받은 자민당 총무 등이 2차 정보의 소유자들이 된다. 다나카든 나카소네든 이 회담에서 진짜 주고받은 이야기의 아마 10분의 1도 다른 사람에게는 이야기하지 않았을 것이다. 나머지 10분의 9 이상은 필시 두 사람 모두 무덤에까지 가지고 갈 것이다. 1차 정보와 2차 정보의 낙차는 말하자면 이런 정도다.

특별히 다나카와 나카소네의 회담만 그런 게 아니다. 세상의 모든 곳에서 1차 정보의 대부분이 당사자 이외의 다른 사람에게 알려지지 않은 채 영원의 어둠 속으로 사라져간다. 알려지지 않기를 바라는 정보는 도처에 있다. 알려지지 않기를 바라는 정보는 은폐된다. 은폐된 정보가 있다는 사실조차 은폐된다. 저널리스트가 아무리 분투해도 은폐된 정보의 총량과 비교할 때 저널리즘이 폭로할 수 있는 정보의 양은 어떤 저널리스트라도 부끄럽지 않을 수 없는 비율밖에 안 된다.

현대사회의 주요 부분을 구성하는 거대조직은 관청이든, 기업이든, 그 밖의 어떤 조직이든 간에 모두 철저한 정보관리를 행하고 있다. 홍보 담당자가 있어 조직 바깥에 널리 알리고 싶은 정보를 적극적으로 유포하는 한편, 조직 바깥으로는 알리고 싶지 않은 정보를 차단하는 역할을 수행한다. 저널리스트를 비롯하여 조직 밖에 있는 누군가가 알고 싶어 왔을 때 이것저것 알아냈다고 생각하게 만들어 그만 물러나길 바라는 역할이다. 홍보 담당자를 경유하면 그 자체가 이미 정보의 차수를 한 단계 늘리고, 게다가 그것이 정보를 은폐하고 싶어하는 질 나쁜 매개자이기 때문에 정보의 질은 뚝 떨어진다.

일본 뉴스 미디어의 최대 병폐는 일상적인 뉴스 취재가 각 거대조직에 마련된 기자클럽(기자실)과 그 조직의 홍보 담당자의 공모 속에서 이뤄진다는 점이다. 최근에는 각 조직의 홍보 담당자들 모두 열심히 공부하고 있어, 그대로 본사에 송고하면 곧장 기사가 될 정도로 잘 가공된 정보를 기자클럽을 통해 흘린다. 실제로 그걸 극히 일부분만 잘라내어 그대로 기사로 쓰는 게으름뱅이 기자들이 적지 않다. 그런 경우 뉴스 미디어는 거대조직 연합의 홍보기관으로 전락하고 마는데, 슬프게도 그게 현실이다.

뉴스 미디어라는 이름에 걸맞은 역할을 하려면, 기자클럽 시스템에 안주하지 말고 거대조직이 외부에 알리고 싶어하지 않는 정보를 캐내어 보도하는 일에 적극적으로 나서야 한다. 그렇지 않으면 독자와 시청자들의 믿음을 잃어버릴 것이다.

출처와 동기의 음미

본래의 이야기로 돌아가서, 어쨌든 간에 어떤 정보를 접하면 우선 그것이 몇 차 정보인지를 생각하고, 다음으로 각 단계에 있어서의 정보 매개자의 질을 생각한다. 정보가 흘러오는 과정 어딘가에서 의식적 정보 조작이 가해졌을 가능성이 있는지를 생각하는 이런 체크 작업이 정보의 질을 평가함에 있어서 필요하다.

그때 주의해야만 할 것은 정보 그 자체를 본 것만으로는 그것이 몇 차 정보인지 알 수 없는 경우가 있다는 사실이다. 예를 들면 홍보 담당자가 말하는 내용을 기자가 그대로 꿀꺽 삼켜 기사를 쓴 경우, 홍보 담당자가 준 정보가 오리지널 정보에서 얼마나 거리가 떨어져 있는지, 그 기사를 읽는 독자들은 알 길이 없다. 매끄럽게 씌어진 비양심적 기사(이런 게 상당히 많다)라면, 마치 그 기사를 쓴 기자가 1차 정보를 가진 사람인 양 그럴싸하게 꾸며 쓰는 것이 보통이다. 세상에는 불성실한 필자들도 많이 있어, 어디서 많이 본 듯한 거짓말을 태연하게 쓰는 사람이 적지 않다.

또한 정보 제공자가 속이는 일도 꼭 드물지만은 않다. 불확실한 정보를 확실하다고 한다든가, 자신이 다른 사람으로부터 들은 것에 불과한 이야기를 목격담처럼 말한다든가, 추측에 불과한 것인데 체험한 사실처럼 이야기해준다든가, 꼭 악의를 가져서가 아니라 자신이 가진 정보의 가치를 크게 보이기 위해 그만 거짓말을 뱉어버리는 일도 종종 있다.

어쨌거나 어떤 정보든 수용하기 전에 반드시 음미하는 과정이 필요하다. 사과를 사기 전에 혹시나 상한 사과가 아닐까, 누구나 조금은 살펴보듯이, 정보도 받아들이기 전에 상한 것이 아닌지 좀 조사해볼 필요가 있다.

정보 음미의 기본은 그 정보의 출처를 생각하는 일이다. 앞서 말했듯이 몇 차 정보인지를 생각해보는 데 그치지 말고, 그 정보를 그 정보 제공자가 어떻게 알 수 있었을까, 오리지널 정보원으로부터 그 정보 제공자에게 정보가 흘러들기까지의 프로세스 전체를 상상한다든가, 따져 묻는다든가 해서 그 프로세스에 뭔가 의심쩍은 부분은 없는지, 정보전달 과정에 문제는 없는지 등을 숙고해본다.

정보 제공자가 정보의 출처에 대해 애매하게 얼버무리는 경우, 아니면 본래 그 정보를 알 수 없는 사람이 알고 있다고 자처하는 경우 등, 요컨대 정보의 전달 과정이 불분명한 경우는 속지 않도록 다소간 신중하게 들을 필요가 있다.

또한 그 정보 제공자(미디어, 기관 등을 포함)가 왜 그 정보를 제공해

주는가, 그 동기도 생각해봐야 한다. 동기가 불순하더라도 정보 내용
은 올바른 경우도 적지 않지만, 동기가 불순하면 내용이 왜곡되어 전
달되는 정보가 많고, 내용이 사실인 경우라도 부분적 정보, 일면적 정
보이기 때문에 전체적인 관점에서 보면 잘못된 의미를 전하는 정보
인 경우도 적지 않다. 후자는 그 예가 대단히 많은 만큼 특히 주의해
야 한다.

정보제공의 동기를 알아내는 과정에서 주의할 것은 문제가 있는
동기일수록 그 동기는 은폐된다는 점이다. 그것이 원한 같은 감정적
인 것이라면 간파하는 것도 어렵지 않은 편이다. 그러나 그 정보를
제공하는 일이 어딘가 생각지도 못한 지점에서 정보 제공자의 이익
과 연결되는 경우가 있다. 이런 경우는 쉽사리 간파되지 않는다. 경
험에 의한 감을 통해 수상쩍다 싶으면 그에 걸맞은 취급을 해주는 것
이외에 다른 대응책은 없다.

오리지널 정보에 접근하라

이 바닥에서 오래 일을 하다 보니 세상에 이토록 엉터리 정보가 광
범하게 유포되어 있단 말인가, 깜짝 놀랄 만큼 엉터리 정보가 많다.
그리고 저널리즘이나 논픽션 세계에서 밥을 벌어먹는 프로페셔널 중
에도 엉터리 정보 애호가가 적잖이 있고 엉터리 정보를 모아 미디어
에 뿌리는 역할을 하는 사람도 있다.

그런 사람에는 두 종류가 있는데, 첫째 타입은 그것이 엉터리 정보

임을 알면서 재미로 혹은 돈벌이를 위해 그렇게 하는 사람, 둘째 타입은 엉터리 정보가 엉터리 정보인줄 모르고 이거야말로 진상이요 진리라고 철석같이 믿어버리는 사람이다.

둘 중에 후자 쪽은 부처님도 구제 못한다. 믿음이 굳건하기 때문에 자기 생각에 불리한 정보에는 무조건 눈을 감고 귀를 덮는다. 자기 생각에 부합하는 정보만을 수집·나열하면서 믿음은 점점 더 굳어져만 간다. 그런 믿음이 철석같은 사람은 사실탐구에 부적격자다. 좋은 사실탐구자가 될 수 있는 사람은 언제나 건전한 회의정신(병적인 회의심 또한 마찬가지로 곤란하다)을 잃지 않는 사람이다.

그리고 사실을 조사하여 글을 쓴다는 행위는 가설검증 과정이라는 인식을 놓치지 않고, 절대로 교조적이지 않는 것이다. 다른 표현을 쓰자면 철두철미하게 사실로부터 결론을 끌어내라는 말이다. 먼저 결론이 있고 그 결론을 지지해줄 수 있는 사실을 모아 연결시키는 짓 따위는 결단코 하지 말아야 한다.

정보들을 모으는 과정에서 뭔가 자신이 납득할 수 없는 정보와 맞닥뜨린다든가, 아니면 아무래도 이 정보는 수상쩍다는 감이 온다든가 하면, 그 정보를 스스로 추적하여 최대한 자기 자신이 오리지널 정보에 접근해보는 게 바람직하다. 다른 사람의 이야기라면 정보원을 직접 만나러 간다. 기록이라면 자신이 그 원본 기록을 확보하여 확인해본다. 문헌이라면 원전을 상대해야 한다. 번역이라면 원문과 대조해본다. 숫자라면 그 숫자가 나온 출처를 더듬어가서 어떠한 방법론에 의해 어떠한 조사를 해서 나온 숫자인지를 확인해보는 작업이 필요하다.

여하튼간에 "한걸음이라도 더 오리지널 정보 쪽으로 접근하라"는 원칙을 늘 잊지 않는다. 그리고 자신이 진짜 오리지널 정보를 움켜쥔 상태에서 그 정보량이 2차 정보나 3차 정보와 비교하여 얼마만큼 풍부한지를 몸소 몇 번이고 음미해본다. 그러한 경험을 몇 차례 쌓아가다 보면 정보의 신뢰도를 검증하는 실력이 점점 더 향상될 것이다.

그런 검증 실력이 향상되면 다른 사람이 쓴 것을 읽는 것만으로도 그 필자가 얼마나 오리지널 정보에 바탕을 두고 있는지, 또한 얼마나 정보의 신뢰성을 음미한 것인지를 읽어낼 수 있다. 그것을 읽어낼 수 있게 되면 이 세상에 얼마나 많은 불철저한 글들이 명성을 얻고 있는지를 알고 놀랄 수밖에 없을 것이다.

버벌 저널리즘

일본에, 특히 출판 저널리즘에 만연한 하나의 악폐는 버벌verbal 저널리즘이다. 나는 이 말을 팩트fact 저널리즘의 대극에 있는 것으로 사용하고자 한다. 요컨대 다른 사람의 코멘트를 이것저것 모아 그것을 재밌고도 우습게 적당히(혹은 대단히 진지하게) 연결함으로써 기사 하나를 만들어내는, 주간지 기사에서 일반적으로 사용되는 수법을 말한다. 최근에는 이런 수법으로 단행본을 쓰는 사람까지 존재한다.

이 수법으로 쓴 기사들은 거의 모든 정보들이 다른 사람의 코멘트 속에 있다. 코멘트가 담겨 있는 정보의 진위 문제는 발언자에게 일임되고, 저자 자신이 새롭게 알아낸 사실은 없다. 적어도 그러한 발언이 있었던 것 자체는 사실이지만, 발언 내용이 사실인지에 대해서는 저자가 책임을 지지 않는 형식을 취한다. 요컨대 거기에 있는 것은 말(버벌)의 차원에서만 사실일 뿐, 진짜 사실이냐 아니냐는 알 수 없다.

저널리즘의 본래 모습은 역시 팩트 그 자체의 추구에 있을 터이다. 그런 입장에서 보면 이런 수법은 명백히 교활한 도피이며 퇴폐다.

나는 주간지 기자로서 저널리즘 경력을 시작했기 때문에, 나 자신이 버벌 저널리즘에 해당하는 작품을 많이 쓴 적이 있다. 그리고 이것이 가능한 한 적은 취재로, 가능한 한 긴 기사를 쓰기 위한 가장 좋은 수법임을 잘 알고 있다.

자신의 마음이 담기지 않은 기사일 때는 하나하나 취재를 진행하면서, 지금의 코멘트가 기사화되었을 때 몇 줄이 될지를 생각한다. 그리고 4페이지든, 5페이지든 할당된 그 분량을 채울 만큼의 재료가 모이면 거기서 취재는 중지된다. 페이지를 채울 만큼의 코멘트가 모였는지, 이것만이 문제고 해당 주제에 관련되는 팩트 찾기 등은 그 다음 문제다. 그런 심한 일을 한 적도 있다.

그러나 나의 경우는 주어진 주제에 끌리지 않는 경우보다 너무 끌려서 문제인 경우가 더 많았다. 어떤 주제에 너무 끌리면 겨우 4페이지짜리 기사를 쓰기 위해 40페이지는 가득 채울 만큼의 재료를 모으게 된다. 어떤 주제라도 무엇이 진짜 사실인지 조사에 열중하게 되면, 그 정도의 재료는 곧 모아지기 마련이다. 그리고 재료가 많이 모였는데 버벌 저널리즘 수법을 구사하면 이미 정해진 페이지 속에 아무래도 다 채울 수 없게 된다.

그래서 대인對人 취재 결과를 그대로 코멘트로 이용하지 못하고 그

중에서 중요한 팩트만을 그러모아 지문地文 속에 간결히 녹여내는 등, 버벌 저널리즘의 관점에서 보면 재료를 함부로 낭비하는 경우가 많아진다. 자연히 사람의 코멘트보다 지문이 많은 기사를 쓰게 되고, 그렇게 많은 재료들에 몰리다 보니 어느새 버벌 저널리즘을 벗어나게 된 것이다.

경험자로서 하는 얘긴데 버벌 저널리즘은 "물을 타서 양을 늘리는 저널리즘"이다. 읽는 측은 내용 없이 불어난 부분은 대강대강 속독으로 처리하고 동시에 내용적으로는 속지 않도록 조심하면서 띄엄띄엄 읽는 게 제일 좋다.

정보의 SN비를 향상시키는 노력

버벌 저널리즘이 정보의 신뢰도가 낮은 저널리즘의 한 전형이라고 한다면, 또 하나의 전형은 침소봉대 저널리즘이랄까, 간단히 말해서 나무를 보고 숲을 그리는 수법이다.

흔히 볼 수 있는 예는 외국의 어느 지방에서 살던 사람이 자기 신변의 사소한 체험으로부터 그 나라 전체를 논하는 책을 쓰는 부류다. 자기의 체험이 그 나라 전체를 논하기에 족할 만큼 풍부한지 어쩐지 따위는 추호도 의심해보지 않는다. 이런 식으로 특수에서 보편을 연역해버리는 대담한 짓을 할 수 있는 사람들이 많다.

무슨 일이든지 다 그렇지만, 누군가가 뭔가를 논할 때 과연 그 사람이 그런 문제를 논하기에 충분한 지식과 능력을 갖추고 있는 사람인지 음미해볼 필요가 있다. 다음으로 그 사람이 정보라는 것을 취급하는 데 얼마나 능숙한 사람인지를 음미해보아야 한다. 정보를 직업적으로 취급한 적 없는 사람은 정보를 다루는 일의 무서움을 알지 못한다. 그러니까 지금까지 얘기해온, 정보를 취급할 때 빠지기 쉬운 함정에 쉽사리 빠져들고 만다. 자기 자신은 그에 대해 전혀 자각하지 못하는, 참으로 골치 아픈 상황에 빠지기 쉬운 것이다.

혹은 손톱만 한 정보를 고무풍선처럼 부풀려 단순한 상상의 산물을 논리적 추론의 결과라 믿으면서도 아무렇지 않은 사람들이 있다. 이렇듯 세상에는 인식 측면에서의 엉터리 정보가 많은 것과 마찬가지로 추론 측면에서의 엉터리 정보도 만연하게 된다.

추론 면에서의 오류는 '전제 설정 방식', '논리 전개', '결론 유도 방식', 이렇게 세 단계 중 어디서든 발생할 수 있지만, 압도적으로 많은 곳은 '전제 설정 방식' 쪽인데 이 사실은 기억해둘 만한 값어치가 있다. 그렇지만 전제 수립 방식의 어디에 오류가 있는지는 그리 간단히 찾아지지 않는다. 그릇된 전제가 은폐된 전제 안에 있는 경우가 자주 있기 때문이다. 어떠한 추론이든 표면상에 드러난 전제 이외에 무수히 많은 은폐된 전제들을 갖고 있다. 거기에 오류가 있을 경우, 그것이 은폐된 것인 만큼(그러므로 본인도 의식하지 못하는 경우가 많다) 발견하기가 용이하지 않다.

전제 설정 방식에서 또 한 가지 빈번한 오류는 전제의 간과다. 당연히 설정되어 있어야 할 전제를 결여하고 있는 경우다. 전제의 간과가 은폐된 전제 안에 있는 경우는 발견하기가 한층 더 곤란해진다.

여하튼 읽으면서 이것 좀 요상한 논의구나, 싶은 대목과 마주치면

우선 전제를 의심해본다. 은폐된 전제를 포함하여 전제를 전부 리스
트화 해보는 것이 좋다. 그리고 논의의 논리적 골격을 차트화 해보는
방법을 취해보면, 그릇된 부분을 발견하는 데 꽤 도움이 될 것이다.
은폐된 전제 가운데 엉터리 정보를 참이라고 설정한 전제가 포함되
어 있는 경우도 드물지 않다.

오디오 용어로 SN비라는 것이 있다. 신호signal와 잡음noise의 강도
비强度比를 의미하며 이 비가 높은 것이 좋은 음의 조건 중 하나다. 자
기의 내적인 정보계에 있어서도 정보의 SN비(진실 대 엉터리 정보의 비)
를 부단히 향상시키는 노력이 필요할 것이다. 그렇지 않으면 엉터리
정보만으로 꽉 채워진 머리를 안고 인생을 살게 된다.

이 책은 고단샤에서 발행하는 《책》이라는 잡지에 「정보의 입력과 출력」이라는 제목으로 연재(1983년 1월호~12월호)한 기사를 가필하여 정리한 것이다.

이 연재를 읽은 아내가 여기에는 '내조의 공'이라는 장이 빠졌다고 불평했다. 사실은 이 책에서 말한 정보처리의 물리적 작업의 상당 부분(스크랩을 만든다든가 도서카드를 만든다든가)이 그녀의 손에 의해 이루어진 것이다.

실제로 만일 내가 지금 일상적으로 하고 있는 정보처리의 물리적 작업을 전부 내 손으로 해야 하는 상황이라면, 나는 이 책에서 소개한 오사카의 마니아 청년과 같은 운명을 밟고 있을 것이 확실하다. 그리 되지 않았던 것은 내조의 공 때문이다.

가필을 위해 다시 읽어보니, 추상적인 설명에 그쳐 구체적인 예시가 결여되어 있는 곳이 특히 후반부에 눈에 띄었다. 그렇지만 그런 부분에 구체적 설명을 모두 가필하기에는 지면 사정이 도저히 허락하지 않는다. 이 정도 가필한 것으로 만족하지 않을 수 없었다. 나머지는 본문 가운데서 부분부분 말했듯이 심리학이나 논리학 책을 참고하든가 아니면 다양한 트레이닝을 자신에게 부과하여 직접 체득하길 기대할 수밖에 없다.

마지막으로 한 번 더 말해두자. 이 책의 내용을 한마디로 요약하자면 "스스로 자신의 방법론을 얼른 발견하라"는 것이다. 이 책까지도 포함하여 다른 사람의 방법론에 홀려서는 안 된다.

다치바나 다카시

'독서는 정신의 식사', 무엇을 읽고 어떻게 써야 하는가?

너무나 알고 싶은 게 많은 사람들, 최대한 효과적으로 자기 생각을 표현하고 싶은 사람들. 그들은 무엇을 읽고 어떻게 써야 하는가? 이 책은 바로 그런 이들에게 전하는 다치바나 식 '지知의 소프트웨어'다.

다치바나 다카시는 세상에 알고 싶은 게 너무나도 많은 사람이다. 우주에 다녀온다는 체험이 어떤 것인지에서부터(『우주로부터의 귀환』) 거물 정치인을 둘러싼 정치계의 흑막(『다나카 가쿠에이 연구』) 그리고 일본 현대사의 핵심(『천황과 도쿄대』)에 이르기까지, 그는 끊임없이 읽고 조사하고 썼다. 『원숭이학의 현재』나 『에게, 영원회귀의 바다』 같은 책에서도 알 수 있듯이 그에게는 전공이나 특정한 취향도 따로 없다. 오로지 세상의 현실과 지식 세계라는 광산을 깊이 파들어가 원석을 캐내고 그걸 보석으로 세심하게 다듬었을 뿐이다.

이 책은 다치바나라는 앎의 광부가 수도 없이 내리친 힘차고도 정교한 망치질의 알짜다. 그의 수많은 베스트셀러 중에서 초기 저서에 속하는 이 책이 지금도 일본에서 여전히 많이 팔리고 있다는 것은 그런 힘과 열정 덕분일 것이다. 단순한 글재주나 흔해빠진 저널리스트의 호기심과는 차원이 다른 무엇을 일본의 독자들은 느끼고 있는 것이다.

"독서는 정신적 식사다." 다치바나의 이 말이 무게 있게 다가오는 것 또한 그 때문이다. 이 책에는 좋은 글을 쓰기 위한 비결도 몇 가지 나오지만, 결국 "좋은 문장을 쓰고 싶으면 가능한 한 좋은 문장을 가능한 한 많이 읽어야 한다." 그러면 자연스럽게 자신만의 최적의 문체도 생겨난다고 한다. 물론 "문체는 자연체가 좋다고 해서 나태한 자연체에 안주하는 것은 바람직하지 못하다. 인간의 정신은 내버려 두면 얼마든지 나태해지고 그러다가 아예 푹 잠드는 경우도 있다"라는 유머러스한 지적도 잊지 않는다. 특히 다독과 관련해서 주의할 점은 "질 낮은 문학, 심리묘사가 상투적일 뿐인 싸구려 대중소설 같은 것은 읽으면 읽을수록 내면적 상상력을 기르는 데 역효과가 난다."는 사실이다. 그럼 무엇을, 어떻게 읽어야 하는가? 궁금한 분들은 본문 속에서 스스로 찾아내시길……

그는 대단한 지식의 소유자요, 여전히 더 많은 것을 알고 싶어하는 사람이지만 그럼에도 결국 중요한 것은 무의식층이라고 말한다. 한 사람의 기억과 사유는 물론, 지적 작업의 성패 또한 무의식층이 얼마만큼 풍요로운가에 좌우된다는 것이다. 단, 그것은 (무의식이라는 말에서 연상되는 것처럼) 우연이나 요행의 산물이 아니라 부단한 노력에 의해 구축된다. 그런 관점에서 글이란 그렇게 평생 축적된 잠재력이 스스로 흘러나오게 하는 것이다. 그리고 "그 이외의 수단은 아무것도 없다". 글쓰기가 힘든 것도 아마 나의 무의식이 '스스로' 흘러나오게 하기가 그만큼 어렵기 때문일 것이다. 이 문제는 기본적으로 8장에서 집중적으로 다뤄지지만, 9장에서도 '글을 쓸 때 미리 콘티를 짜야 하나' 여부를 둘러싸고 흥미로운 이야기가 전개된다(조금 위험한 발상이지만, 다치바나는 재료들을 가지고 요리하기보다는 재료들에 의해 요리되라고 말한다).

두껍지 않은 분량이지만 그 와중에도 자료 정리의 귀재인 어느 청년의 희비극을 비롯하여 다치바나 식 유머와 에피소드들이 군데군데 배어 있어 웃음 짓게 한다. 거기다가 그의 논픽션 작품들과 오버랩되기라도 하면 재미와 생생함이 배가된다. 그렇게 재미있고 생생하게 읽되, '나는 어떻게 해왔고 앞으로 어떻게 할 것인가'를 생각하며 대화하듯 읽어나가면 훨씬 더 성과 있는 독서가 될 것이다.

다치바나를 한 권 읽으면 크건 작건 뭔가 변화가 생기거나, 혹은 뭔가를 결심하게 된다. 예컨대 내 경우엔 『나는 이런 책을 읽어 왔다』를

읽고 정독해야 할 책과 빨리 해치워야 할 책을 실제 독서에서 구분할
수 있게 되었다. 이건 누구나 알고 있는 뻔한 것이지만 지독하게 잘 안
되는 것이기도 하다. 요즘에는 얼마 전 출간된 그의 신간 『천황과 도
쿄대』를 읽고 있는데 방대한 분량 속에서 다치바나가 펼쳐 보이는 일
본 현대사가 참으로 신기하고도 무시무시했다. 역사라는 게 한번 실
감이 나기 시작하니 이렇게도 재미있구나 싶었다. 그래서 이참에 우
리 역사나 중국 역사, 그 밖의 많은 역사들에 대해 본격적으로 관심을
가져보기로 했다.

　『지식의 단련법』을 읽고 독자 여러분은 생각이나 행동에 어떤 변화
가 생길지 궁금하다.

박성관

지식의 단련법
―다치바나 식 지적 생산의 기술

1판 1쇄 찍은날 2009년 2월 1일
2판 1쇄 펴낸날 2021년 7월 9일

지은이 다치바나 다카시
옮긴이 박성관
펴낸이 정종호
펴낸곳 (주)청어람미디어

편집 박세희
마케팅 황효선
제작 · 관리 정수진
인쇄 (주)에스제이피앤비

등록 1998년 12월 8일 제22-1469호
주소 03908 서울시 마포구 월드컵북로 375 (상암동 1654 DMC 이안상암 1단지) 402호
이메일 chungaram@naver.com
전화 02)3143-4006~8
팩스 02)3143-4003

ISBN 978-89-92492-51-5 03800